Deutschland 2012. »Warum war ich überhaupt so, wie ich war?«, fragt sich Hans D. Jahrelang hatte er keine Fragen mehr, nicht an sich selber, nicht an das Leben. Im Gegenteil, er war kurz davor, fraglos aufzugeben.

Und dann? – Dann bringt er eines Tages den Müll hinunter, geht zu den Tonnen, findet im Müll ein Kind. Es beginnt ein berührender Prozess über die Entscheidung, was geschehen muss. Das Kind behalten, es verbergen? Und die Mutter? Eine Mordanklage zulassen, wider besseres Wissen? Was ist gerecht? Wie handeln?

Glückskind ist ein Gegenwartsroman, der mit literarischer Wärme und Besonnenheit die ungeheuren Tiefen der Menschenseele auslotet, Zeile für Zeile – ein Glücksfall! Der Roman berührt den Leser mit all seinen Figuren, er berührt unsere Gegenwart wie auch das Zeitlose: Glückskind zeigt die Relevanz praktischen Handelns für eine politisch emanzipierte und ethisch erwachsene Gesellschaft auf, ist ein Appell im Namen der Zivilcourage, der Gerechtigkeit, einer lebendigen Ethik.

STEVEN UHLY, 1964 in Köln geboren, ist deutsch-bengalischer Abstammung, dabei teilverwurzelt in der spanischen Kultur. Er studierte Literatur, leitete ein Institut in Brasilien, übersetzt Lyrik und Prosa aus dem Spanischen, Portugiesischen und Englischen. Er lebt mit seiner Familie in München.

Steven Uhly

Glückskind

Roman

btb

Verlagsgruppe Random House FSC® N001967
Das für dieses Buch verwendete FSC®-zertifizierte
Papier *Lux Cream* liefert Stora Enso, Finnland.

1. Auflage
Genehmigte Taschenbuchausgabe März 2014,
btb in der Verlagsgruppe Random House, München.
Copyright © 2012 by Secession Verlag für Literatur, Zürich
Alle Rechte vorbehalten
Umschlaggestaltung: semper smile, München
Umschlagmotiv: plainpicture / Johner
Druck und Einband: CPI – Clausen & Bosse, Leck
SK · Herstellung: sc
Printed in Germany
ISBN 978-3-442-74612-5

www.btb-verlag.de
www.facebook.com/btbverlag
Besuchen Sie auch unseren LiteraturBlog www.transatlantik.de

Für meine Töchter

Wieder so ein Scheißtag. Hans D. macht den Wecker aus. Wenn er ihn nicht stellt, bleibt er einfach liegen. Manchmal den ganzen Tag. Wenn er ihn stellt, wie heute, hasst er seinen Wecker. Und er hasst sich selbst, weil er nicht hochkommt, weil er seine Wohnung noch immer nicht aufgeräumt hat, obwohl sie allmählich aussieht wie eine Müllhalde. Nicht einmal die Essensreste von gestern hat er beseitigt. Sie liegen auf dem Wohnzimmertisch herum, Tiefkühl-Hamburger mit Tiefkühl-Pommes-Frites und Ketchup, überall sitzen Fliegen darauf. Die Mülltüten stapeln sich an der Wand neben der Wohnungstür, er trägt sie nicht hinunter. Hans stöhnt. Er will sich das alles nicht klarmachen, er will nicht wahrhaben, wie es ihm geht, nämlich schlecht, so schlecht, dass er es kaum erträgt, einen klaren Gedanken zu fassen, den einzigen, der in Frage käme: Reiß dich zusammen, Hans! Ändere dein Leben! Nein, jetzt bitte keine klaren Gedanken.

Hans wälzt sich auf die andere Seite. An der Stelle, wo nachts sein Kopf liegt, ist das Kissen bräunlich verfärbt. Wann hat er den Bezug das letzte Mal gewechselt? Er schiebt auch diese Frage zur Seite, wie schon gestern und vorgestern. Sein Blick fällt auf den Boden. Überall Staub, eine dicke Schicht, man sieht, wo Hans den Boden berührt und wo nicht. Es gibt Pfade, wo weniger Staub liegt, weil er immer dieselben Wege geht. Vom

7

Bett zum Klo, vom Klo zum Bett, vom Bett zum Kühlschrank. Die Küche ist eng, es gibt einen halbrunden Tisch aus Holz, der an der Wand befestigt ist, man kann ihn herunterklappen, wenn man Platz braucht, davor steht ein alter Klappstuhl aus Metall, früher einmal war er weiß, jetzt ist er zerkratzt und schäbig. Vom Kühlschrank ins Wohnzimmer, das zu groß ist für einen einsamen Mann. Vom Bett zum Bad mit seiner viel zu kurzen Badewanne. Eine Scheißwohnung, und dafür zahle ich fünfhundert Euro, denkt Hans und kratzt sich den Bart, den er trägt, weil er eines Tages aufgehört hat, sich zu rasieren. Die Haare wuchern ihm über die Lippen, wenn er isst, verfangen sich Essensreste darin. Manchmal bemerkt er es tagelang nicht, denn er hat aufgehört, sich im Spiegel zu betrachten. Mühsam setzt er sich im Bett auf, die alten Knochen wollen liegen bleiben. Nein, denkt er: Der dumme alte Kopf will liegen bleiben, er denkt sich die Knochen schwerer, als sie sind. Aber diesen Gedanken hat Hans schon so oft gehabt, dass er sich fragt, warum er nicht auf ihn verzichtet. Bringt ja doch nichts, denkt er. Mühsam setzt er sich auf. Seine Füße schlüpfen in die ausgelatschten Filzpantoffeln, er wirft einen Blick aus dem Fenster. Ein trüber Tag. Der Wievielte ist heute eigentlich? Hans weiß es nicht. Er steht auf. Der Rücken ist steif, es dauert eine Weile, bis er sich ganz aufrichten kann. Irgendwann in den nächsten Tagen muss er den Weiterbewilligungsantrag ausfüllen und abschicken und hoffen, dass Frau Mohn ihn nicht ins Amt zitiert. Das macht sie gern, seit er ihr einmal die Meinung über ihre Unfreundlichkeit gesagt hat. Dieses dumme Luder, denkt Hans. Die ist bestimmt in der Schule immer gehänselt worden und rächt sich jetzt dafür. Wenn ich jünger wäre, denkt Hans, könnte die nicht so mit mir umspringen. Aber stimmte das? Als er jünger war, sprangen sein

Sohn und seine Tochter nach Belieben mit ihm um. Und seine Frau? Wo die wohl alle jetzt steckten, jetzt, in diesem Moment, während er sich in seiner beschissenen kleinen Wohnung die Kleider anzieht, die er seit einer Woche trägt. Sie stinken, Hans stinkt. Aber mich kann keiner riechen, denkt er und lacht halb belustigt, halb bitter über sein Wortspiel. Er geht in die Küche. Leere Milchkartons türmen sich vom Boden bis unter das Fenster. Bis fünfzig hat er sie gezählt, es war sein perverses Hobby: den eigenen Niedergang akribisch genau zu beziffern. Dann hat er aufgehört, weil er nicht pervers genug ist, oder weil diese Perversion ihm zu viel Selbsterkenntnis abverlangte. Ich bin das Gegenteil von Robinson Crusoe, denkt er, als er den alten Kühlschrank öffnet und nachsieht, ob noch Milch da ist. Er liebte das Buch als Kind, und er hat nie Zweifel gehabt, dass es auch ihm gelänge, sich selbst zu organisieren, wenn er in der gleichen Lage wäre wie Robinson. Es gab Zeiten, da hat er sich gewünscht, auf eine Südseeinsel zu geraten. Aber wie hätte er dorthin gelangen sollen, er, der nie Geld für eine so weite Reise hatte? Jetzt war er mitten in der Zivilisation gestrandet, mitten in einer Welt, in der alles organisiert ist, in der jeder weiß, der Wievielte heute ist. Nur er nicht. Er macht sich keine Kerben ins Gedächtnis, nein, er arbeitet daran, alle Kerben zu löschen, bis nichts mehr übrig bleibt.

Wo soll das hinführen, denkt er, als er den einzigen Milchkarton, der im Kühlschrank steht, schüttelt und feststellt, dass er leer ist. Dann trinke ich den Kaffee eben schwarz. Hans hasst schwarzen Kaffee. Aber Not macht erfinderisch, denkt er und grinst freudlos. Er setzt die Espressokanne auf den Elektroherd, der übersät ist mit Flecken. Seit Wochen hat Hans ihn nicht mehr geputzt. Neben dem Herd steht ein altes Transistorradio, die Antenne ist auf halber Höhe abgebrochen, aber es funktioniert noch. Hans schaltet es an. Das Erste, was er hört, ist die Uhrzeit – »Zwölf Uhr«, sagt der Sprecher – und das Zweite ist das Datum: »Fünfundzwanzigster Oktober«.

»Mist!«, entfährt es ihm. Der Weiterbewilligungsantrag! Frau Mohn wartet nur darauf, dass er wieder einmal den Termin verpasst, das weiß Hans sicher. Sie hat ihm schon zweimal einen ganzen Monat gestrichen, nur weil er einen oder zwei Tage zu spät dran war. Er hasst diese Frau.

Als die Espressokanne röchelt und damit kundtut, dass alles Wasser durchgelaufen ist, greift er in die Spüle, wo sich Geschirr und Besteck türmen, und zieht eine Tasse heraus. Er spült sie kurz mit Wasser aus und schenkt sich den schwarzen Kaffee ein. Er sucht den Zucker, bis ihm einfällt, dass er keinen mehr hat. Dann schlurft er in seinen abgetragenen Pantoffeln ins Wohnzimmer, setzt sich an die Ecke seines Tisches und schaltet den Fernseher ein. Während er den Kaffee trinkt und dabei angewidert das Gesicht verzieht, zappt er sich durch die Programme. Am liebsten schaut er Nachrichten, deshalb bleibt er bei n-tv hängen. Es geht um die Finanzkrise. Der Euro-Rettungsschirm wird noch größer. Hans ist fasziniert von der Finanzkrise. Die horrenden Schuldensummen, von denen immer wieder die Rede ist, beeindrucken ihn sehr, und er stellt sich jedes Mal vor, was wäre, wenn er so viel Geld hätte.

Aber jetzt hat er keine Ruhe, der Termin drückt, der Weiterbewilligungsantrag muss das heutige Datum im Poststempel tragen, sonst sieht es schlecht aus. Denn Hans hat kaum noch Geld und die Miete muss pünktlich bezahlt werden, sonst rückt ihm Herr Balci, der Hausverwalter, auf die Pelle. Als er den Kaffee endlich ausgetrunken hat, schaltet er den Fernseher wieder aus. Er bleibt reglos sitzen. Das Ausfüllen des Antrags türmt sich wie ein unbesteigbar hoher Berg vor ihm auf, eine Schwäche macht sich in seinem ganzen Körper breit, am liebsten würde Hans wieder ins Bett gehen, am liebsten würde er überhaupt nichts mehr merken. »Heute ist ein guter Tag zum Sterben«, sagt Hans leise zu sich selbst. Im selben Augenblick sieht er Frau Mohns Gesicht vor sich, wie sie zufrieden lächelt, als sie von seinem Tod erfährt. Wütend steht er auf. Allein wegen Frau Mohn würde er nicht sterben. »Vorher bringe ich sie um!«, sagt er laut in den kleinen Raum hinein und lacht kurz auf. Er gesteht sich nicht ein, dass hinter Frau Mohn weitere Gesichter aufgetaucht sind – die seiner Frau und seiner beiden Kinder. Er vergisst schnell, dass er daran gedacht hat, dass sie womöglich jahrelang nichts von seinem Tod erfahren würden. Er will nicht das Gefühl haben, nicht vermisst zu werden, weil er für seine Frau und seine Kinder längst gestorben ist. Er denkt nicht, dass er ein Zombie ist, einer, der gar nicht mehr sterben kann, weil er schon das ganze Leben hinter sich hat. Aber das Wort ist trotzdem da: ein Untoter. Ein lebendig Begrabener. Wovon? Von der eigenen Vergangenheit? Er geht zur Wohnungstür. Da stehen die Müllsäcke. Gut, denkt Hans, bevor ich den Antrag ausfülle, bringe ich den Müll hinunter. Er weiß, dass er den Müll nur vorschiebt, Aber auf diese Weise tue ich wenigstens etwas Nützliches, denkt er.

Als er, bepackt mit vier Müllsäcken, seine Wohnung verlässt und zum Fahrstuhl geht, begegnet er Herrn Tarsi, dem Nachbarn mit dem steifen Bein. Herr Tarsi putzt ihren gemeinsamen Flur. Selbst dabei sieht er würdevoll aus, ein großer, älterer Mann mit grauem Haar und einem Schnurrbart mit gezwirbelten Enden. Er ist Afghane oder Perser, Hans weiß es nicht genau, es ist ihm auch gleichgültig geworden, seit er ein schlechtes Gewissen hat, weil er vor zwei Monaten einfach aufgehört hat, den Flur zu putzen. Herr Tarsi grüßt Hans so knapp wie möglich, er wirft ihm einen jener missbilligenden Blicke zu, die ihn immer noch nicht entlassen aus den Verpflichtungen der Zivilisation. Hans duckt sich weg hinter seinem Rauschebart und seinen vielen Mülltüten, nicht einmal grüßen mag er ihn noch. Dann ist er vorbei und atmet auf und geht zum Fahrstuhl und hofft, wenigstens dort niemandem zu begegnen. Immer schwerer fällt es ihm, in die Welt da draußen zu gehen. Er möchte nicht mit ansehen, wie andere Leute ihren Pflichten nachgehen, er möchte nicht sehen, welche Dinge sie besitzen, welche Autos sie fahren, die Handys, die sie haben, die guten Kleider, die sie tragen. Vor allem aber erträgt er es nicht, ihnen in die Augen zu sehen. In ihren Augen sieht er nur sich selbst, wie die Leute ihn sehen müssen, und was er sieht, erträgt er kaum. Und er sieht noch etwas: Er sieht den Sinn des Lebens, den die Leute mit sich herumtragen, die Zielstrebigkeit, die sie in die Lage versetzt, ihren Weg zu gehen, die ihnen aus den Blicken herausspringt, diesen Blicken, mit denen sie alles anschauen, alles ergreifen und festhalten, was es gibt. Hans hat längst aufgehört, die Welt zu ergreifen, sie fliegt an ihm vorbei wie ein Traum, der sich Tag für Tag wiederholt. Er unterscheidet die Menschen nicht mehr, weil alle Menschen Fremde sind.

Der Fahrstuhl kommt und ist leer. Zum Glück, denkt Hans und betritt ihn, er drückt auf E und fährt abwärts. Die Müllsäcke stinken. Wenigstens merkt so keiner, dass auch ich stinke, denkt

Hans. Aber es steigt niemand hinzu, Hans kommt unten an, er schleppt die Müllsäcke durch den Hausflur, vorbei an den langen Reihen der Briefkästen, er schaut manchmal wochenlang nicht in seinen, weil höchstens Reklame darin steckt. Hans hat sich vorgenommen, nicht mehr auf Post zu warten, aber auch jetzt wandert sein Blick zur fünften Reihe von unten, dritter Kasten von rechts, es ist wie ein Zwang, seine Augen erfassen das kleine Sichtfenster im unteren Teil des Kastens. Es ist schwarz, nichts Weißes schimmert dort, Hans geht weiter und tut, als wäre nichts gewesen, und weiß längst, dass das nicht stimmt und betrügt sich damit, dass er sich selbst durchschaut, und weiß auch das und hält sich damit über Wasser und will jetzt nicht daran denken, dass in seinem Kopf seit vielen Jahren ein Stellungskrieg tobt, in dem alle Angriffe und Gegenangriffe zu Ritualen der Bewegungslosigkeit geworden sind.

Er tritt aus dem Gebäude. Auch hier ist niemand, es ist Mittagszeit, die Kinder sitzen zu Hause und essen oder sind noch in der Schule. Die Mütter sind entweder bei der Arbeit oder bewirten ihre Kinder. Die Männer sind nicht da. Auf dem vorgelagerten Bürgersteig gehen Passanten vorbei, die ihn nicht beachten. Die Mülltonnen stehen direkt neben dem Haus, es sind sechs große, schwarze Mülltonnen auf Rädern, die ihren eigenen kleinen Hof bilden. Ihre Deckel müssen mühsam zurückgeschoben werden, Hans kennt das von früher, als er jünger war. Da waren diese Mülltonnen grau und aus Metall. Jetzt sind sie aus Plastik. Er schiebt den Deckel zurück und hievt zwei Müllsäcke hinein. Sein Rücken zwickt ein wenig bei der Anstrengung, aber er achtet nicht darauf. Es ist nur ein kleines Zwicken, das irgendwann begonnen hat und nicht mehr aufhört. Hans nimmt es als Folge des Alterns hin.

Die Tonne ist ziemlich voll, obwohl sie erst vor drei Tagen geleert wurde. Was die Leute alles wegschmeißen, denkt Hans, als er eine lebensgroße Babypuppe sieht, die auf dem Müll liegt. Sie ist eingewickelt wie ein echtes Baby, hat eine Mütze auf wie ein echtes Baby, Hans schüttelt den Kopf. Wie die Leute ihre Kinder verwöhnen, und dann ist es ihnen auch nicht recht, und so eine Puppe wird einfach entsorgt. Man hätte sie auch spenden können. Aber irgendwie kreuzt sich dieser Gedanke mit einem uralten Bild in Hans' Gedächtnis, und auf diesem Bild sieht Hans seine Tochter Hanna, als sie ein Baby war. Wie lange ist das schon her?, fragt er sich flüchtig. »Ewigkeiten«, murmelt er, und dann hievt er die beiden anderen Müllsäcke hoch. Als er sie auf die Puppe legen will, schlägt sie die Augen auf, schaut ihn an und beginnt leise und heiser zu schreien, wie ein Kind, das erst einige Wochen alt ist. Hans starrt die Puppe an, die jetzt ihre Arme bewegt. Die beiden Müllsäcke gleiten Hans durch die Finger, sie fallen auf den Rand der Tonne und von dort auf den Boden, Hans achtet nicht darauf. Er ist damit beschäftigt zu verstehen. Und ganz langsam versteht er. Die Wucht der Erkenntnisse, die gleichzeitig in seinem Gehirn entstehen, wird nur überlagert von dem heiseren, leisen Schreien des Wesens, das da vor ihm im Müll liegt. Vorsichtig greift er zu und nimmt das Baby in den Arm. »Du hast bestimmt Hunger, nicht wahr?«, sagt er mit einem Zittern in der Stimme. Die Tücher, in die das Kind gewickelt ist, sind feucht vom Müll und stinken, Hans nimmt es wahr, aber das ist jetzt nicht wichtig. Er tastet nach seinem Portemonnaie, zum Glück hat er es dabei. Ohne zu überlegen, geht er die Straße entlang bis zum Supermarkt. Als er dort ankommt, erinnert er sich plötzlich an die Wirklichkeit. Er, Hans, ein völlig verwahrloster alter Mann, kann unmöglich mit einem so kleinen Baby den Supermarkt betreten. Er spricht eine Frau an, die gerade genau das tun will. Er sagt: »Entschuldigen Sie, könnten Sie mir etwas aus dem Geschäft mitbringen?«

Die Frau schaut ihn kurz an und geht weiter. »Ich kann es ihr nicht verübeln«, sagt Hans zu dem Baby, »sieh nur, wie ich aussehe, was soll sie denken?«

Das Baby schreit weiter, leise, heiser. Jemand muss helfen, denkt Hans. Als Nächstes kommt ein Jugendlicher vorbei, er ist wohl auf dem Heimweg. Hans sagt: »Entschuldige, ich habe Hausverbot im Supermarkt, aber mein Enkel hat Hunger, ich gebe dir Geld, und du kaufst mir eine Babymilch, okay?«

Der Jugendliche ist ein schlaksiger Kerl, einen Kopf größer als Hans, vielleicht vierzehn Jahre alt, Lederjacke, eine Jeans, die tief im Schritt hängt, Schuhe ohne Schnürsenkel, aber mit Ösen, um die Schulter eine Ledertasche an langer Schlaufe. Keine Körperspannung. Er betrachtet Hans mit einer Mischung aus Scheu und Verachtung. Das Baby schreit. Der Jugendliche sagt: »Okay, ich mach's.«

Hans gibt ihm sein Portemonnaie, der Jugendliche greift es mit spitzen Fingern, die Glastüren öffnen sich, als er sich ihnen nähert. Dann ist er drinnen. Erst jetzt fällt Hans auf, dass er ihm gar nicht gesagt hat, was genau er kaufen soll. Durch die Glasfront beobachtet er den Jugendlichen, wie er eine Verkäuferin anspricht und ihr folgt. Sie drückt ihm eine Schachtel in die Hand, er nimmt sie und geht zur Kasse. Die Verkäuferin schaut ihm nach und schüttelt den Kopf, bevor sie sich wieder ihrer Arbeit widmet. Hans steht da und wiegt das Baby. Es hat ein ganz kleines Gesicht, es kann kaum geradeaus schauen, aber es starrt ihn an und reißt seinen Mund auf und schreit.

»Mach dir keine Sorgen«, flüstert Hans, »es wird alles gut.« Er spürt, wie die Trauer ihn übermannt, seine Beine werden schwach, sein Magen wird flau, Tränen quellen aus seinen Augen hervor. Während er weint, wird ihm bewusst, dass er das seit vielen Jahren nicht mehr getan hat.

Als der Jugendliche endlich wieder herauskommt, reißt Hans sich zusammen, wischt sich mit dem Ärmel seines Mantels die Tränen ab. Der Jugendliche sagt: »Ich hab sie nach Milch für ein ganz kleines Baby gefragt, war doch richtig, oder?«

Hans lächelt dankbar und sagt: »Ja, das hast du gut gemacht, ich danke dir.«

Der Jugendliche überreicht ihm die Schachtel und das Portemonnaie, Hans nimmt es irgendwie entgegen, aber die Schachtel fällt ihm auf den Boden. Der Jugendliche hebt sie auf. »Wohnen Sie hier in der Nähe?«

Hans nickt, er will ihn jetzt loswerden, aber mit dem Baby auf dem Arm kann er die Schachtel nicht tragen. Gemeinsam gehen sie die Straße entlang. Der Jugendliche zögert, dann sagt er: »Ich glaub, die Verkäuferin hat gedacht, ich kauf das für mein Kind. War ein bisschen peinlich.«

Hans schaut ihn von der Seite an. »Wie heißt du, junger Mann?«, fragt er ihn.

»Arthur«, sagt Arthur. »Ist auch ein bisschen peinlich.«

Hans hat es eilig, das Baby auf seinem Arm wirkt erschöpft, wer weiß, seit wann es nichts mehr zu essen bekommen hat. Er sagt flüchtig: »Aber das ist doch ein schöner Name. Erinnert an die Ritter der Tafelrunde.«

»Ja, eben«, sagt Arthur und verzieht das Gesicht. »Das ist so was von nicht angesagt!«

Hans versteht. Er sagt: »Mach dir nichts draus. Es gibt Schlimmeres. Schau mich an.« Arthur wirft ihm einen erstaunten Blick zu. Hans grinst ihn kurz an und ist selbst erstaunt über seine Antwort. Jetzt sind sie an Hans' Haus angelangt. Hans verabschiedet sich, er sagt: »Du hast mir mehr geholfen, als du ahnst. Mach's gut, König Arthur.« Er lässt Arthur stehen und betritt das Haus, die Schachtel liegt auf dem Baby. Im Fahrstuhl kommen die Tränen wieder, Hans weint stoisch, ohne sich zu bewegen, das schreiende Baby hält er fest im Arm. Er kommt oben an, Herr Tarsi ist verschwunden und hat einen sauberen Flur hinterlassen. Endlich ist Hans in seiner Wohnung angekommen. Er legt das Kind vorsichtig auf den Küchentisch. »Es geht ganz schnell, ganz schnell«, flüstert er ihm zu. Er überfliegt die Anleitung. Wasser erhitzen. Er kramt einen schmutzigen Topf aus dem Spülbecken hervor. Das macht einen Höllenlärm, weil sein Geschirrberg in sich zusammenfällt. Es ist kein Spülmittel da, deshalb schrubbt Hans den Topf mit heißem Wasser ab, dann stellt er ihn auf den Herd und erhitzt Wasser. Es muss kochen, sagt er sich, schon allein, weil hier alles schmutzig ist. Er sitzt auf dem Stuhl, auf dem er immer sitzt, das Baby im Arm, und wartet. »Es geht ganz schnell«, sagt er wieder, »du wirst schon sehen.« Aber es geht zu langsam, das Kind schreit jetzt noch schwächer, es öffnet die Augen gar nicht mehr, seine Bewegungen werden langsamer, Hans bekommt Angst. Er steckt den Finger ins Wasser, es ist noch nicht einmal heiß. »Das muss genügen«, sagt er laut. Er stellt die Herdplatte ab und bereitet die Milch im Topf zu. Dann fällt ihm auf, dass er keine Babyflasche hat. Verzweiflung breitet sich in seinem Körper aus wie eine große Schwäche, es ist dieselbe Schwäche, die er fühlt, wenn er an den Weiterbewilligungsantrag denkt. Aber der erscheint ihm jetzt wie eine Kleinigkeit. »Was mach ich nur, was mach ich nur?«, jammert er. Da fällt ihm ein, dass er irgendwo einen Schnuller hat. Er gehörte seinem Sohn, als der ein Baby war, wie lange ist das her? »Eine Ewigkeit«, murmelt Hans und rennt mit dem Kind im Arm ins Wohnzimmer. Er legt es auf den staubigen Boden und kramt in der Kommode, auf der der Fernseher steht. Da ist er, ein uralter Schnuller. Ohne zu zögern, reißt Hans das Gummistück aus dem Plastikrahmen heraus und schneidet das Mundstück vom Fuß ab. Erleichtert stellt er fest, dass er sich richtig erinnert hat: Das Mundstück ist hohl. Eine Nadel, jetzt braucht er eine, aber er besitzt kein Nähzeug. Doch er hat einen schwarzen Kamm mit einem dünnen Griff aus Metall, so dünn, dass man ihn kaum festhalten kann. Am Ende läuft er spitz zu. Damit macht Hans ein Loch in die Spitze des Mundstücks. Das Baby schreit jetzt etwas lauter, etwas verzweifelter. Hastig kehrt Hans ins Wohnzimmer zurück. Sein Blick fällt auf den Wäschekorb, der in einer Ecke neben dem Fernseher steht. Er ist voller leerer Bierflaschen. Hans nimmt eine Flasche heraus, spült sie heiß aus, schüttet die Babymilch hinein. Das Mundstück passt drauf, aber er muss es abdichten. Er nimmt Tesafilm und umwickelt Flaschenhals und Schnuller so oft, bis er glaubt, dass es halten wird. Dann nimmt er vorsichtig das Baby und hält ihm die Flasche hin. Das Baby schreit, es reagiert nicht auf den Kontakt. »Du rechnest gar nicht mehr damit, nicht wahr, Kleiner?«, sagt Hans. »Das versteh ich gut«, sagt er, »aber jetzt ist alles anders, du wirst schon sehen.« Immer wieder schiebt Hans dem Kind den Schnuller in den Mund. Endlich versteht das Baby. Es saugt sich fest und trinkt. Doch sehr bald kommt aus der Flasche nichts mehr heraus, denn Hans hat vergessen, ein zweites Loch zu stechen, durch das Luft nachströmen kann. Er zerrt an dem Tesafilm, bis eine kleine Öffnung entsteht. Jetzt funktioniert es, das Baby trinkt. Gleichzeitig sickert Milch heraus, aber das macht nichts. Das Kind trinkt. Es trinkt, bis es nicht mehr kann, und schläft sofort ein, der Schnuller steckt noch in seinem Mund. Die Milch, die herausgesickert ist, hat die Decke, in die das Kind eingewickelt ist, durchnässt. Hans wickelt das Kind aus und sieht, dass es keine Windel trägt. Es war nicht feucht vom Müll, sondern von seinem eigenen Urin. Der Anblick des winzigen Wesens treibt Hans erneut Tränen in die Augen. »Es ist ein Mädchen«, flüstert er und lächelt durch die Tränen hindurch. Ich nenne dich Felizia, ja, du sollst Felizia heißen, denn du hast heute sehr viel Glück gehabt. Behutsam trägt Hans Felizia ins Badezimmer. Aus dem Wäschehaufen, der dort auf dem Boden liegt, kramt er ein Handtuch hervor. Es riecht muffig, aber das spielt keine Rolle. Hans wickelt Felizia in das Handtuch, dann trägt er sie ins Schlafzimmer, legt sie ins Bett und deckt sie zu. »Jetzt aber schnell«, murmelt er. Er zieht sich den Mantel wieder an, vergewissert sich, dass sein Portemonnaie in der Manteltasche steckt, und verlässt die Wohnung. Geht die Straße entlang. Als er wieder vor dem Supermarkt steht, zögert er. Ich kann doch unmöglich Babysachen kaufen, so wie ich aussehe, denkt er. Die kennen mich doch nur als einen, der nur deshalb kein Penner ist, weil er noch nicht auf der Straße gelandet ist. Was werden die denken, denkt er. Die werden denken, dass ich ein Kind geklaut habe. »Scheiße!«, flucht er leise. Dann geht er eilig weiter. So schnell ist Hans schon lange nicht mehr gegangen, bald ist er außer Atem, aber die Zeit drängt. Kurz darauf steht er vor einem anderen Supermarkt. Hier kennen sie mich nicht, denkt er und betritt das Geschäft. Er kauft drei Babyflaschen, neun Bodys, jeweils drei in einer Größe, er kauft noch mehr Milchpulver, er kauft einen Wasserkocher, Windeln für ganz kleine Babys, zwei Strampler, drei Kleidchen mit Blumenmustern in Rot, Blau und Lila, geringelte Strumpfhosen, Socken, vier Schnuller. Und dann kauft er noch Milch für sich, Zucker, ein Steak, ein Brot, Butter, Käse, Spülmittel, Waschpulver. Er kauft noch ein paar andere Dinge, die er bald benötigen wird, darunter eine Rolle grüner, durchscheinender Mülltüten, die man verschließen kann, damit der Inhalt nicht so stinkt. Aber die sechs Bierflaschen, die er sich in den Einkaufswagen lädt, lässt er an der Kasse einfach stehen. Er hat jetzt keine Zeit dafür. Die Kassiererin beobachtet ihn neugierig, während sie die Waren am Lesegerät vorbeiführt. Eine junge Frau, die das ganze Leben noch vor sich hat. Hans fühlt sich unwohl, er sagt: »Das können Sie schon im Schlaf, was?« Die Frau erschrickt, sie hat nicht damit gerechnet, dass Hans sie anspricht, jetzt ist er ihr unangenehm, sie nickt kurz und kümmert sich um die Waren, senkt den Kopf und wirkt ganz verschlossen. Hans ist erleichtert, aber auch gekränkt, und zugleich kann er sie gut verstehen. Er bezahlt mit dem Gefühl, einen Beweis zu führen für seine Würde, und verabschiedet sich wie ein normaler Mensch, aber die Kassiererin begrüßt schon die nächste Kundin. Hans seufzt. Nur sein Geld lebt noch, sein Geld nehmen sie, ihn nicht, er ist schon … er wischt den Gedanken weg, der Gedanke ist ein alter Bekannter, der ihn täglich besucht, er muss nicht einmal mehr zu Ende gedacht werden, um da gewesen zu sein. Es gibt jetzt Wichtigeres. Da war doch so ein Geschäft für Kindersachen, denkt er, als er alles in zwei Plastiktüten verstaut, die erstaunlich schwer sind. Er geht um zwei Häuserecken und steht plötzlich vor einem Schaufenster, in dem lauter Kinderwagen mit Puppen darin zu sehen sind. Es ist ein Secondhandgeschäft für Babys und Kleinkinder. Lauter Dinge, die Hans an früher erinnern, gibt es dort, wie lange ist das alles schon her? Er betritt den Laden und will einen Tragegurt kaufen. Die Verkäuferin rümpft die Nase über den Geruch, den Hans verbreitet, sie wirft ihm einen Blick zu, als hätte ein Obdachloser sich zu ihr verirrt. Hans bemerkt es, er kennt das, er achtet nicht darauf. Sie sagt ungläubig: »Wie alt ist denn Ihr Kind?«

Hans lächelt mit gespielter Verlegenheit, er sagt: »Schauen Sie mich an, junge Frau. Glauben Sie wirklich, so einer wie ich hat ein Kind?«

Die Verkäuferin lächelt nun ihrerseits verlegen und schüttelt etwas schüchtern den Kopf. »Sehen Sie«, sagt Hans zufrieden, »es ist für eine Freundin, die genauso verwahrlost ist wie ich. Aber sie hat eine Tochter, die es nicht ist, und diese Tochter hat ein ganz kleines Baby, dem es sehr gut geht, und jetzt möchte meine Freundin ihrer Tochter einen Tragegurt für die Kleine schenken, aber sie kann nicht mehr gehen, weil sie so alt ist und weil sie sich schämt, weil sie so verwahrlost ist, verstehen Sie? Und deshalb habe ich ihr gesagt: Das macht gar nichts, Klärchen – so heißt sie, wissen Sie, das heißt, so heißt sie eigentlich gar nicht, weil sie Klara heißt, aber ich kenne sie nun schon so lange, verstehen Sie?« Hans hält inne und schaut in das verwirrte Gesicht der Verkäuferin. Sie fasst sich und sagt zögernd: »Also, das ist die Enkelin Ihrer Freundin?«

Hans strahlt sie an und ruft aus: »Sie haben es auf den Punkt gebracht, junges Fräulein! Besser hätte auch ich es nicht ausdrücken können!«

Die Verkäuferin sagt ungerührt: »So ein Tragegurt ist nichts für Säuglinge, die ihren Kopf noch nicht selbst halten können.«

»Oh!«, macht Hans enttäuscht. »Aber wie kann ich … wie kann die Tochter meiner Freundin denn ihre Tochter vor dem Bauch tragen?«

Die Verkäuferin verkauft Hans ein Wickeltuch. Hans kauft noch eine Mütze, einen kleinen Mantel und Hüttenschuhe in Größe 16, dann hat er kein Geld mehr und eilt nach Hause. Jetzt schleppt er drei Plastiktüten. »Hoffentlich ist Felizia nicht wach geworden«, murmelt er, während er so schnell geht, wie seine alten Beine ihn tragen. Andererseits, denkt er dann, wenn man schon im Müll gelegen hat, ist es nicht mehr so schlimm, in der Wohnung eines Untoten aufzuwachen, oder?

Mehrere Male muss er kurz stehen bleiben, um zu verschnaufen. Endlich kommt er am Haus an, endlich fährt er im Fahrstuhl in den fünften Stock, mit zitternden Fingern schließt er seine Wohnungstür auf und bleibt in der offenen Tür stehen und lauscht. Alles ist still. Und wenn sie jetzt tot ist, fährt es ihm durch den Kopf. Er stellt die Tüten in den Staub und eilt ins Schlafzimmer. Dort liegt Felizia und schläft. Ihr winziger Kopf lugt unter der Decke hervor, sie sieht ein wenig wie eine Außerirdische aus, wie E.T., findet Hans und lächelt zärtlich. Jetzt ist alles gut, Hans geht erleichtert zu den Plastiktüten zurück und trägt sie in die Küche. Morgen kaufe ich einen Kinderwagen, denkt er. Aber da fällt ihm ein, dass er sein ganzes Geld ausgegeben hat. Und dann fällt ihm der Weiterbewilligungsantrag ein. »Scheiße!«, flucht Hans und verharrt verzweifelt. Er schaut zum Wecker: zwei Uhr. Er kann kaum glauben, dass nur zwei Stunden vergangen sind. Wo ist dieser blöde Antrag? Er hat ihn sich das letzte Mal, als Frau Mohn ihn ins Arbeitsamt zitierte, mitgenommen. Er erinnert sich nicht. »Irgendwo muss er ja sein«, murmelt er und geht auf seinen

Pfaden durch die Wohnung und findet den Antrag oben auf dem Fernseher unter einem Stapel alter Fernsehzeitschriften, die aktuellste ist zwei Monate alt. Seitdem schaltet Hans den Fernseher wahllos ein.

Jetzt sucht er einen Kugelschreiber, es dauert eine Weile, bis er einen findet, der schreibt. Dann setzt er sich hin und füllt den Antrag aus. Als Erstes muss er seinen Namen und sein Geburtsdatum eintragen. Als ob die das nicht alles schon wüssten, denkt er. Dabei fällt ihm das Wort ›Bedarfsgemeinschaft‹ auf, das er bisher immer überlesen hat. Mit Felizia bildet er jetzt eine solche Gemeinschaft. Aber er darf sie nicht angeben, denn wenn alles richtig verlaufen wäre, denkt Hans und denkt wirklich das Wort ›richtig‹, dann wäre Felizia jetzt tot. Er verscheucht diesen Gedanken und geht zum nächsten Punkt über. Nein, seine Wohnanschrift und seine Telefonnummer haben sich nicht geändert, auch seine Bankverbindung ist immer noch dieselbe. Nein, seine E-Mail-Adresse hat sich nicht geändert, es gibt sie nach wie vor nicht. Hans trägt seinen Namen ein und alle Kontaktdaten. Ja, seine persönlichen Verhältnisse haben sich geändert, er ist nicht mehr seit achtzehneinhalb Jahren geschieden, sondern seit neunzehn, seine Kinder haben sich nicht mehr seit zwanzig, sondern seit zwanzigeinhalb Jahren nicht mehr bei ihm gemeldet. Aber er kreuzt ›Nein‹ an und muss diesen Kasten nicht weiter beachten. Seine Erwerbsfähigkeit? Hans stockt. Bisher hat er immer ›nicht erwerbsfähig‹ angekreuzt, und das ist einer der Gründe gewesen, weshalb Frau Mohn ihn immer wieder einbestellt hat. »Sie können nicht einmal drei Stunden pro Tag arbeiten?«, hat sie mit ihrer schnippischen Stimme gefragt, die immer ein wenig zu schrill klingt.

Hans sieht sie vor seinem inneren Auge, wie sie hinter ihrem Schreibtisch thront, die falschen Locken, das feiste, runde Gesicht, die viel zu großen Ringe an den Fingern, eine dickliche, kurz geratene Person, die ihn mit routinierter Gnadenlosigkeit betrachtet. Er will es nicht wahrhaben, aber sie erinnert ihn an seine Frau. Er hat sich angewöhnt, in ihrer Gegenwart zu hinken und einen Buckel zu machen, doch es nützt nichts, denn entweder Frau Mohn durchschaut ihn, oder sie ist unfähig, Mitleid zu empfinden. Jetzt überlegt Hans kurz, bevor er sich erneut für ›nicht erwerbsfähig‹ entscheidet. »Mit gutem Grund«, murmelt er und lächelt, weil er an Felizia denkt, die ihn jetzt braucht und für die er da sein wird. Beim nächsten Punkt taucht wieder das Wort ›Bedarfsgemeinschaft‹ auf. »Ihr wollt wissen, ob jemand bei mir eingezogen ist«, sagt er laut in den Raum hinein. »Kann man so sagen«, sagt er und lacht, und wieder kommen ihm die Tränen. Aber er muss weiterausfüllen. Er kreuzt ›Nein‹ an. Nächster Punkt. Familienstand? Kinder? Mehrbedarf (Schwangere haben einen Anspruch darauf)? Behinderung (Hans' Gehirn, denkt Hans)? Einkommensverhältnisse? Kein Einkommen. Vermögensverhältnisse? Kein Vermögen. Weder materiell noch sonst, denkt Hans. Sonstige Ansprüche: Unterhaltsforderungen? Könnte ich an Felizias Mutter stellen, denkt Hans und lacht kurz auf und fragt sich, was für ein Mensch wohl sein eigenes Kind … aber er denkt den Gedanken nicht weiter. Zum Schluss unterschreibt Hans, dass seine Angaben zutreffend sind, und wenn er sich früher wie ein Lügner gefühlt hat, dann kommt er sich jetzt wie ein professioneller Betrüger vor. Aber früher war es ein schlechtes Gefühl, weil Hans immer Angst hatte, dass Frau Mohn ihn erwischt. Jetzt ist es ein gutes Gefühl.

Nach einer Viertelstunde ist der Antrag vollständig ausgefüllt. Hans lehnt sich zurück. Dann faltet er einen Briefumschlag aus einem Blatt Papier und mit viel Tesafilm. Er schreibt an die Agentur für Arbeit, die Adresse kennt er auswendig, zu Händen Frau Mohn, zuständig für den Buchstaben D. Irgendwo muss es noch eine Briefmarke geben, Hans sucht sie, aber er findet sie nicht. Plötzlich hört er Felizias Schreien aus dem Schlafzimmer. Er wirbelt Staub auf, so schnell eilt er zu ihr. Da liegt sie, ihre Augen sind noch geschlossen, Hans hebt sie hoch. Dort, wo sie gelegen hat, ist ein dunkler Fleck. »Du bist ja ganz nass«, sagt Hans. Dann fällt ihm ein, dass er ihr keine Windel angezogen hat. Sie hat in ihre Kleidung uriniert und die ganze Zeit darin gelegen, jetzt ist sie kalt, ihre kleinen Hände sind kalt, und das Bett ist bis auf die Matratze durchnässt. Hans fühlt, wie die Verzweiflung zurückkehrt. Er eilt mit Felizia ins Badezimmer, wirft das nasse Handtuch auf den Wäscheberg, wäscht sie mit warmem Wasser ab. Felizia macht die Augen auf und sieht ihn erschrocken an und schreit. Er fischt ein anderes schmutziges Handtuch aus dem Wäscheberg, trocknet sie ab. Er wickelt sie notdürftig in das Handtuch ein und eilt mit ihr zu den Einkaufstüten. Während Felizia schreit, reißt Hans Plastikverpackungen auf, zuerst die Windeln, dann einen Body, eine Strumpfhose, Socken, die Mütze, ein Kleid. Bald ist Felizia in lauter saubere, neue Sachen gekleidet und schreit immer noch. Hans legt sie sich in die linke Armbeuge. Mit der Rechten packt er den Wasserkocher aus, füllt ein wenig Leitungswasser hinein, schließt ihn an Stelle des Transistorradios ans Stromnetz an und erhitzt das Wasser. Er reißt die Plastikverpackung einer Babyflasche auf, dabei fällt ihm Felizia beinahe aus der Armbeuge. Er füllt das Milchpulver hinein, dann das heiße Wasser, mit kaltem Leitungswasser reguliert er die Temperatur. Endlich kann er sich auf seinen Stuhl setzen und Felizia füttern. Sie trinkt gierig fast fünfzig Milliliter. Anschließend schläft sie sofort wieder ein. Hans lehnt sich erschöpft zurück. »Wo soll ich dich jetzt hinlegen?«, sagt er leise. Er steht auf und sieht sich in seiner schmutzigen Wohnung um. Felizia ist wie ein Kontrastmittel, ganz gleich wohin er sie legen will, überall würde ihre saubere neue Kleidung sofort staubig und schmutzig werden, sogar wenn er sie sich mit dem neuen Tragetuch vor seine schmutzige Brust hängt. »Dieses Kind passt nicht hierher«, murmelt Hans traurig. »Aber es passt auch nicht in den Müll«, sagt er dann, »und wenn es hier schmutzig ist, dann ist im Müll nichts anderes mehr als Schmutz.« Hans schüttelt den Kopf. »Nein, nein«, sagt er trotzig, »du hast es gut hier, du bist bei einem alten Taugenichts gelandet, das ist großartig, ganz großartig, machen wir uns nichts vor.«

Hans wird sich Felizia umhängen, auch wenn sein Hemd so speckig ist, dass er selbst nicht mehr genau hinschauen und -fühlen will. Er legt Felizia auf den Tisch. Sie dreht ihren Kopf zur Seite und schläft weiter. Dann macht er sich an dem Tragetuch zu schaffen. Er hat einige Probleme damit, aber nach einer Weile begreift er, wie es funktioniert. Vorsichtig schiebt er sie so hinein, dass auch ihr Kopf gehalten wird. Dann den Mantel drüber, und als er den zuknöpft, Sieht man kaum, dass ich sozusagen schwanger bin, denkt Hans und grinst. Er will die Wohnung verlassen, aber plötzlich bleibt er ganz still stehen und fühlt Felizias Herzschlag gleich unter seiner Brust. Ganz schnell ist das Pochen ihres Herzens. Wie das Herz eines Vögelchens, denkt Hans und erinnert sich. Als er klein war, ging er in eine Schule, die war um einen Innenhof herum gebaut, den niemand betreten konnte. Es war einfach nur ein besonders breiter Licht-

26

schacht. Aber eines Tages kam Leben in diesen Schacht, denn eine Elster war dort hineingeraten und kam nicht wieder heraus, weil sie so steil nicht aufsteigen konnte. Er lief mit einem Schulkameraden ganz aufgeregt zum Hausmeister, und der schloss ihnen eine schmale Tür zu dem Lichtschacht auf, die er sonst nur benutzte, um dort sauber zu machen. Sie rannten über die Kieselsteine zu der Elster hin, und die Elster versuchte verzweifelt, ihnen zu entkommen, aber Hans ergriff sie von hinten und trug sie durch die Schule hinaus in die Freiheit. Und während er sie trug, fühlten seine Hände das Herz der Elster, ein kleines, ängstliches Vogelherz, das so schnell schlug, dass Hans sich wunderte, wie es das aushielt. »Eines Tages«, sagt Hans leise zu Felizia, »werde ich dich auch fliegen lassen. Hoffentlich erst, wenn du es schon kannst.« Er steckt den Brief an das Arbeitsamt ein und verlässt die Wohnung.

Hans geht zum Lotto-Toto-Laden, der direkt gegenüber auf der anderen Straßenseite liegt. Dort hat er früher seine Zigaretten und Zeitschriften gekauft. Jetzt braucht er eine Briefmarke. Der Besitzer geht auf die siebzig zu, ein gepflegter Witwer. Sie kennen sich, seit Hans vor zehn Jahren hierhergezogen ist.

Als Hans die Tür öffnet, bimmelt es, dann erscheint Herr Wenzel aus einem Hinterzimmer. Er geht sehr gebeugt, aber sein Gesicht mit den wasserblauen Augen und dem schlohweißen Haar ist klar und ebenmäßig. Er sagt: »Tag, Hans! Was führt dich her?« Herr Wenzels Blick fällt auf die Wölbung vor Hans' Brust. Er sagt: »Wirst du jetzt schon dick vom Nixtun?«

Hans lacht wie über einen guten Witz. Ohne länger zu überlegen, knöpft er seinen Mantel auf und sagt: »Schauen Sie einmal her!«

Herr Wenzel beugt sich über die Theke, Hans dreht sich so weit zur Seite, dass der andere Felizias Gesicht sehen kann. Herr Wenzel reißt erstaunt seine wasserblauen Augen auf, und Hans fühlt einen Stolz, den er noch nie gefühlt hat, nicht einmal damals, als seine Tochter zur Welt gekommen war und die Verwandtschaft seiner Frau auflief, um das Kind zu begutachten. Da war er nur ein Anhängsel gewesen, während Mutter und Kind alle Aufmerksamkeit bekamen. Aber jetzt steht er hier und ist ein echter Großvater, echter als jeder andere Großvater, der sein Enkelkind nur leihweise haben darf.

Nachdem Herr Wenzel Felizia begutachtet hat, blinzelt er Hans an und sagt: »Und wo ist die Mutter?«

Hans schaut ihn verdattert an. Mit einer so direkten Frage hat er nicht gerechnet.

Herr Wenzel sieht Hans direkt ins Gesicht, und als Hans nichts sagt, sagt er: »Dein Enkelkind, nicht wahr?«

Hans erholt sich von seinem Schreck und nickt. Hastig sagt er: »Ja, stellen Sie sich vor, Herr Wenzel, meine Tochter ist zu Besuch aus Neuseeland, und da hat sie mir ihr Kind kurz dagelassen, weil sie ein paar Besorgungen machen muss, so war das.«

Herr Wenzel nickt, als sei es genau so, wie Hans sagt. »Natürlich«, sagt er und lächelt freundlich. »Wie kann ich dir helfen?«

Hans kauft ihm eine Briefmarke ab, frankiert den Brief und lässt ihn gleich da, denn um vier Uhr kommt der Postwagen am Lotto-Toto-Laden vorbei. Hans will jetzt nur noch weg, er murmelt eine Verabschiedung und wendet sich zur Ladentür, aber Herr Wenzel sagt: »Hans, wart noch eben!«

Er kommt mit kleinen Schritten um die Theke herum und

greift im Vorbeigehen nach einer Lokalzeitung, die auf einem ganzen Stapel liegt. Er rollt sie zusammen, gibt sie Hans und sagt: »Die ist heute sehr lesenswert, Hans. Ich schenke sie dir.«

Verwirrt bedankt Hans sich. Herr Wenzel hat ihm noch nie eine Zeitung geschenkt, er hatte bislang sogar das Gefühl gehabt, dass Herr Wenzel ein wenig geizig ist, weil er jeden Cent Wechselgeld korrekt abrechnet. Hans verlässt das Geschäft mit der Zeitung in der Hand und geht schnell weg. Felizias Herz pocht gegen seine Brust, aber das alte Herz darin pocht jetzt auch schneller. Der hat mir nicht geglaubt, denkt Hans und malt sich aus, wie Herr Wenzel genau jetzt zum Telefon greift, um die Polizei zu verständigen.

Hans bleibt auf dem Bürgersteig stehen. »Meine Tochter!«, sagt er laut. »So ein Schmarrn! Wie alt soll denn das Fräulein Tochter bitteschön sein? Zwanzig? Dreißig? Vierzig? Du Hornochse! Du Gockel, musstest ja groß auftrumpfen, du Rindvieh!« Hans ist ganz außer sich. Er geht weiter, dann bleibt er wieder stehen und will zurückgehen und Herrn Wenzel eine andere, bessere Geschichte erzählen. Aber es ist zu spät, und er geht weiter. Nach Hause. Hans muss verschwinden aus der äußeren Welt, die ihm seine neue Enkeltochter sofort wieder abnehmen will. Er fährt mit einer Nachbarin aus dem Neunten hinauf. Man kennt sich nur vom Sehen und Grüßen. Der Frau fällt nicht einmal auf, dass Hans dicker ist als sonst. Warum musste er auch ausgerechnet zu Herrn Wenzel gehen? Hans kann gar nicht aufhören, sich zu ärgern.

Als er seine Wohnung betritt und den Schmutz und die Unordnung, lässt er die Schultern hängen. Er setzt sich auf seinen Stuhl im Wohnzimmer, ohne den Mantel auszuziehen, und schaltet den Fernseher ein. Felizia schnauft laut, aber Hans muss jetzt abschalten. Im Fernsehen läuft eine Ratgebersendung über die besten Geldanlagen. Hans hat keine Lust zu zappen, er schaltet den Fernseher wieder aus. Auf dem Tisch liegt die Zeitung, die Herr Wenzel ihm geschenkt hat. Es ist eine Boulevardzeitung, Hans liest so etwas nicht. Warum hat der Wenzel mir die geschenkt?, fragt er sich und beginnt, darin zu blättern. Auf der dritten Seite in der Rubrik ›Stadtviertel‹ findet er die Antwort. Es ist ein kurzer Artikel. Er liest ihn mehrere Male.

Dann steht er auf, verlässt die Wohnung, fährt mit dem Fahrstuhl ins Erdgeschoss, verlässt das Haus, überquert die Straße und betritt den Lotto-Toto-Laden von Herrn Wenzel. Die Türglocke läutet. Drei Kinder, die höchstens acht Jahre alt sind, stehen dort unschlüssig vor runden Plastikdosen und zeigen zögerlich auf schwarze Lakritzschnecken, grüne Gummifrösche, rote Zuckerstangen. Immer wieder schauen sie die Münzen an, die sie in ihren Händen halten, rechnen halblaut nach und halten Rat. Herr Wenzel steht bei ihnen und wartet. Als er Hans erblickt, nickt er ihm kurz zu.

Die Kinder versuchen, die richtige Wahl zu treffen, so viele Süßigkeiten zu kaufen, wie ihr Geld es ihnen erlaubt, und zugleich für alle drei die gleiche Menge zu erstehen, damit es gerecht ist. Hans kann sich kaum beherrschen, so ungeduldig ist er. Am liebsten würde er die Kinder anfahren, sich zu beeilen, aber als er schon kurz davor ist, betritt eine junge Frau den Laden, und Hans sagt lieber nichts. Er konzentriert sich auf Felizia. Er spürt ihren Herzschlag wie ein fernes Pochen, so fern, dass er sich plötzlich an seine Tochter Hanna erinnert, Wie lange ist das her?, fragt er sich, aber bevor er an die Ewigkeit denken kann, taucht ein Bild vor ihm auf, seine Frau mit Hanna in ihren Armen, beide lächeln ihn an, Hanna ist höchstens ein Jahr alt, Hans lächelt nicht zurück, er fühlt sich eingeengt von den Forderungen nach Liebe und Aufmerksamkeit, die in den lächelnden Gesichtern liegen, er hat das Gefühl, fortlaufen zu müssen, um endlich frei zu sein. Frei wovon? Das wusste er damals nicht, und deshalb blieb er und ertrug dieses Gefühl wie ein endgültiges Urteil, und deshalb hat er dieses Bild nicht vergessen, es steht für sein Versagen als Vater und als Mann. In welcher Verfassung war ich?, fragt Hans sich ratlos und schüttelt traurig den Kopf, aber da sind die Kinder endlich fertig und gehen zur Ladentheke. Herr Wenzel geht um die Theke herum, taucht dahinter wieder auf, er ist jetzt der Kassierer, Herr Wenzel spielt ein Ein-Mann-Stück mit zwei Rollen. Er lächelt freundlich, als er sagt: »Das macht dann drei Euro fünfzig.«

Die Kinder händigen ihm nacheinander ihre Münzen aus, dann gehen sie, und jetzt ist Hans an der Reihe, aber hinter ihm steht die junge Frau, und was er zu sagen hat, ist nicht für ihre Ohren bestimmt.

Hans weiß nicht, was er tun soll, aber da lächelt Herr Wenzel wieder freundlich und sagt: »Kommen Sie doch schon einmal vor, junge Dame.«

Während er sie bedient, lauscht Hans wieder Felizias Atem. Sie schläft immer noch, Schlafen kleine Babys so lange?, fragt er sich und kann sich nicht erinnern. Warum kann ich mich nicht erinnern?, fragt er sich. Weil ich mich so lange nicht erinnert habe oder weil ich es noch nie wusste? Hab ich meine eigene Tochter je so nah bei mir gehabt? Er verscheucht die Gedanken. »Was geschehen ist, ist geschehen«, murmelt er. Er ruft sich sei-

31

ne halbwüchsigen Kinder in Erinnerung: Hanna, so streitbar, so schnell mit den Worten, dass er, der Vater, keine andere Waffe hatte als die Lautstärke seiner Stimme. Und Rolf, sein Sohn, einen Kopf größer als er selbst, ein breitschultriger Hüne, der vor niemandem Angst zu haben brauchte, auch nicht vor ihm. Rolf hatte Rede und Antwort gestanden, wenn Hans es verlangte, hatte alle Freiheiten verraten, die Hanna sich herausnahm, hatte zu seinem Vater gehalten, bis er fünfzehn Jahre alt wurde. Dann war alles anders geworden, und Hans hatte zuerst noch gedacht: Es sind Kinder, die kriegen sich schon wieder ein, mein Vater hat nie eine Erklärung gegeben, sich nicht einmal entschuldigt, warum sollte ich damit anfangen? Aber sie haben sich nicht mehr eingekriegt, nicht wahr, Hans, denkt Hans, bis heute nicht.

In diesem Augenblick geht die junge Frau an Hans vorbei und verlässt den Laden. Hans hebt den Kopf, Herr Wenzel schaut ihn erwartungsvoll an.

»Nun, Hans«, sagt er, »hast du die Zeitung gelesen?«

Hans nickt.

»Und?«, fragt Herr Wenzel.

Hans weiß nicht, was er sagen will. Deshalb sagt er: »Sie lag in der Mülltonne, ich habe sie gerettet, sie hat niemanden, sie braucht mich, wollen Sie sie mir wegnehmen?« Hans ist immer lauter geworden, jetzt hält er erschrocken inne.

Herr Wenzel kommt um die Theke herum mit seinen kleinen Schritten und seinem gebeugten Körper, jetzt steht er vor Hans und ist nicht mehr der Ladenbesitzer. Er macht ein bekümmertes Gesicht, leise sagt er: »Das ist schrecklich, Hans, schrecklich.« Er kommt ganz nahe, er will das Kind aus dem Müll noch einmal neu anschauen, aber Hans weicht jetzt zurück, er will Felizia nicht mehr herzeigen. Herr Wenzel lächelt traurig. Er sagt: »Was wirst du jetzt tun, Hans?«

Hans sagt trotzig: »Ich werde sie großziehen, ich habe sie aus dem Müll gezogen, sie wird bei mir bleiben, sie wird in den Kindergarten gehen, in die Schule, sie wird ein ganz normales Leben haben, ich werde ihr erzählen, dass ihre Eltern tot sind, dass ich ihr Großvater bin, sie wird nie erfahren, was wirklich geschehen ist …« Er hört auf zu sprechen, denn Herr Wenzel sieht ihn auf einmal ganz verstört an. Hans wartet.

Herr Wenzel fasst sich wieder. Dann sagt er mit seiner sanften Stimme und seinem traurigen Lächeln: »Aber Hans, hast du sie denn gerettet, um sie anzulügen?«

Hans macht den Mund auf und dann wieder zu. Er hat keine Antwort. Er legt die Hände schützend um Felizia, die immer noch schläft und nicht ahnt, dass hier zwei alte Männer über ihr Schicksal verhandeln. Hans schluchzt. Herr Wenzel klopft ihm ungeschickt auf die Schulter.

Hans stammelt: »Soll ich ihr denn sagen, dass ihre Mutter sie weggeworfen hat?« Er verliert die Fassung, alles in ihm krampft sich zusammen, und er heult auf, während er weint. Herr Wenzel eilt an ihm vorbei, sperrt den Laden zu und zieht den Vorhang vor. Es dauert eine Weile, bis Hans sich beruhigt hat, Herr Wenzel spendiert ihm Taschentücher aus einem seiner Regale, Hans schnäuzt sich laut die Nase. Dann führt Herr Wenzel Hans um die Theke herum in den hinteren Raum. Dort hat er eine Stube mit einem Tisch und zwei Sesseln, die über Eck stehen, einem Spülbecken, einer Kaffeemaschine und einem Fenster mit Gardine zur Straße hin.

»Hier habe ich mit meiner Frau gesessen, wenn grad kein Kunde kam«, sagt er halb zu Hans und halb zu sich selbst, wäh-

33

rend er Kaffee aufsetzt. »Das ist nun auch schon zwölf Jahre her.« Er lächelt Hans an und setzt sich in den freien Sessel.

Da sitzen sie, und Hans versucht, nicht mehr zu schluchzen, und wundert sich über sich selbst und ahnt, dass er nicht nur Felizias wegen geweint hat. Der Kaffee läuft durch den Filter, Hans mag den säuerlichen Geschmack von Filterkaffee nicht, aber das spielt jetzt keine Rolle, er nimmt die Tasse dankbar an, Herr Wenzel ist kein Feind mehr, der ihm seine Felizia wegnehmen will. Sie trinken den wässrigen Kaffee, Hans dreht den Kopf zur Seite, weil er fürchtet, Felizia versehentlich zu verbrühen, nichts Böses darf diesem Kind mehr widerfahren. Dann stellen sie die Tassen auf die Untertassen, die auf dem Tisch stehen, und Herr Wenzel lehnt sich zurück, aber er ist so gebeugt, dass sein Kopf immer noch ziemlich weit vorgereckt ist. Er lächelt Hans freundlich an. Er hat verstanden, dass er ihn nicht von seinem Vorhaben abbringen kann. Er hat verstanden, dass beider Leben am gleichen seidenen Faden hängen. Er wird nicht mehr versuchen, Hans dazu zu bewegen, das Kind der Polizei zu übergeben. Er wird niemanden verständigen, wie er es vorhatte, falls Hans sich uneinsichtig zeigen sollte. Er kann es nicht mehr. Er sagt: »Du wirst Hilfe brauchen.«

Es läutet, draußen steht der Mann vom Paketdienst, um die Post mitzunehmen, es ist vier Uhr. Herr Wenzel gibt ihm Päckchen und Briefe, Hans' Weiterbewilligungsantrag ist auch darunter. Als der Mann in seinem gelben Lieferwagen wieder davonfährt, lässt Herr Wenzel den Laden geöffnet. Er geht zurück ins Hinterzimmer und sagt zu Hans: »Ich werde dir helfen, so gut ich kann. Aber ich bin ein alter Mann. Du wirst dir mehr Leute suchen müssen.«

Hans nickt. Er steht auf, er dankt Herrn Wenzel, ohne ihm

in die Augen zu blicken, sein Gefühlsausbruch ist ihm jetzt
peinlich. Dann verlässt er den Laden und überquert die Straße,
um nach Hause zu gehen.

An diesem Abend gibt Hans Felizia noch das Fläschchen. Anschließend wickelt er sie. Nachdem er das schlafende Kind auf
sein Bett gelegt hat, betritt er das Badezimmer, schaltet das Licht
ein und schaut in den Spiegel. Er starrt sich an, wie man einen
Fremden anstarrt, der unvermutet in der eigenen Wohnung auf-
taucht. Dann muss Hans lachen. Er lacht aus reiner Heiterkeit,
wie er es schon lange nicht mehr getan hat. »Ich sehe aus wie
Karl Marx!«, ruft er dem Spiegel zu. Sein Bart ist wirklich so
lang und buschig, so kraus und grau wie der des Philosophen.
»Und dabei war ich schon kurz davor, zur NPD zu gehen, damit
die mir beim Ausfüllen der Anträge hilft!«, gluckst er vergnügt.
Was die wohl für Augen gemacht hätten, wenn der große Marx
mit einem Hartz-IV-Antrag zu ihnen gekommen wäre, stinkend
und schmutzig wie ein Penner? Er malt sich die Szene aus und
findet immer mehr Gefallen daran. Dann sucht er seine Nagelschere, und obwohl die eigentlich viel zu klein ist für den großen
Bart, beginnt er ihn zu stutzen, langsam und methodisch, wie
jemand, der viel Zeit hat. Ja, ich hab Zeit, denkt er plötzlich
und spürt, dass er sich zum ersten Mal zu Hause fühlt in seiner
Wohnung. Wie erstaunlich die Dinge sind, denkt er, während
er schneidet und sein Spiegelbild sich langsam verändert. Da
findet man ein Baby im Müll, und schon ist das Leben ganz anders. Bei diesem Gedanken werden seine Augen wieder feucht,
aber er will jetzt nicht traurig sein, es geht ihm doch gut, zum
ersten Mal seit einer Ewigkeit. Büschel für Büschel landet sein
Bart im Waschbecken und bildet dort einen schmutzig grauen

Haarberg. Als der Bart endlich kurz genug ist, nimmt er seinen elektrischen Rasierapparat, der noch voller Haare vom Vorjahr ist, säubert ihn und rasiert sich glatt. Dann ist Hans fertig. Er steht vor dem Spiegel und sieht neugierig hinein, als begegne er einem lange vermissten Freund wieder.

»So schlecht schaust du gar nicht aus!«, ruft er seinem Spiegelbild zu. Zumindest, denkt er, sieht man mir meine neunundfünfzig Jahre nicht an. Er überlegt und fährt sich dabei mit Daumen und Zeigefinger über das Kinn. »Du könntest glatt für fünfundfünfzigeinhalb durchgehen!«, sagt er dann gönnerhaft und lacht. Und nun? Hans betrachtet kritisch sein Haar. Es ist lang und fettig, das ungepflegte Haar eines Mannes, der sich selbst aufgegeben hat. Warum habe ich das nicht allein hingekriegt?, fragt er sich. Warum musste das Schicksal mir ein Baby in die Mülltonne legen, damit ich mich endlich zusammenreiße und weiterlebe? Bin ich am Ende schuld an Felizias Unglück? Er schüttelt den Kopf. »Unsinn!«, sagt er laut. So wichtig ist er nicht, dass irgendein Gott für ihn einen anderen Menschen opfert. Felizia und er sind zwei winzige Bröckchen im Universum, irgendwo weit voneinander entfernt von größeren Brocken abgesplittert und allein losgedriftet durch die Leere des Raums und nun durch einen kosmischen Zufall zusammengestoßen. So ist es und nicht anders. Hans denkt an einen Satz, den seine Frau ständig wiederholte, als sie noch verheiratet waren. Er schaut in den Spiegel, klimpert mit den Augen und sagt mit übertrieben hoher Stimme: »Alles hängt von allem ab, vergiss das nicht, Schatz!« Dann setzt er ein missmutiges Gesicht auf, zieht die Mundwinkel nach unten, hängt die Augenlider tief und sagt mit barscher Männerstimme: »Was soll das schon wieder, Schatz?«

Ja, fragt Hans sich und schaut nachdenklich in den Spiegel, was sollte das? Warum musstest du nur immer mit erhobenem Zeigefinger durch die Gegend laufen, warum hattest du für alles, was uns im Alltag passierte, eine Regel, eine Weisheit, die doch immer nur Nörgeleien an mir waren? – »Hee, ich rede mit dir!«, fährt er sein Spiegelbild an. Er verändert wieder sein Gesicht, spitzt die Lippen, klimpert mit den Augen, eine Karikatur seiner Frau ist er jetzt. »Du hast dich doch nie gekümmert, alles musste ich machen«, sagt er im Falsett. Sofort wird er wieder zu Hans, der wütend und viel zu laut antwortet: »Du hast mich doch nicht gelassen. Alles wusstest du besser, immer hattest du Angst, dass ich was falsch mache!« Aber da ist schon wieder seine Frau mit ihrem abschätzigen Blick und dieser nervigen Stimme: »Du warst ja auch nicht der Geschickteste, Schatz, und wenn ich dich daran erinnern darf: Ich habe das Geld nach Hause gebracht. Ich habe alle Anschaffungen bezahlt. Ich habe die Miete bezahlt, Monat für Monat, die Lebensmittel, die Kleider, sogar deine Zigaretten habe ich bezahlt, denn du hattest ja keinen Pfennig!«

Hans: »Aber doch nur, weil ich meine Karriere zu Gunsten deiner aufgegeben habe! Damit du arbeiten gehen konntest, bin ich bei den Kindern geblieben, hast du das etwa vergessen?!«

Karin: »Karriere? Welche Karriere? Du hattest doch nur Jobs!«

Hans schweigt. Sie hat recht. Ich hatte nur Jobs, nichts, was gegen ihre lupenreine Laufbahn angekommen wäre. Das habe ich nun davon, dass mir Geld nicht so wichtig war, denkt er. Dass ich es als spießig verachtet habe, wenn einer sich um seine Finanzen sorgte. Dass ich anders sein wollte als andere Männer. Kein Macho, kein Patriarch, kein konservativer Katholik wie mein eigener Vater, der Mutter ein Leben lang gegängelt hat, bis sein Gehirn mit einem Schlag aufhörte zu funktionieren und er eine ängstliche alte Frau zurückließ, die sich nichts zutraute und freiwillig ins Altersheim ging, weil sie ihrem Sohn und ihrer Schwiegertochter nicht zur Last fallen wollte, wie sie behauptete. – »Ha!«, macht Hans grimmig. Es ist mir wirklich gelungen, nicht so zu werden wie mein Vater, denkt er. Und Hartz IV ist der Beweis dafür. Hans lässt die Schultern hängen. »Aber am meisten«, sagt er nun ganz unverstellt in den Spiegel, »wurmt es mich, dass die Kinder besser mit dir auskamen, obwohl sie den ganzen Tag bei mir waren.«

Da sagt Hans' Gesicht mit Hans' Stimme aus dem Spiegel: »Kein Wunder, du warst ja auch überfordert.«

Hans nickt zustimmend. Zwei Kinder großziehen, das hatte ihm niemand beigebracht. Ihm fallen Szenen ein, die noch im Nachhinein schmerzen. Ein Wutausbruch, den er hatte, als Hanna etwas über ein Jahr alt war, nur weil sie immer wieder von unten auf den Tisch langte, wo Geschirr und Besteck lagen. Hans schließt kurz die Augen, so schmerzhaft ist die Schuld, die er empfindet. Danach schrie Hanna eine Stunde lang nach ihrer Mutter, aber die war ja arbeiten. Hans seufzt tief. »Wird Zeit, dass du dir einiges verzeihst«, sagt er zu seinem Spiegelbild. Dann beginnt er, sich mit der Nagelschere das Haar zu schneiden. Das ist anstrengend, immer wieder muss er die Arme herunternehmen, weil sie ermüden. Als sein Kopf nur noch von unregelmäßigen Büscheln bedeckt ist, die ihn an einen Vogel in der Mauser erinnern, rasiert er sich den gesamten Schädel und hat nun eine Glatze. »Das hat etwas Klares, Sauberes«, sagt er, als er fertig ist. Der Mann im Spiegel ist wieder ein Fremder, denn so hat Hans sich noch nie gesehen. Die

Kopfhaut und die Haut am Kinn heben sich rosaweiß gegen die lederne Bräune seiner Stirn, Nase und Ohren ab. Es sieht aus, als wäre er aus Teilen verschiedener Menschen zusammengesetzt. Aber es gefällt ihm, denn es ist etwas Neues. Nun muss der Rest folgen.

Er zieht sich aus, stopft eine Menge Kleidung in die Waschmaschine, die unter dem Waschbecken steht. Er schaltet den Intensivwaschgang ein. Seit Monaten hat er sie nicht mehr benutzt. Dann duscht er bei offener Badezimmertür, um Felizia nicht zu überhören, falls sie aufwacht. Das war klug, denn er hat sich gerade von Kopf bis Fuß eingeseift und zugeschaut, wie das Wasser sich auf seinem Weg vom Duschkopf bis zum Abfluss braun verfärbt, als das Baby anfängt zu schreien. So schnell hat er sich seit zwanzig Jahren nicht mehr abgetrocknet. Anschließend rennt er ins Schlafzimmer, nimmt das winzige Wesen in seine Arme und eilt in die Küche. Wasserkocher, Milchpulver, Fläschchen – nach fünf Minuten ist alles fertig, und Hans sitzt erschöpft am Küchentisch, während Felizia gierig trinkt. Dabei schaut sie ihn lange an, und Hans hat den Eindruck, sie wundere sich. Er lächelt und sagt: »Gefal ich dir? Das habe ich für dich getan. Geht ja nicht, dass du so proper bist und ich so schmuddelig. Aber morgen wirst du richtig staunen, wart's nur ab!«

Als Felizia eingeschlafen ist, wechselt er ihre Windeln, legt sie ins Bett zurück. Er sucht nach sauberer Wäsche in dem dunkelbraunen Sperrholzschrank, der in der Diele steht. Aber er hat keine mehr. Er zieht den Bademantel an, der ebenfalls muffig riecht. Dann staubsaugt und putzt er die Wohnung. Irgendwann ist die erste Waschmaschine durchgelaufen, Hans hängt die Wäsche auf den ausziehbaren Wäschehalter, der über der Badewanne montiert ist, und füllt die nächste Maschine – vor allem Unterwäsche und Socken, damit er morgen etwas zum Anziehen hat.

Die ganze Nacht wäscht und putzt und ordnet Hans. Dreimal wird Felizia wach, dreimal bekommt sie etwas zu trinken, dreimal landet sie anschließend wieder in einem weichen, warmen Bett. Als Hans im Morgengrauen die fünfte Waschmaschinenladung aufgehängt hat – über Stuhllehnen, offene Fensterrahmen, auf improvisierten Wäscheleinen –, steht er wieder im Badezimmer vor dem Spiegel und blickt hinein. Er trägt frische Unterwäsche und Socken, die er zum Trocknen auf die frisch entstaubte Heizung gelegt hatte.

»Na, was sagst du jetzt?«, fragt Hans den Kahlkopf, der ihn siegessicher und müde angrinst. Und der nickt anerkennend und sagt: »Nicht schlecht, alter Mann, nicht schlecht.« Dann geht Hans erschöpft ins Schlafzimmer und legt sich neben Felizia. Er stellt sich den Wecker auf elf Uhr. Morgen ist die Bettwäsche an der Reihe, denkt er noch und schläft ein.

Hans träumt. Er träumt von seiner Frau. Im Traum ist sie jung und schön. Sie lächelt ihn an und sagt etwas, was er nicht versteht. Hans nähert sich ihr, um besser hören zu können, was sie sagt. Sie lächelt und spricht weiter, aber wieder versteht er sie nicht. Da geht Hans ganz nahe zu ihr und legt sein Ohr an ihren Mund. Und jetzt hört er etwas. Es ist ein gurgelndes Geräusch. Hans schaut seiner Frau ins Gesicht, aber sie ist ein Wasserspeier aus Stein, und dort, wo ihr Mund war, befindet sich nur ein rundes Loch, aus dem jeden Augenblick Wasser hervorsprudeln wird.

Mit einem Schreck wacht Hans auf. Neben ihm schreit Felizia. Sie ist ganz blass im Gesicht. Ihre Kleider sind nass. Es dauert eine Weile, bis Hans begreift, dass sie sich erbrochen hat. Es riecht nach halb verdauter Milch. Felizias Gesicht ist schmerzverzerrt. Draußen scheint die Sonne, aber Hans nimmt es nicht wahr. Er schaut Felizia ratlos an. »Sie hat Krämpfe!«, ruft er plötzlich aus. Er hebt das schreiende Kind hoch, trägt es ins Badezimmer und zieht ihm dort die Kleider aus. Die Windel ist voll mit einer hellen Flüssigkeit. »Du hast Durchfall«, murmelt Hans. In seinem Kopf tauchen Gedanken auf, während er Felizia abwäscht, deren Geschrei manchmal kurz aufhört, nur um dann stärker wieder einzusetzen. Und immer mit ihrem heiseren Stimmchen, das noch gar nicht richtig laut werden kann. Hans beginnt zu schwitzen vor Angst. In seinen Gedanken tauchen tödliche Viren auf, die seine Felizia befallen haben. Vielleicht ist es zu schmutzig im Müll gewesen. Oder in der Wohnung. Sie hätte ja weiß Gott von besseren Leuten gefunden werden können, denkt er, während er mit Felizia zum Dielenschrank eilt, wo er ihre Kleider untergebracht hat, gleich neben seinen. Neue Windel, neue Kleidung und dann gut in eine dicke Decke einwickeln. Gedanken gehen ihm durch den Kopf. Die Kinderärztin hatte ihm damals erklärt, dass Babys noch kein eigenes Immunsystem haben. »Deshalb braucht sie eigentlich noch Muttermilch«, hatte sie mahnend gesagt und Hanna angeschaut, die mit Fieber auf dem Untersuchungstisch lag. Und jetzt hat Hans wieder ein Kind, das nicht von seiner Mutter gestillt wird. Vielleicht muss ja auch sie arbeiten gehen, denkt er wütend und verzweifelt. Hanna hatte damals hohes Fieber, und er dachte, er müsse sie dick einwickeln, damit sie keinen Schüttelfrost bekommt. Als er dann in der Praxis ankam, schrien die Arzthelferinnen auf und rissen ihr die Decken herunter. Sie fuhren ihn an, ob er etwa nicht wisse, dass kleine Kinder überhitzen können. Er wusste es natürlich nicht, aber das ließen sie nicht gelten. Damals war Hans nur beleidigt, jetzt aber begreift er plötzlich, warum die Frauen so wütend waren. Ich muss mich informieren, denkt er. Ich muss sofort zum Arzt gehen. Er fühlt Felizias Stirn. Sie ist nicht heißer als sonst. Aber diese Blässe macht ihm Sorgen. Hans holt das Wickeltuch aus dem Wohnzimmer, bindet sich Felizia vor die Brust, zieht den Mantel darüber und verlässt die Wohnung. Er ist zu panisch, um in Ruhe nachzudenken. Herr Wenzel muss helfen, denkt er immer wieder, während er auf den Fahrstuhl wartet und Felizia sich in Krämpfen windet. Der Fahrstuhl braucht eine Ewigkeit, bis er kommt. Dann fährt er viel zu langsam hinunter. Als er endlich im Erdgeschoss ankommt, stößt Hans die Tür auf und eilt hinaus. Es herrscht dichter Verkehr, Hans steht am Straßen-rand und sucht nach einer Lücke zwischen den vorbeifahrenden Autos. Plötzlich hält er inne. In seinem Kopf taucht eine Szene auf: Hans mit Hanna, und Hanna schreit und schreit, zieht ihre Beine an und schreit. Jetzt erinnert er sich an jene Zeit. Es war kurz nachdem sie entschieden hatten, dass er zu Hause bleiben, dass Karin abstillen würde, um arbeiten zu gehen. Wie alt war Hanna damals?, fragt Hans sich. Die Sonne spiegelt sich in den Windschutzscheiben der Autos, das Licht ist grell, Hans hat viel zu wenig geschlafen. Der Verkehr lärmt, irgendwo hupt jemand, Felizias Schreien klingt gedämpft zu Hans herauf. Er kneift die Augen zusammen. »Höchstens zwei Monate«, murmelt er. Da-mals begannen Hannas Krämpfe. Beim ersten Mal, was für ein Licht war da?, fragt Hans sich und blinzelt in den Himmel. Es war genau das gleiche Licht wie heute, als Hanna zum ersten

Mal anfing zu schreien und nicht mehr aufhörte. Wie konnte ich das nur vergessen?, fragt er sich. Damals rannte Hans zum Arzt, und jetzt weiß er auch, wohin die Erinnerung mit der Muttermilch gehört. Sie gehört zu Frau Doktor Brinkmann, der Kinderärztin. Er erzählte seiner Frau nie, wie er ausgerechnet auf sie kam. Er log sie sogar an, tat so, als habe er mit kühlem Kopf im Telefonbuch nachgeschlagen, dann angerufen und einen Termin vereinbart. Hans schüttelt den Kopf, wie einer, der sich selbst nicht mehr versteht. Die Wahrheit ist nicht so schmeichelhaft, das weiß er genau. Denn damals wusste er nicht, wohin er sich wenden sollte, Karin war von seinen Anrufen wegen jeder Kleinigkeit genervt, er wollte sie nicht schon wieder im Büro belästigen, aber er war bereits in Panik mit Hanna auf die Straße gerannt, genau wie heute, und dann wollte er nicht wieder zurück in die Wohnung, genau wie heute. Hans seufzt tief, als er sich wieder an alles erinnert. Damals fragte er dann einfach irgendeine Mutter, die gerade mit ihrem Kind vorbeikam, nach einem Kinderarzt. Sie nannte ihm einen Namen und eine nahe Adresse, und dorthin ging Hans mit Hanna und setzte sich ins Wartezimmer. Weil Hanna so schrie, ließen ihn die anderen Mütter vor, vielleicht auch weil ein Mann mit einem schreienden Säugling hilfloser wirkt als eine Frau, es muss für die Mütter fast so gewesen sein, als hätten sie einen verstörten Jungen mit einem kranken Baby im Arm vorgelassen, ja, so fühlte Hans sich damals unter all jenen Frauen, die sich ihrer Sache so sicher waren. Hans erinnert sich daran, wie peinlich ihm alles war. Er hatte das Gefühl, gar kein richtiger Mann zu sein. Sogar Hanna, seine eigene Tochter, war ihm peinlich. Und dass die Frauen ihn vorließen, empfand er als Demütigung. Wie machen die das, fragt Hans sich jetzt, dass sie sich selbst nicht mehr beachten vor lauter Sorge? Er sagt zu Felizia, die immer noch schreit: »Keine Sorge, Kleines, du bist genau da, wo du jetzt sein musst.« Frau Doktor Brinkmann hatte ihn darüber aufgeklärt, dass Hanna an einer typischen Dreimonatskolik litt. Vermutlich wegen der fehlenden Muttermilch. »Geben Sie ihr die Flasche nicht so häufig, aber geben Sie ihr mehr pro Mahlzeit«, hatte sie gesagt.

Hans geht wieder nach Hause, wickelt Felizia aber nicht aus, sondern lässt sie die ganze Zeit im Wickeltuch vor seinem Bauch hängen. »Wärme am Bauch ist gut«, hatte Frau Doktor Brinkmann gesagt, und Hans war wieder nach Hause gegangen, hatte sich mit Hanna ins Badezimmer gesetzt, den Föhn angeschaltet und ihr warme Luft auf den Bauch geblasen. Es half, Karin war eine kurze Zeit lang zufrieden mit seinem Job als Vater, Hans merkte es, obwohl sie nichts sagte. Nie sagte sie etwas, wenn sie zufrieden mit ihm war. Er musste es »wissen«. Aber Hans wusste es nicht. Er hatte das Gefühl, dass sie immer nur auf ihm herumhackte.

Er seufzt. »Du brauchst keinen Föhn, kleines Mädchen«, sagt er zu Felizia. »Du brauchst nur meinen warmen Bauch an deinem.«

Bald schreit Felizia nicht mehr und schläft ein. Hans ist erschöpft. Er will den Fernseher einschalten, aber es widerstrebt ihm. Alles hat er sauber gemacht, alles ist wie neu. Wenn das Geld vom Arbeitsamt kommt, wird er sich einen neuen Mantel kaufen und dieses alte, speckige Ding wegschmeißen. Vielleicht sollte ich den Fernseher auch loswerden, denkt er, aber er weiß, dass er dies nicht tun wird. Wenn ich nicht mehr fernsehe, was mache ich dann?, fragt er sich und hat darauf keine Antwort.

So viele Jahre hat er damit verbracht, nicht zu leben, dass er gar nicht mehr weiß, wie das Gegenteil geht. Aber ich muss, denkt er und sieht zu Felizia hinüber, die auf einem Stapel frischer Wäsche liegt, der sich auf dem Tisch türmt. Schwerfällig erhebt Hans sich. Was er mit Schwung begonnen hat, muss er nun durchhalten. Das ist ihm schon immer schwergefallen, und Karin hat es ihm oft vorgeworfen. Er hebt das Kind hoch, trägt es ins Schlafzimmer. Dann kehrt er zurück und beginnt, die Wäsche zu verstauen. Vor ihm tut sich ein Tunnel auf, der in die Zukunft führt. Er ist voller Kleidung, Bettzeug und Handtücher, die regelmäßig gewaschen, getrocknet und verstaut werden müssen, voller Böden, die jede Woche geputzt sein wollen, voller Müll, der nichts in der Wohnung zu suchen hat, den er regelmäßig hinunterbringen muss, voller Teller, Tassen, Gabeln, Messer, Löffel, die sich nicht selbst spülen. Der Tunnel ist so voll von all diesen Dingen, dass kaum Licht in ihn dringt und Hans das Gefühl hat, er müsse darin ersticken. Er lässt alles fallen und eilt ins Schlafzimmer. Dort liegt Felizia, er schaut sie lange an und denkt: Es ist für sie, es ist für sie, es ist für sie, es ist für sie. Immer wieder denkt er es, damit es sich in sein träges Gehirn brennt und er es nicht wieder vergessen kann. Nach einer Weile hat Hans das Gefühl, dass es nun genügt. Langsam kehrt er zu seiner Wäsche zurück und verstaut sie. Für sie. Er geht in die Küche, setzt sich einen Kaffee auf, schneidet Brot ab, schmiert Butter darauf, legt Käse auf die Butter, nimmt einen Teller, geht ins Wohnzimmer, setzt sich mit dem Kaffee und dem Butterbrot an den Tisch, aber an eine andere Stelle, nicht vor den Fernseher, sondern so, dass er aus dem Fenster schauen kann, und frühstückt. Für sie. Er kaut das Brot und genießt den Geschmack, er ist intensiv, Draußen scheint ja die Sonne, denkt er, als hätte er es zuvor nicht bemerkt, aber das ist nicht wahr. Ich habe keine Übung darin, in der Gegenwart zu leben, denkt Hans und nimmt sich vor, es zu trainieren. Auch das wird er für sie tun, und jetzt ist er müde, er hat kaum geschlafen, deshalb kehrt er ins Schlafzimmer zurück und legt sich hin. Bald schlafen sie Seite an Seite, Hans und Felizia, er mit tiefen Atemzügen und leichtem Schnarchen, sie mit kurzen, schnaufenden Geräuschen.

Es ist Nachmittag, als Hans durch ein Klingeln an der Haustür wach wird. Das ist schon so lange nicht mehr vorgekommen, dass er sich gar nicht mehr an das letzte Mal erinnert. Sogar das Geräusch seiner Klingel hatte er vergessen. Aber jetzt läutet es. Hans rappelt sich mühsam hoch, seine Knochen machen es ihm nicht leicht. Er schlurft zur Wohnungstür, schaut durch den Spion und sieht Herrn Wenzel, der ihn freundlich anlächelt. Hans öffnet die Tür. Das Lächeln verschwindet aus Herrn Wenzels Gesicht, er ruft aus: »Aber Hans, was hast denn du gemacht?«

Hans macht: »Schsch«, und sagt: »Bitte leise, die Kleine schläft.« Er ist ein wenig verärgert über die Reaktion des anderen, obwohl er nicht genau weiß warum. Herr Wenzel hebt beschwichtigend die Hände, dann bückt er sich, ergreift eine Einkaufstasche aus Papier, die neben ihm gestanden hat, und kommt unaufgefordert herein. »Ich habe euch etwas mitgebracht, Hans, nur ein paar Kleinigkeiten, die ihr gut gebrauchen könnt.« Sie gehen in die Küche. Herr Wenzel sieht sich aufmerksam um. Dann sagt er: »Nimm es mir nicht übel, Hans, aber ich habe immer gedacht, bei dir zu Hause wäre es …«, er zögert, Hans beendet den Satz: »… schmutzig.« Herr Wenzel stellt die Tüte auf den Tisch, dann dreht er sich zu Hans um – er

46

muss sich ganz umdrehen, weil er seinen Hals nicht wenden kann – und lächelt ihn freundlich an: »Verzeih mir, Hans, manchmal trügt der Schein.« Hans ist gekränkt, weil Herr Wenzel ihn so verkannt hat, aber gleichzeitig sagt eine Stimme in seinem Kopf, dass das ja gar nicht wahr ist. Er fragt sich flüchtig, ob ihm das öfter passiert, aber Herr Wenzel beginnt, die Tüte auszupacken. Er zieht einen kleinen, weißen Winteranzug mit schwarzen Punkten heraus, der schon in die Jahre gekommen ist. »Er gehörte meiner Tochter«, sagt Herr Wenzel, »aber sie hat keine Kinder bekommen, deshalb dachte ich: besser so, als dass er vergammelt.« Er sieht ein wenig traurig aus, findet Hans und denkt unwillkürlich daran, dass er selbst nicht einmal weiß, ob Hanna und Rolf Kinder haben. Bisher ist er fest davon ausgegangen und hat sich selbst dafür bemitleidet, dass er sie nicht kennt. Aber vielleicht stimmt das gar nicht. Vielleicht haben sie entschieden, nicht noch einmal durch diese Geschichte zu gehen, die schon beim ersten Mal nicht schön war. Er seufzt. Da stehen sie, zwei trostlose alte Männer voller schmerzlicher Erinnerungen. Einen Moment lang fühlt Hans sich wieder verloren, es ist ein schrecklicher Moment, als ob sich nie etwas verändert hat, als ob Felizia gar nicht in sein Leben gekommen ist. Als ob er und Herr Wenzel nur zwei Teile desselben Unglücks sind. Aber der Moment verstreicht, und Hans lächelt Herrn Wenzel an und sagt: »Danke, das ist sehr nett von Ihnen.« Der Anzug ist ein wenig zu groß, in diesem Winter wird Felizia ihn nicht benutzen können. Doch das stört Hans nicht, im Gegenteil, es freut ihn sogar, denn es bedeutet, dass Hans und Felizia zusammengehören, heute und in Zukunft.

Als Nächstes kommt ein Stofftier zum Vorschein, eine kleine Maus mit einem roten Rock und langen, dünnen Beinen. Ihr spitzes Näschen ist ein brauner, runder Stoffknubbel, sie hat lange, aufgenähte Wimpern und lächelt. »Meine Tochter hat sie Mimi genannt, aber Felizia kann sie natürlich so nennen, wie sie will«, sagt Herr Wenzel. Mimi ist weich und flauschig und wird weiterhin Mimi heißen, denkt sich Hans. Er ist ganz sicher, dass Felizia Mimi mögen wird.

Herr Wenzel, der sehr zufrieden aussieht, bringt nun eine neue Rassel und einen Kauring zum Vorschein und legt beides auf den Tisch. Das Geben und Nehmen hat sich gewandelt, es ist kein Wunder mehr, sondern ein stillschweigendes Einverständnis, eine Routine. Nun ist die Tüte leer. Herr Wenzel faltet sie sorgsam zusammen, er ist kein Mensch, der Dinge verschwendet, wenn man sie noch benutzen kann. Es entsteht ein Schweigen zwischen ihnen. Dann sagt Herr Wenzel zögerlich: »Hans, ich will nicht, dass du jetzt denkst, ich hätte mich eingekauft …«, er zögert, Hans versteht nicht, »… es ist nur so: Ich bin ein nutzloser alter Mann, genau wie du.« Er wartet, doch Hans reagiert nicht, er fühlt sich nicht nutzlos. Herr Wenzel fährt fort: »Mein Laden ist das Einzige, was mir geblieben ist an Beschäftigung. Zweimal im Jahr besucht meine Tochter mich und bleibt zwei, drei Tage, bevor sie wieder in ihr schnelles Leben verschwindet.« Er macht eine Pause und schaut Hans hilflos an. »Dieses Kind, das du gefunden hast, kann doch auch zwei Großväter gut gebrauchen, meinst du nicht?« Hans nickt langsam, er versteht immer noch nicht. Herr Wenzel sagt: »Meine Tochter braucht nichts mehr von mir, ich habe ihr alles gegeben, sie geht ihren Weg. Und sie war eh immer ein Mamakind.« Er seufzt. »Ich habe deshalb beschlossen, euch beiden unter die Arme zu greifen, das heißt, wenn du einverstanden bist.« Herr Wenzel zieht einen Umschlag aus seiner Jackentasche und legt ihn auf den Tisch. Dann schaut er Hans erwartungsvoll an. Hans setzt sich auf einen Stuhl und schaut den Umschlag an, der auf dem Tisch liegt. Damit hat er nicht gerechnet. Er macht den Umschlag auf und zählt. Zweihundertfünfzig Euro. Er will Nein sagen, er spürt, wie der Stolz sich in ihm regt. Geld annehmen! Von einem Fremden! Aber er schluckt das Gefühl und die Gedanken hinunter, denn er braucht das Geld. Er sieht Herrn Wenzel an und sagt etwas zu laut: »Alle Kinder haben zwei Großväter.« Er lächelt Herrn Wenzel an, als hätte er einen Witz gemacht, aber es genügt nicht, das merkt er sofort. Leise sagt er: »Danke, Herr Wenzel.« Er senkt den Kopf und fühlt sich wie ein armer Mann, der keine Wahl hat, und weiß, dass dieses Gefühl die Wahrheit sagt. Er weiß auch, dass Herr Wenzel sich eingekauft hat in die Fürsorge für dieses Findelkind, das erst gestern niemanden mehr hatte.

Sie sitzen noch eine Weile beisammen, Hans hat Kaffee gekocht, einen Espresso, jetzt trinken sie ihn gemeinsam. Dann muss Herr Wenzel wieder zurück in den Laden, aber zuvor geht er ins Schlafzimmer und wirft einen liebevollen Blick auf Felizia, die immer noch schläft. Er beugt sich über sie und betrachtet ihr kleines Gesicht mit dem Stupsnäschen, den großen Augenlidern und dem kleinen Mund. Er lauscht ihrem leisen Schnaufen, dann lassen die beiden Männer das Kind wieder allein. Bevor Herr Wenzel geht, sagt er zu Hans: »Kommt doch morgen zum Frühstück ins Geschäft.« Hans nickt, dann geht Herr Wenzel.

49

An diesem Abend sieht Hans wieder fern. Felizia hat er gefüttert, sie hat Bauchschmerzen bekommen und geschrien, er hat sie im Wickeltuch durch die Wohnung getragen, bis es ihr wieder besser ging. Anschließend hat er Geschirr gespült, weil er mit einem Schreck gesehen hat, dass sich schon wieder ein kleiner Berg in der Spüle bildete. Das darf nicht mehr vorkommen, hat er gedacht und sofort die Ärmel hochgekrempelt. Danach ist er durch die Wohnung gelaufen und hat alles inspiziert, aber seine Angst war unbegründet, noch ist alles sauber und in Ordnung, kein Wunder, es ist ja erst ein Tag vergangen seit seiner Wasch- und-Putz-Nacht. Nun sitzt er entspannt auf seinem Fernseh- stuhl und schaut die Lokalnachrichten.

Irgendwo in der Stadt ist ein Mensch von einem anderen Menschen niedergeschlagen worden, einfach so, sie kannten einander nicht einmal.

Irgendwo auf dem Land ist ein Mensch betrunken mit dem Auto verunglückt.

Hans achtet nicht so genau auf die einzelnen Berichte, er genießt das Gefühl, ohne schlechtes Gewissen dazusitzen und sich berieseln zu lassen. Er fühlt sich jenseits all der Zwänge und Pflichten, die ihn bisher so belastet haben, dass er ihnen nicht nachkommen konnte.

Im Fernsehen erscheint jetzt eine Frau, die mit beiden Hän- den eine aufgeschlagene Zeitung über ihren Kopf hält, so dass man ihn nicht sehen kann. Sie ist schlank, trägt einen weißen Pullover und eine Jeans, zwei Polizisten geleiten sie von einem Auto hin zu einer Treppe. Die Stimme aus dem Off gehört einer Frau, sie rattert Informationen herunter. Hans versucht, das Gesicht der Frau zu sehen, doch sie schirmt sich geschickt ab, sie hält den Kopf halb geduckt, als regne es auf sie nieder,

50

und flieht vor den Kameras in das Gebäude hinein, neben ihr die beiden Polizisten, einer führt sie am Ellenbogen, es sieht aus, als dürfe es nicht so aussehen, als wäre sie noch ein freier Mensch. Der Bericht ist beendet, die Nachrichtensprecherin erscheint wieder im Bild, sie sagt noch, nach der kleinen Marie werde fieberhaft gesucht, man gehe davon aus, dass sie tot sei, dann wechselt sie das Thema.

Hans schaltet den Fernseher aus. Er starrt den erblindeten Bildschirm an, minutenlang, ohne einen klaren Gedanken zu fassen. Stattdessen sieht er Bilder. Er sieht, wie ein Mann eine junge Frau mit drei Kindern verlässt. Die junge Frau hat eine Zeitung auf ihrem Kopf. Hans schüttelt den kahlen Kopf. »Soll sie doch einfach verschwinden!«, ruft er dem Fernseher zu. Nichts will er von dieser Frau und ihrer Misere wissen. Was sie getan hat, ist unverzeihlich, denkt er und wiederholt das Wort in seinem Kopf: unverzeihlich. Dann erhebt er sich mühsam von seinem Stuhl. Er kann gar nicht aufrecht stehen, so schwer fühlt er sich mit einem Mal. Marie. Der Name irrt durch seinen Kopf, Hans ist damit beschäftigt, ihn nirgends ankommen zu lassen. Er schlurft ins Badezimmer und putzt sich die Zähne. Er schaut sich an, immer noch hat er sich nicht an sein neues Aussehen gewöhnt. Viel jünger wirkt er jetzt, aber auch verletz-licher, vor allem am Hals, der ist so dünn, so dünn, so dünn, Marie. Da ist der Name wieder. Hans putzt sich die Zähne. Marie. Hans wäscht sich das Gesicht. Marie. Hans trocknet es ab. Marie. »Zum Teufel!«, ruft er in den Spiegel, wo ihn ein wütender Mann anstarrt. »Zum Teufel mit diesem Namen!«

Aber der Glatzkopf schaut ihn plötzlich fragend an. Darf er Felizia ihren wahren Namen vorenthalten, nur weil Eva M. ge-tan hat, was sie getan hat, nur weil Hubert M. sie verlassen hat.

Vierundzwanzig Jahre und schon drei Kinder, denkt Hans mit einem Ausrufezeichen der Empörung. Haben die nichts von der Pille gehört, denkt er mit einem Fragezeichen der Entrüstung. Marie. Der Name gefällt Hans nicht, ein Allerweltsname, den gibt man einem Kind, ohne groß nachzudenken, den gibt man einem Kind, um das man sich nicht kümmert, den gibt man einem Kind, das man nicht liebt. Marie. Wie ein Gift, das der Geist nicht mehr abbauen kann, ist dieser Name, er geht nicht weg, er kommt nicht an, wo er ankommen muss, weil Hans sich dagegen wehrt. Er rennt ins Schlafzimmer, er reißt sich fast die Kleider vom Leib, streift sich hastig den Pyjama über, er legt sich ganz dicht an Felizia, legt seine Arme schützend um sie, es ist dunkel, jetzt kommt gleich der Schlaf, und morgen ist alles anders, Felizia. Marie.

Der Schlaf will nicht kommen. Hans' Kopf sucht fieberhaft nach einem Ausweg für ein Problem, das noch niemand zur Sprache gebracht hat. Er kann nicht still liegen, er wälzt sich hin und her und versucht, Felizias Schlaf nicht zu stören. Maries Schlaf. Hans muss eine Lösung finden. Er denkt: Welcher ist ihr wahrer Name? Die Behörden kennen sie als Marie M., sie suchen ihre Leiche, und fast wünscht Hans, sie fänden eine andere Babyleiche, Es gibt so viele Leute, die ihre Kinder wegwerfen, ständig hört und liest man davon, denkt Hans, dann würden sie aufhören, nach seiner Felizia zu suchen, die friedlich neben ihm schnauft, die vielleicht träumt, Wovon träumst du, kleines Mädchen, denkt Hans und beugt sich ganz dicht über sie und denkt plötzlich: Vom Müll.

Er rollt sich auf den Rücken und drückt beide Handballen gegen seine Schläfen, als könne er diese wild gewordenen Gedanken herauspressen wie Saft aus einer Frucht. Aber es geht nicht, Hans lässt die Arme sinken, er liegt im Dunkeln und starrt an die Decke. Eine ganze Weile geht das so, kein Schlaf, nur eine eigenartige Betäubung, die ihn an etwas erinnert. Und dann fällt es ihm wieder ein: Ja, so ist es, wenn etwas zu Ende geht und man es noch nicht glauben kann, aber doch schon weiß, es gibt kein Zurück mehr. So lange bin ich nun schon ein verlassener Mann, denkt Hans, so lange habe ich nichts anderes daraus gemacht. Und dann ist Felizia zu mir gekommen, und nur weil mir das Fernsehen sagt, dass sie Marie heißt, wird sie mich doch nicht schon wieder verlassen. Hans setzt sich im Bett auf. Er hat nur Angst, mehr ist es nicht. Fast freut er sich darüber, denn es ist ja eine alte Angst, die er einfach behalten hat, wie man ein Andenken behält, das man bei jeder Gelegenheit hervorholt und anschaut, weil es einen erinnert. Daran, dass das Ende lange vor dem Ende begann. Mindestens drei Jahre. Als Hanna aufhörte, mit ihm zu sprechen. Als sie begann, ihn einfach zu ignorieren. Nichts ließ sie sich mehr von ihm sagen. Und Karin gab ihm keine Rückendeckung. Im Gegenteil! Sie unterstützte Hanna sogar! Hans ist noch heute wütend über Karins Hintergehungen. Er legt sich wieder hin. »Nie zogen wir an einem Strang«, flüstert er der Decke zu. »Für sie war es so leicht, die Gute zu sein! Sie musste ja nicht den Alltag mit den Kindern aushalten. Sie kam nach Hause und spielte die Retterin.« Hans kennt alle diese Gedanken, er hat sie tausendmal gedacht. Es ermüdet ihn, sie wieder und wieder zu denken, er fühlt sich wie jemand, der immer denselben Weg geht, seit vielen, vielen Jahren denselben Weg, Marie. Felizia Marie. »Das ist gut«, murmelt Hans noch, »Rufname: Felizia.« Dann schläft er ein.

Hans geht durch ein Gebirge. Er weiß, dass er träumt, er weiß, wo und wie er liegt und träumt. Er geht durch ein rotes Steingebirge, es gibt keinen Strauch und keinen Baum. Er ist auf der Suche. In der Ferne sieht er einen schneeweißen Vulkan, der aussieht wie der Fudschijama. Auf gleicher Höhe wie er selbst, aber getrennt durch weite Täler und rote Felsengipfel. Der Fudschijama hat mit ihm zu tun, das spürt Hans, doch er sucht etwas anderes. Er klettert weiter und stößt auf eine Holztür. Mitten im roten Fels. Hans ist überrascht, er dachte, das Gebirge sei massiv, und jetzt diese Tür.

Hans erwacht. Er fühlt sich, als hätte er gar nicht geschlafen, sondern die ganze Nacht wach gelegen. Und doch ist er erholt. Als er sich auf den linken Ellenbogen stützt, um nach Felizia zu schauen, blickt er in zwei große Augen, die ihn staunend betrachten. So aufmerksam betrachtet Felizia Hans, dass der genauso erstaunt zurückblickt. Und dann lächelt Felizia. Hans lächelt zurück. »Hallo, Felizia«, sagt er leise und vorsichtig, als könne sie über alles erschrecken, und dann wäre dieser wunderbare Moment zerstört. Aber so ist es nicht. Als Felizia Hans' Stimme hört, wird ihr zahnloses Lächeln noch breiter, und ihre Augen verformen sich zu zwei kleinen Halbmonden. Das ist so schön, dass Hans immer weiter auf Felizia einredet, und als ihm nichts mehr einfällt, kommen Laute ohne Bedeutung aus seinem Mund, und diese Laute haben einen bestimmten Sinn, den Felizia sehr gut versteht. Sie sind nicht neu, diese Laute, Hans erkennt sie wieder, und das ist das Erstaunlichste, denn es kommt ihm so vor, als hätten sie über dreißig Jahre in einem vergessenen Winkel seines Kopfes darauf gewartet, wieder hervorgeholt zu werden. Fast wäre es nicht geschehen, aber hier liegt Hans nun und turtelt mit Felizia, hört sich dabei zu und spürt vage die Gegenwart dieser alten Geschichte, in der er vorkommt als einer, der gar nicht so anders war als jetzt, gar nicht so schuldig, gar nicht so hart und unnachgiebig, gar nicht so fehlerhaft. Und das fühlt sich gut an. »Danke, kleine Felizia«, flüstert er und hebt das Baby hoch in seine Arme.

Dann fällt ihm ein, dass Felizia und er zum Frühstück eingeladen sind. Draußen scheint wieder die Sonne. »Vielleicht bekommen wir einen goldenen Herbst, Feli«, sagt Hans, während er Felizia zur Küche trägt. Dort legt er sie auf den Tisch und bereitet ihre Milch zu.

Als sie diesmal in Herrn Wenzels Lotto-Toto-Laden kommen, herrscht dort Hochbetrieb. Es ist früh, die Leute kaufen sich Tageszeitungen, bevor sie zur Arbeit gehen. Herr Wenzel winkt Hans zu sich, und Hans fühlt sich wie jemand Besonderer, als er hinter die Theke geht und das Hinterzimmer betritt. Das Gefühl verschwindet, als die anderen Leute ihn nicht mehr sehen können. Der Tisch ist reich gedeckt. Dort duftet es nach Kaffee, in einem Körbchen liegen Brötchen und Croissants, daneben stehen Marmeladentöpfchen, rot, orange, blau, auf einem Holzbrett befinden sich verschiedene Käsesorten, zwei Gläser gefüllt mit Orangensaft gibt es auch. Durch das Fenster fällt helles, warmes Licht. Einen solchen Frühstückstisch hat Hans seit langer Zeit nicht mehr zu Gesicht bekommen. Er legt seinen Mantel ab und wickelt Felizia aus, die eingeschlafen ist. Er legt sie auf die Couch und setzt sich neben sie. Nach einer Weile kommt Herr Wenzel herein. »Entschuldige, Hans, dass du warten musstest. Aber morgens ist immer viel los.« Dann reibt er sich die Hände. »Jetzt aber!«

Er setzt sich Hans gegenüber. Hans will etwas Schönes über den schönen Tisch sagen, aber er kommt sich linkisch vor und hat Angst, dass es nicht echt wirken könnte. So sagt er nichts.

Sie trinken Kaffee und essen Brötchen mit Butter und Aufstrich. Hans versucht sich wohl zu fühlen, indem er sich nur auf das Frühstück konzentriert. Felizia schläft. Nach einer Weile sagt Herr Wenzel: »Die Mutter leugnet übrigens alles.« Er sagt das im Plauderton, aber Hans starrt ihn verständnislos an, bis er begreift, dass Herr Wenzel von Eva M. spricht. Die Frau mit der Zeitung auf dem Kopf. Die Frau ohne Gesicht.

Hans möchte das Thema nicht vertiefen. Er sagt: »Aha«, als gehe ihn das nichts an. Herr Wenzel beißt in ein Croissant und sagt mit vollem Mund: »Das ist gut für uns, sehr gut sogar.« Hans sieht dem anderen an, dass er jetzt fragen soll, warum das gut sei. Für uns, denkt er, warum für uns? Er wehrt sich gegen die Selbstverständlichkeit, mit der Herr Wenzel sich als Felizias Großvater betrachtet. Weil er mich nicht bei der Polizei anzeigt, denkt Hans. Er bereut, dass er das Geld angenommen hat. Aber Herr Wenzel sitzt immer noch da und kaut und wartet. »Warum?«, fragt Hans schließlich wie jemand, der widerwillig etwas hergibt, und Herr Wenzel greift nach dem Orangensaft und sagt: »Denk doch mal nach, Hans: Wenn sie gesteht, dann wird sie der Polizei auch erzählen, wo sie das Baby gelassen hat.«

Hans erschrickt. Daran hat er noch nicht gedacht.

Herr Wenzel lächelt ihn jetzt beruhigend an. »Keine Sorge, Hans«, sagt er, »solange sie keine Leiche finden, können sie sie nicht verurteilen. Und sie werden keine finden.« Er lacht vergnügt.

Hans ist nicht beruhigt. Die Frau mit der Zeitung auf dem Kopf, die Frau ohne Gesicht, die geduckt durch die lauernde Menge geht, als regne es Blicke auf sie herab, diese Frau ist ein schwacher Mensch, das spürt Hans. Er weiß, was Schwäche ist. Er ist selbst ein schwacher Mensch, er hat sich in Eva M. wiedererkannt. Auch er hat seine Familie weggeworfen, nicht mit einem Wurf wie sie, sondern mit vielen kleinen Würfen, die kaum merklich waren, aber über Jahre hinweg ergaben sie einen großen Wurf, einen ganz großen Wurf, denkt Hans zynisch und hätte grinsen mögen, wäre nicht Herr Wenzel, der sagt: »Wir müssen jetzt an andere Dinge denken. Zum Beispiel: Das Kind muss zum Arzt, hast du daran schon gedacht?«

Nein, daran hat Hans noch nicht gedacht, aber Herr Wenzel hat recht, und es fühlt sich allemal besser an, über einen Arzt nachzudenken als über Eva M., die vielleicht von ihrem Gewissen geplagt wird, wenn sie eines hat, und wer weiß, was sie dann tut?

»Ich kenne eine gute Kinderärztin, eine meiner Kundinnen hat von ihr erzählt, ihre Praxis ist ganz in der Nähe, du kannst bequem zu Fuß hingehen.«

»Und was erzähle ich ihr?«, fragt Hans, der sich in Herrn Wenzels Obhut begibt.

»Erzähl ihr, dass die Mutter deine Tochter ist und dass sie krank ist und nicht selbst kommen konnte.«

»Hm«, macht Hans. Herr Wenzel ist nicht sehr kreativ, was das Lügen angeht, denkt er. Das kann ich besser. Er sagt: »Ich werde mir schon etwas Passendes ausdenken.«

Er will zum Orangensaftglas greifen, aber Herr Wenzel sagt: »Wann wirst du gehen?«

Hans zieht die Hand zurück. Schon wieder hat der andere eine unsichtbare Grenze überschritten.

Herr Wenzel muss etwas bemerkt haben, denn er sagt eilig: »Es ist nämlich so, es gibt da diese Untersuchungen, die sein müssen, U eins, zwei, drei und so weiter heißen sie. Am besten, du fängst so bald wie möglich damit an.« Er lächelt, wie um den Zwang, der von ihm ausgeht, abzuschwächen. Hans sagt: »Aber ich habe keine Versicherungskarte für Felizia.«

Herr Wenzel macht ein gerissenes Gesicht. »Auch darüber habe ich schon nachgedacht: Ärzte leisten doch diesen Eid, der sie dazu verpflichtet zu helfen, nicht wahr?« Er wartet nicht ab, bis Hans das bestätigt, sondern fährt gleich fort: »Die Ärztin muss Felizia also untersuchen, und das wird sie auch.«

Hans will etwas einwenden, aber Herr Wenzel hebt abwehrend die Hand. »Und um das Geld mach dir keine Sorgen.«

Geld, immer nur Geld, denkt Hans missmutig. Er sehnt sich zurück nach der Zeit, in der Herr Wenzel nur der Besitzer des Lotto-Toto-Ladens von gegenüber war und mehr nicht. Ein Fremder mit vertrautem Gesicht, einem Gesicht, das lächelte, wenn man hereinkam, wenn man bezahlte, wenn man ging, und dann war es fort, und man vergaß es. Nicht so wie jetzt.

»Ich hab eine Idee«, sagt Herr Wenzel, der offenbar glaubt, Hans' Gesichtsausdruck zeuge von Furcht vor der Ärztin. »Wir gehen gemeinsam hin, was hältst du davon? Ich schließe meinen Laden für ein paar Stunden, und wir machen uns auf zur Ärztin. Die beiden Großväter und ihre Enkeltochter.« Er lacht aufmunternd und schaut Hans erwartungsvoll an. Aber Hans ist nicht zum Lachen zu Mute. Am liebsten würde er aufspringen und Herrn Wenzel anschreien, dass er Felizia für sich allein haben will, dass er sie mit niemandem teilt, dass Herr

Wenzel sich sein Geld sonst wohin stecken kann. Am liebsten würde er Felizia nehmen und den Laden verlassen und nie wieder zurückkommen, am liebsten würde er fortziehen von hier mit Felizia, ganz woanders hin, vielleicht in ein anderes Land, wie seine Frau und seine Kinder es getan haben, und noch einmal von vorn anfangen, nur er und Felizia, und er würde der ganzen Welt beweisen, dass er doch ein guter Vater sein kann, der beste Vater der Welt, der Vater, der er immer hat sein wollen und nie hat sein dürfen, weil ... Hans schüttelt sich. Er wendet sich um zu Felizia, die neben ihm liegt und friedlich schläft.

Eine leise, klare und sehr ruhige Stimme in seinem Kopf sagt: Für sie. Nicht für dich. Für sie.

Hans versteht. Er vertraut dieser Stimme, sie kommt ihm bekannt vor, als hätte er sie vor sehr langer Zeit schon einmal gehört. Und jetzt ist sie da und gibt ihm gute Ratschläge, und Hans gibt sich einen Ruck und sagt: »Ja, das ist ein guter Gedanke. Wir gehen zusammen.« Er macht eine Pause. »Aber nicht heute.«

»Nicht heute?«, fragt Herr Wenzel. »Wann dann?«

Hans tut, als überlege er, aber er hat es nur eilig fortzukommen, nur weg von Herrn Wenzel und seinem schnellen Zugriff.

»Felizia wird gleich wach werden«, sagt er, als er sie hochnimmt und sich vor den Bauch wickelt. Er hat inzwischen Übung darin, und es geht sehr schnell. Herr Wenzel schaut ihm schweigend zu. Er sieht aus wie jemand, der versucht, sich nicht anmerken zu lassen, was er denkt, findet Hans. Wie einer, der denkt: Der kann das nicht, der kriegt das nicht hin. Aber ich kann nichts sagen, denn ich habe die Kleine nicht gefunden. Wie einer, der gerne selbst ein Baby im Müll ... Hans verscheucht den Gedanken. Er verabschiedet sich von Herrn Wenzel, vergisst, ihm für das Frühstück zu danken, es fällt ihm auf, als er endlich auf der Straße ist und durchatmen kann. Worauf habe ich mich da nur eingelassen, denkt er und weiß einen Moment lang nicht, was er damit meint.

Vor dem Fahrstuhl im Erdgeschoss begegnet er Herrn Tarsi, dem Nachbarn, seinem schlechten Gewissen in Person. Er murmelt »Guten Tag«, ohne Herrn Tarsi anzuschauen. Herr Tarsi grüßt zurück. Ausländer gehen bestimmt nicht zur Polizei, denkt Hans, die haben zu viel Angst. Das ist doch beruhigend, findet er. Hans schielt verstohlen zu Herrn Tarsi hinüber. Herr Tarsi tut, als bemerke er es nicht, aber Hans hat das gesehen.

Im Fahrstuhl stehen sie einander versetzt gegenüber. Als sie am zweiten Stock vorüberschweben, sagt Herr Tarsi plötzlich: »Ihr Enkelkind?«, und lächelt ihn freundlich an. Hans ist perplex. Sie haben noch nie mehr als Worte der Begrüßung miteinander gewechselt, und selbst das in letzter Zeit nicht mehr so richtig, wegen der Sache mit dem Flur. Er sagt: »Nein, das heißt: ja, genau, meine Enkeltochter.« Herr Tarsi blickt so freundlich interessiert, wie Hans es niemals für möglich gehalten hätte. Es wäre unhöflich, Felizia nicht herzuzeigen. Und so öffnet Hans seinen Mantel, als sie am vierten Stock vorübergleiten. Herr Tarsi kommt lächelnd näher. Hans hat ihn noch nie lächeln sehen, oder hat er es vergessen, wegen der grimmigen Blicke, die der Nachbar ihm in letzter Zeit zugeworfen hat?

Der Fahrstuhl kommt im fünften Stock an, als Hans und Herr Tarsi zusammenstehen und die schlafende Felizia betrachten. Herr Tarsi hält die Tür auf, während er weiterschaut.

Er sagt: »So ein schönes Baby!« Sein Deutsch klingt perfekt, bis auf einen kleinen Akzent. Er seufzt und sagt: »Ich erinnere mich, als meine Tochter noch klein war«, dabei zeigt er mit den Händen einen Abstand in der Luft, der Felizias Größe entspricht, »so süß war sie!«, ruft er aus.

Hans lächelt und ist stolz auf sein Kind und auf sich selbst, weil er für Herrn Tarsi ein echter Großvater ist. Ein gutes Gefühl ist das, Hans genießt es. Sie verlassen den Fahrstuhl und gehen gemeinsam zu den Wohnungstüren, Hans, der Großvater, und sein Nachbar aus dem fernen Osten, ein Bild vollkommener Normalität. Und draußen bereitet die Sonne den goldenen Herbst vor.

Hans' Wohnungstür ist die erste. Als sie dort ankommen, bleibt Herr Tarsi noch bei ihm stehen. »Wie ist ihr Name?«, fragt er. Hans sagt: »Felizia Marie.« Er hat es gesagt, weil es nach mehr klingt, aber er bereut es sofort. Wenn nun Herr Tarsi doch die deutschen Nachrichten schaut? Schnell sagt er: »Eigentlich nur Felizia.«

»Felizia«, wiederholt Herr Tarsi mit seinem Akzent, das Wort fällt ihm schwer. »Was bedeutet das?«

»Es bedeutet: die Glückliche«, sagt Hans und denkt: Wenn er wüsste.

Herr Tarsi lächelt ihn an. Er sagt: »Mit einem solchen Opa ist sie wirklich eine Glückliche!«

Hans schaut Herrn Tarsi verdutzt an. Das meint der doch nicht ernst, denkt er, das kann doch nur Ironie sein. Aber Herr Tarsi sieht nicht aus wie jemand, der ironisch ist. Eher wirkt er wie ein Mensch, der immer genau das meint, was er sagt.

Hans hat die Tür geöffnet, er wartet aus Höflichkeit, bis Herr Tarsi sich verabschiedet. Aber der scheint gar nicht die Absicht zu haben. Neugierig späht er an Hans vorbei in dessen Wohnung. Das gefällt Hans überhaupt nicht. Herr Tarsi bemerkt es und sagt: »Ihre Tochter ist bestimmt auch da?«

Das ist ein Verhör, denkt Hans und sagt: »Meine Tochter ist auf einer Vortragsreise, deshalb kümmere ich mich um das Kind.« Er nickt mit Nachdruck, um es noch wahrer zu machen. Aber Herr Tarsi zeigt auf Hans' kahl geschorenen Kopf und fragt: »Alles in Ordnung? Ich sehe Sie und denke sofort: Der Nachbar ist krank, die Ärzte haben seinen Kopf rasiert, um ein Loch hineinzumachen.«

»Oh«, macht Hans. Das hatte er schon ganz vergessen. Jetzt begreift er, was los ist. Der wundert sich, weil sein Nachbar plötzlich nicht mehr stinkt. Die haben in den letzten Monaten bestimmt die Nase gerümpft, wenn sie an meiner Haustür vorbeigegangen sind, denkt er. Und plötzlich diese Veränderung. Und plötzlich ein Baby. Hans fühlt sich nicht mehr wohl. Er will Herrn Tarsi loswerden. Er sagt: »Hören Sie, Herr Tarsi, es tut mir leid, dass ich in den letzten Monaten nicht mehr geputzt habe. Ich will das wiedergutmachen. Sagen wir: Ich putze jetzt drei Monate lang, und Sie machen Pause. In Ordnung?«

Herr Tarsi nickt und lächelt ihn auf eine Weise an, die Hans nicht deuten kann. Dann sagt er langsam: »Ich freue mich für Sie, weil, jetzt sind Sie nicht mehr alleine.« Dann verabschiedet er sich und geht weiter, zu seiner Wohnungstür, schließt sie auf und verschwindet. Hans hat ihm verwirrt und ängstlich nachgeblickt. Aber noch bevor er sich Gedanken machen kann, wird Felizia wach. Sie schlägt ihre großen, dunklen Augen auf, dreht ihren Kopf nach oben, schaut ihn an und beginnt, leise

Töne von sich zu geben. Hans vergisst die Welt dort draußen, er schließt seine Tür, legt seinen Mantel ab und wickelt Felizia aus. Setzt sich in die Küche. Legt sie auf seine Oberschenkel, ihren Hinterkopf auf seine Knie. Da sitzen sie und schauen sich an. Hans lächelt und wartet darauf, dass sie sein Lächeln erwidert. Doch sie tut nichts, liegt nur da und schaut ihm ernst und aufmerksam in die Augen. So lange und unverwandt, dass Hans plötzlich ganz unsicher wird. Skeptisch sieht sie aus, findet Hans, als mustere sie einen Fremden, als wisse sie noch nicht: Was soll ich von dem da halten? Kann ich ihm vertrauen? Kann der das überhaupt: mich großziehen? Ist der nicht ein Versager? Hat der nicht schon einmal seine Kinder verraten? Ist der nicht einer, der es nicht geschafft hat, seine Familie zu behalten? Wäre der ohne mich nicht verloren gewesen? Bin nicht ich diejenige, die ihn am Leben hält? Benutzt der mich nicht für seine eigenen Zwecke? Tut der nicht bloß so, als tue er alles nur für mich, während er in Wahrheit alles nur für sich selbst tut? Hans erträgt Felizias Blick nicht länger. Er schaut sie unsicher an, legt sie auf den Tisch und bereitet eine Milchflasche vor.

Als Felizia die Flasche sieht, beginnt sie zu schreien. Es war nichts, denkt Hans erleichtert, sie ist nur hungrig. Nur ein hungriges, kleines Baby. Er wischt sich mit dem Handrücken über die Stirn. Was du dir alles einbildest! Er hebt Felizia hoch, legt sie in seinen Schoß und beginnt sie zu füttern. Während sie trinkt, schaut sie ihn wieder an. Ihre Augen sehen jetzt viel milder aus, geradezu dankbar blickt sie ihn an, genauso unverwandt wie zuvor. Hans ist glücklich. Eben das – das war alles nicht wahr. Das jetzt ist es.

Als Felizia satt ist und nicht mehr mag, schläft sie nicht sofort wieder ein. Sie bleibt wach, und ihre Augen wandern durch das ganze Zimmer, sie dreht sogar den Kopf hin und her. Hans trägt sie zum Fenster und zeigt ihr den blauen Himmel, die Hochhäuser auf der anderen Straßenseite, die Autos, die sich dort unten bewegen wie kleine Tierchen. Plötzlich fliegt ein Vogel vorbei, eine Krähe. Felizias Augen folgen der Bewegung. Der Vogel entfernt sich. »Ja«, sagt Hans mit sanfter Stimme, »es gibt noch viele andere Lebewesen auf der großen Erde. Und du wirst einige von ihnen kennen lernen.«

An diesem Tag geht Hans noch einmal mit Felizia einkaufen. Er hat Herrn Wenzels Geld in der Tasche. Es fühlt sich an wie ein Fremdkörper in seinem Inneren. »Was soll ich machen?«, murmelt er vor sich hin. Das Gefühl der Abhängigkeit von einem anderen Menschen erinnert ihn an seine Frau. Wie enttäuscht war er, als sie ihm eines Tages vorhielt, er verdiene ja nicht das Geld, das sie brauchten. »Aber ich kümmere mich um die Kinder, hast du das vergessen?«, hatte er laut gesagt, um den Schmerz nicht zu spüren.

»Aber wie!«, hatte sie geantwortet. »Wenn ich abends nach Hause komme, muss ich erst den Frieden wiederherstellen.«

»Du gibst dich ja auch dafür her! Anstatt diese Angelegenheiten bei mir zu lassen. Kein Wunder, dass die Kinder zu dir kommen.«

Sie hatten sich herumgezankt und waren getrennt zu Bett gegangen. Das war wohl der Anfang vom Ende, denkt Hans, während er an seinem Supermarkt vorbeigeht, den er erneut meidet, aus Angst, es könne auffallen, dass Hans, der Hartz-IV-Penner, plötzlich ein Baby hat. Heute ist außerdem Heike an

64

der Kasse, mit ihr hat Hans in den letzten Jahren immer mal wieder geplaudert, wenn nicht viele Kunden da waren. Heike ist höchstens fünfzig Jahre alt, sieht aber viel jünger aus, eine hübsche Person, Hans vermisst sie sogar ein wenig. Eine Zeit lang hat er sich eingebildet, es könne etwas werden mit ihr, aber dann hat sie ihm von ihrem Freund erzählt. Mit Absicht, wie er vermutet, damit sie ihn in Ruhe lässt. Na ja, denkt Hans und zuckt mit den Achseln, du bist eben ein alter Narr. Und die Frauen, wer versteht schon die Frauen? Wir Männer bestimmt nicht. Wie hatte der Streit ums Geld eigentlich begonnen? Hans überquert die große Straße. Er wird auch den anderen Supermarkt heute nicht aufsuchen, deshalb muss er ein wenig weiter gehen. Ach ja, jetzt fällt es ihm wieder ein: Er hatte einen Video-Player gekauft, ohne Karin zu fragen. Die Kinder hatten ihm wochenlang in den Ohren gelegen, weil sie Filme sehen wollten. Er war nicht ganz billig, das muss er zugeben. Hans wiegt den Kopf hin und her, während er sich durch eine Traube aus jungen Schülern zwängt und Acht geben muss, dass keiner gegen Felizia stößt. Kälber, denkt er, ungelenke Riesenkälber. Aber dass sie gleich so ausgerastet ist, das kann Hans bis heute nicht verstehen. »Sie verdient das Geld, und ich mache den Haushalt und versorge die Kinder«, murmelt er. »Das ist doch eine ganz klare Sache: Jeder arbeitet für alle.« Dass sie ihm eine Szene wegen des Video-Players gemacht hat, erscheint ihm bis heute als ein Ausdruck ihres Misstrauens. »Dabei war das eine gute Anschaffung«, sagt Hans leise vor sich her. Er geht jetzt eine lange Häuserfront entlang. Hier sieht es nicht mehr nach sozialem Wohnungsbau der achtziger Jahre aus. Hier stehen herrschaftliche Häuser aus der Gründerzeit, manche über hundert Jahre alt. Früher hatte ein jedes sogar einen Vorgarten,

aber nach dem Krieg wurde die Straße erweitert. »Eine sehr
gute sogar«, sagt er ein wenig lauter, so dass Felizia, deren Kopf
an seinem Brustkorb ruht, im Schlaf seufzt. Das Gerät sorgte
nämlich dafür, dass er nachmittags, wenn die Kinder zu Hause
waren, für ein paar Stunden seine Ruhe hatte. Aber das war
auch wieder falsch und führte zu einem neuen Streit. Als ob
er, nur weil er zu Hause war, nicht das Bedürfnis haben durfte,
mal allein zu sein und etwas für sich zu tun. »Und was tust
du?«, fragte Karin ihn aufgebracht. Das war eine gute Frage,
das muss Hans heute zugeben. Aber damals war sie nur wie
ein weiterer Beweis ihres Misstrauens. Er verweigerte ihr die
Antwort, forderte unbedingtes Vertrauen. »Du willst doch nur
nicht zugeben, dass du rumhängst und nichts tust!«, schrie Karin, und Hans stürmte beleidigt aus der Wohnung und kehrte
erst Stunden später wieder. Das Schlimmste war, dass sie recht
hatte. Das Schlimmste war, dass er sich schuldig fühlte. Das
Schlimmste war, dass er damals schon damit begonnen hatte,
keinen Sinn mehr in den Dingen zu sehen. Heimlich, gewissermaßen. Nach außen hin war er immer noch der sorgende
Vater. Aber nach innen war er bereits der spätere behauste
Obdachlose. Hans schüttelt den Kopf. Dieser Video-Player ist
wirklich der Anfang vom Ende gewesen. Oder hat es noch viel
früher begonnen?

Er weiß es nicht. Er weiß nur eines: Nie wieder von einem
anderen Menschen abhängig sein! Das hat Hans sich geschwo-
ren, als der Scheidungskrieg vorüber war. Als die Kinder
ausgesagt hatten, dass sie bei Karin bleiben wollten. Als er das
Sorgerecht verlor, weil herauskam, dass er Rolf und Hanna
unter Druck gesetzt hatte. Das tut weh, das tut weh, das tut
alles immer noch weh. Lieber vom Staat abhängig sein als von

einer Frau. Eine Frau ist schlimmer als der Staat, denkt Hans zum x-ten Male. Aber jetzt kommt der Supermarkt in Sicht. Er wird ihn betreten mit Herrn Wenzels Geld in der Tasche, er hat keine Wahl. Hatte er damals eine Wahl? Immer hat Hans gedacht, er habe damals gewählt. Und weil er gewählt hatte, verdankte Karin es ihm, dass sie Geld verdienen durfte für die Familie. Seine Jobs, wie sie es verächtlich nannte, hätten sie auch ernährt. Vielleicht ohne die gleiche Sicherheit. Vielleicht ohne die gleichen Aussichten auf eine Karriere. Aber wer weiß? Man weiß doch nie, was passieren wird, denkt Hans mit Nachdruck. Als die elektrischen Türen des Supermarktes sich aufschieben, hat er zum ersten Mal Zweifel an seiner Meinung. Der Supermarkt ist groß, viel größer als die beiden anderen. Er ist erst vor wenigen Jahren gebaut worden. Es gibt sogar ein Kellergeschoss. Vielleicht hatte ich doch keine Wahl, denkt er, als er sich einen Einkaufswagen nimmt. Vielleicht hat man nur eine Wahl, wenn man weiß, dass man sie hat. Ich habe doch nur nachgegeben, weil Karin nicht zu Hause bleiben wollte. Als Hans beginnt, den Wagen durch die Gänge zu schieben, spürt er einen Schmerz in seinem Rücken. Bestimmt wegen Felizias Gewicht, denkt er und achtet nicht weiter darauf. Er kauft Lebensmittel für sich und Windeln und Milchpulver für die Kleine. Er hat zwar noch genügend von allem zu Hause, aber niemand, am wenigsten Herr Wenzel, soll ihm vorwerfen können, er habe das Geld nicht für Felizia verwendet. Er kommt am Regal mit den Biersorten vorbei und legt ein paar Flaschen in seinen Wagen, nicht viele, aber genügend für einen gemütlichen Abend. »Wenn es mir nicht gut geht«, murmelt er, »wie soll es da der Kleinen gut gehen?« Auf die Zigaretten verzichtet er mit Rücksicht auf Felizia.

Der Rückweg ist lang, die beiden Einkaufstüten sind schwer. Felizia schläft geräuschvoll, ihre Backe ist gegen seine Brust gedrückt und vor Hitze gerötet. Hans schwitzt. Der Rücken schmerzt etwas stärker. Kein Wunder, denkt er, bei dem, was ich schleppe. Er muss mehrere Pausen machen, weil der Rücken immer schlimmer schmerzt. Endlich kommt er am Hauseingang an. Er kann sich kaum noch aufrecht halten. Der Schmerz strahlt jetzt ins rechte Bein aus, es zwickt in der Wade, auch das erinnert Hans an früher. Als Rolf ein Baby war, ist ihm das schon einmal passiert. Damals nahm er so lange Schmerztabletten, bis es wieder weg war. Kein Grund zur Besorgnis. Die Tatsache, dass er den Schmerz kennt, wertet Hans als mildernden Umstand. Bekanntes Leid ist halbes Leid, denkt er. Oder doppeltes, sagt ein Gedanke wie zur Antwort. Hans wiegt den Kopf. Tja. Der Fahrstuhl bringt ihn nach oben. Als er in seiner Wohnung ist, kann er Felizia nur mit Mühe auswickeln. Der Rückenschmerz macht ihn so unbeweglich, dass seine Bewegungen fahrig und ungelenk werden. Felizia erwacht und beginnt zu schreien. Fast fällt sie ihm aus den Händen, die schnelle Reaktion, zu der er gezwungen ist, verursacht einen stechenden Schmerz, und danach ist es noch schlimmer.

Er legt Felizia auf den Tisch und bereitet eine Flasche zu. Die Schmerzen sind unerträglich. Er setzt sich an den Tisch, nimmt Felizia in den Arm, dabei muss er sich seitlich drehen. Erneut gibt es einen Stich im Rücken. Hans schreit auf. Er füttert sie. Sie liegt auf dem Rücken, ihre Lippen umschließen das Mundstück der Flasche, ihre Gurgel macht unablässig Schluckbewegungen. Und währenddessen beobachtet sie Hans aufmerksam. Normalerweise lässt sie die Augenlider etwas hängen, wenn sie trinkt. Aber jetzt nicht. Hans hat das Gefühl, dass sie sieht, wie es ihm geht. Und dass sie sich Sorgen macht. Er will sie beruhigen. Er sagt: »Kleines Mädchen, schmeckt es dir? Hattest du Hunger?«

Sie reagiert nicht.

Hans hat das Gefühl, dass sie ihn durchschaut. Er sagt: »Also gut, Felizia, mein Glückskind. Ich gebe es offen zu: Ich habe höllische Schmerzen. Aber das ist nicht deine Schuld. Ich bin ein alter Narr. Hätte mir denken können, dass man nicht ohne Weiteres ein Kind an sich hängen kann, noch dazu in meinem Alter.«

Felizia trinkt. Sie schaut Hans an. Er sagt: »Mach dir keine Sorgen, ich werde uns einen Kinderwagen besorgen, dann brauche ich dich nicht mehr so viel zu tragen, du wirst sehen, wir zwei kriegen das schon hin.«

Felizia hat genug getrunken. Sie gähnt, dann schaut sie Hans an. Genauso unverwandt wie vorhin. Hans denkt: Und wenn ich es nicht hinkriege? Wenn ich wieder versage, wie beim ersten Mal? Panik steigt in ihm auf. Er unterdrückt sie schnell, denn Felizia sieht bestimmt alles, sie erscheint ihm jetzt wie ein vollkommen unbestechliches Wesen, das ihm mitten ins Herz blickt. »Hanna war auch so«, sagt Hans zu seiner eigenen Überraschung. Er sagt: »Hanna sah mich so lange an, dass ich ganz klein wurde, kleiner als sie. Und sie war doch nur ein Baby, wie du. Was sollte ich tun? Ich versuchte es mit Lächeln, doch das machte keinen Eindruck bei ihr. Wenn Karin sie anlächelte, Karin ist meine Frau, musst du wissen, das heißt: Sie war meine Frau. Wenn sie sie anlächelte, dann strahlte Hanna über das ganze Gesicht. Wie machte sie das bloß? Ich versuchte, genauso zu lächeln wie Karin, aber mach du mal ein Lächeln nach. Das kann gar nicht gut gehen.« Hans runzelt die Stirn. Felizia lächelt. Er runzelt die Stirn stärker. Felizia lacht. Sie lacht und gibt kleine Lachgeräusche von sich. Hans runzelt die Stirn jetzt so stark, dass sein Gesicht zur Fratze wird. Felizia amüsiert sich köstlich, sie kann gar nicht mehr aufhören zu lachen. Hans muss nun auch lachen. Er sagt: »Du lachst, Felizia, aber das war in Wahrheit ganz traurig. Hanna war doch meine Tochter, mein eigenes Fleisch und Blut.« Er stockt.

Felizia hört auf zu lachen. Sie blickt ihn jetzt neugierig an, als warte sie auf die Fortsetzung des Unterhaltungsprogramms. Hans denkt: Kann es sein, dass Familie, Geborgenheit und Liebe gar nichts mit Glück zu tun haben? Dass das Glück etwas ganz anderes ist, etwas Eigenes, das sich nicht automatisch einstellt, wenn man alle Zutaten in einen Topf gibt: Vater, Mutter, Kind. Kann es sein, fragt Hans sich, dass das Glück überall da ist, wo auch das Unglück ist? Hans schüttelt den Kopf. Was sind das nur für komische Gedanken. Felizia wartet immer noch. Hans zieht eine Grimasse. Felizia mag Grimassen, sie lacht. Hans zieht sein Gesicht in die Länge, dann in die Breite. Er bläht die Nüstern und reißt den Mund so weit auf, wie er kann. Er verdreht die Augen, er schielt, er schiebt den Unterkiefer vor. Und Felizia lacht und lacht. Hans hat seinen Rückenschmerz ganz vergessen. Aber jetzt will er sich mit Felizia auf dem Arm erheben, um eine Flasche Bier aus dem Kühlschrank zu holen. Jäh fährt ihm ein Stich in den Rücken, er verzieht das Gesicht vor Schmerz und stöhnt laut auf. Und Felizia lacht. Hans muss sich wieder hinsetzen, das Kind auf dem Tisch ablegen und sich abstützen, um hochzukommen. Felizia schreit, sie will nicht auf dem Tisch liegen, oder vielleicht will sie, dass Hans weiter Grimassen schneidet. Aber Hans kann jetzt nicht. Mit Mühe gelingt es ihm, eine Bierflasche aus dem Kühlschrank zu nehmen, wobei er in die Knie geht, um sich nicht bücken zu müssen. Das schmerzt in den Gelenken. Als er endlich wieder sitzt und Felizia auf den Schoß nimmt, schläft sie ein. Hans wechselt ihr noch die Windeln, auch das bereitet ihm Schmerzen. Dann legt er sie in sein Bett. Als er allein ist, wird ihm bewusst, dass dieser Hexenschuss ein ernstes Problem ist.

Er sitzt da, schaltet den Fernseher ein, trinkt aus seiner Bierflasche, schaltet den Fernseher wieder aus.

Seine Verzweiflung steigt wie ein Wasserpegel. Hans baut Dämme aus Zuversicht, er will sich dem Gefühl nicht hingeben.

Er sagt: »Es wird schon werden.«

Er sagt: »So ein bisschen Schmerz!«

Er sagt: »Das wäre doch gelacht!«

Er sagt: »Scheiße!«

Der Wasserpegel steigt, Hans weiß, dass er Felizia womöglich gar nicht mehr tragen kann. Und dann? Warum kann es nicht einfach mal klappen, denkt er. Warum muss immer etwas schiefgehen? Hans tut sich jetzt leid. Er weint. Er schaltet den Fernseher wieder ein und wieder aus. Er trinkt noch eine Flasche Bier. Und dann noch eine. Bald ist er beschwipst. Der Schmerz lässt nach. Er steht auf, geht ins Schlafzimmer und legt sich zu Felizia aufs Bett.

Hans träumt nicht. Aber irgendwann hört er ein seltsames Geräusch. Er kann es zunächst nicht einordnen. Ist es eine Maschine? Oder vielleicht ein Vogel, eine Krähe? Schlafend überlegt er, was es wohl sein könnte. Mit einem Mal stellt er fest, dass er das Gefühl hat, ganz allein zu sein. Das kann nicht sein. Da war doch … Er schlägt die Augen auf. Neben ihm liegt Felizia und schreit. Sie hat den Kopf in seine Richtung gedreht und schreit ihn an. Tränen laufen über ihr Gesicht. Ganz verzweifelt sieht sie aus. Wie lange sie wohl gebraucht hat, um ihn zu wecken? Hans hat sofort ein schlechtes Gewissen und setzt sich viel zu schnell auf. Der Schmerz im Rücken sticht genauso stark wie zuvor, vielleicht sogar stärker. Er zuckt zusammen und stöhnt auf. Was soll ich denn jetzt tun, denkt er und fühlt sich sofort wieder überschwemmt von seiner Verzweiflung. Aber er hat keine Wahl, er muss nur in Felizias verzweifeltes Gesicht schauen, um das zu erkennen.

Langsam und vorsichtig nimmt er sie hoch. Sie kann gar nicht aufhören zu schreien. Hans humpelt in die Küche, er will ihr Milch geben, aber Felizia reagiert nicht auf die Flasche. Es wird die Kolik sein. Hans muss sie sich erneut vor den Bauch wickeln und in der Wohnung umherlaufen, bis es ihr besser geht. Er stützt sich überall ab, an Wänden, Schränken, Stühlen. Während Felizia schreit, stöhnt Hans in einem fort. Draußen ist die Sonne untergegangen, es dämmert, bald kommt die Nacht. Lange schreit Felizia, vielleicht hätte sie nicht so lange geschrien, wenn ich kein Bier getrunken hätte und früher von ihrem Schreien aufgewacht wäre, denkt Hans.

Du Idiot, denkt er. Kaum geht irgendetwas schief, sorgst du dafür, dass es gleich noch schiefergeht. Kein Wunder, dass es so weit gekommen ist mit dir, kein Wunder, denkt er und fühlt die Bitterkeit, die sich über die Jahre in seinem Herzen angesammelt hat, beinahe wie einen Geschmack im Mund.

Er hinkt durch die Wohnung, redet beruhigend auf Felizia ein, aber sie schreit weiter. Geschieht dir recht, denkt Hans und meint sich selbst.

Endlich, als es draußen schon dunkel ist, geht es ihr besser. Hans gibt ihr eine Flasche, sie trinkt sie zur Hälfte, dann schläft

sie auf seinem Arm ein, so erschöpft ist sie. Auch Hans ist es.
Er legt Felizia wieder ins Bett und will sich schon dazulegen.
Doch da läutet es an der Wohnungstür. Er verharrt. Wer kann
das sein, denkt er. Herr Wenzel schon wieder? Wie lästig. Oder
hat Herr Wenzel entschieden, dass Hans es nicht schafft, und
hat doch die Polizei gerufen? Schon bereut er, nicht mit Herrn
Wenzel zum Arzt gegangen zu sein, aus strategischen Gründen
gewissermaßen. Zögernd und vor Schmerzen gebeugt nähert er
sich der Wohnungstür. In der Tür befindet sich ein Spion, Hans
späht hindurch. Draußen steht Herr Tarsi. Hans öffnet die Tür.
Neben Herrn Tarsi steht dessen Frau, die so klein ist, dass Hans
sie durch den Spion nicht hat sehen können. Klein und rund
ist Frau Tarsi, und klein und rund ist auch ihr Gesicht. Sie hat
ihr Haar im Nacken zu einem Dutt geknotet, was das Runde
ihres Gesichts noch verstärkt. Die Tarsis lächeln Hans freundlich an. Herr Tarsi sagt: »Entschuldigen Sie die späte Störung,
aber wir, meine Frau und ich, wir haben uns gedacht: Jetzt, wo
die Enkeltochter da ist, können wir auch ein bisschen helfen.«
Er lächelt Hans an, und Frau Tarsi hebt eine große Basttasche,
die sie in der Hand hält. Hans ist überrumpelt. Er braucht ein
paar Sekunden, um die Situation zu begreifen. Aber die Tarsis
lassen ihm kaum Zeit, sie wollen hereinkommen, das spürt
Hans wie einen Druck, der ihn zurück in die Wohnung drängt,
obwohl sich die beiden gar nicht bewegen. Noch vor drei Tagen
hätte Hans niemanden freiwillig hereingelassen. Er sagt: »Das
ist sehr freundlich von Ihnen«, und denkt: Nein, umgekehrt:
Niemand hätte hereinkommen wollen. Und jetzt: drei Fremde
an zwei Tagen.

»Kommen Sie doch herein«, sagt Hans. Er weicht ein wenig
zurück und macht seine Wohnungstür weit auf. Herr und Frau

Tarsi lächeln erleichtert, denn so muss sich diese Situation ent-
wickeln, damit alles richtig ist.

Frau Tarsi hat Kleider ihrer Tochter dabei. Die Basttasche hat
ein erstaunliches Fassungsvermögen, als Frau Tarsi alles hervorgeholt hat, ist der Küchentisch voller Wäsche. Sie stemmt die
Hände in die Hüften und schaut ihn zufrieden an. »Das alles«,
sagt sie, »sollte für die Tochter meiner Tochter sein.« Sie hebt
die Hände. »Aber sie hat einen Sohn bekommen!«, ruft sie mit
gespielter Empörung und schüttelt den Kopf. »Kinder tun nie,
was man von ihnen erwartet.«

»Und jetzt?«, fragt Hans.

»Jetzt«, sagt Herr Tarsi, »ist das alles für die kleine Felizia
Marie.«

Wie er das sagt! Felizia Marie! Hans zuckt innerlich zusammen. »Aber«, stammelt Hans unbeholfen, »meine Tochter wird
doch irgendwann zurückkommen, und dann …«

»… und dann«, unterbricht Frau Tarsi ihn resolut, »darf sie
alles mitnehmen.«

»Und wenn sie nicht kommt«, ergänzt Herr Tarsi lächelnd,
»dann bleibt alles bei Ihnen.«

Hans lässt sich auf einen Stuhl sinken. Er fühlt sich wie ein
überführter Verbrecher. Langsam sagt er: »Sie wissen also Bescheid, Sie beide, nicht wahr?«

Herr und Frau Tarsi wechseln einen Blick. Dann sagt Herr
Tarsi langsam: »Seien Sie uns bitte nicht böse. Wir bewundern
Sie für das, was Sie getan haben, für das, was Sie tun.«

Hans schaut ihn erstaunt an.

Herr Tarsi nickt mit Nachdruck. »Ja, ja«, sagt er, »das ist
etwas ganz Besonderes. Etwas Heiliges.«

»Meinen Sie das ernst?«, fragt Hans ungläubig. »Aber natürlich!«, ruft Herr Tarsi beinahe entrüstet aus. »Wer hilft denn heutzutage einem anderen Menschen, wenn er dafür sein ganzes Leben ändern muss? Und Sie haben das getan.«

Hans sagt: »Aber Felizia hat doch auch mich gerettet. Das ist doch ganz egoistisch.«

»Na, na!«, sagt Frau Tarsi, als wäre sie ungeduldig. »Jetzt seien Sie nicht so hart gegen sich selbst. Als Noah die Tiere in der Arche rettete, da rettete er auch sich selbst.« Sie hebt wieder die Hände. »Ohne die Tiere wäre er doch verhungert!«, ruft sie aus.

Fast schüchtern erwidert Hans: »Aber Felizia ist doch ein Mensch.«

»Umso besser funktioniert das Retten«, sagt Frau Tarsi im Tonfall einer Richterin, die ihr Urteil spricht.

»Machen Sie es nicht kleiner, als es ist«, sagt Herr Tarsi. Er beugt sich zu Hans und legt ihm eine Hand auf die Schulter. »Es ist etwas ganz Großes, was Sie da tun.«

Da beginnt Hans zu weinen. Herr und Frau Tarsi schauen ihn bestürzt an. Schluchzend sagt Hans: »Und dabei wusste ich sofort, dass sie keine Puppe war, als sie da im Müll lag. Aber ich wollte nicht, ich wollte, dass sie bloß eine Puppe wäre, damit ich meine Ruhe hätte. Fast hätte ich sie dagelassen!«

»Aber das haben Sie nicht«, sagt Frau Tarsi sanft. »Das haben Sie nicht.« Sie tut, als schaue sie sich um. »Wo ist sie denn, darf ich sie einmal sehen?«

»Natürlich«, schnieft Hans und erhebt sich. Er tut es sehr langsam und stützt sich dabei auf der Tischplatte ab. Die Tarsis bemerken seine Schmerzen und wechseln erneut einen Blick. Hans will vorausgehen, aber die Tarsis zögern. »Kommen Sie mit«, sagt er, »ich habe kein Geheimnis mehr.« Gemeinsam gehen sie ins Schlafzimmer, wo Felizia schläft und leise schnauft.

Frau Tarsi ist entzückt, sie beugt sich über Felizia und streichelt ihr sanft über die kleine Wange. Herr Tarsi steht dabei und lächelt. Und Hans verspürt ein plötzliches Glücksgefühl. Es hat nichts mit ihm und seiner Rolle als echter falscher Großvater zu tun, es hat überhaupt nichts mit ihm zu tun. Er ist glücklich, weil dieses kleine Kind, das ganz verlassen war, nun von drei freundlichen Menschen umringt ist. Der Moment verfliegt wie ein schwaches Parfum, Hans würde ihn gerne festhalten, aber als er zugreift, sind seine Hände leer. Zurück bleibt der Rückenschmerz, zurück bleiben zwei Fremde in seinem Schlafzimmer und ein schlafendes Kind, dessen Zukunft wie ein Blatt im Wind ist.

Leise gehen die drei Erwachsenen wieder ins Wohnzimmer. Dort stehen sie unschlüssig herum. Frau Tarsi greift nach ihrer leeren Basttasche. Hans will sie zu etwas einladen, aber er weiß nicht zu was. »Gut«, sagt Herr Tarsi, »wir wollen Sie nicht länger stören, Sie sehen müde aus. Morgen bringt meine Frau Ihnen etwas zu essen, eine Spezialität von ihr.«

Hans will eine der üblichen höflichen Abwehrformeln aussprechen, aber in Wahrheit ist er überwältigt von der Herzlichkeit dieser Menschen, die seit so vielen Jahren neben ihm gewohnt haben und über deren Leben er fast nichts weiß. Als die Tarsis schon zur Wohnungstür hinaus sind, sagt er: »Darf ich Sie etwas fragen?«

»Aber natürlich!«, ruft Herr Tarsi aus.

»Sind Sie Afghanen oder Perser?«

Beide lächeln sie jetzt. »Aus dem Iran«, sagt Frau Tarsi, und der Name des Landes klingt ganz anders aus ihrem Mund, als

Hans es gewohnt ist. »Mein Mann und ich sind Bahai, das ist eine Religion dort, eine Abspaltung des Islam, ganz jung, noch nicht einmal zweihundert Jahre alt.«

»Wir mussten fliehen, meine Frau und ich, das ist schon viele Jahre her, als Khomeini an die Macht kam. Haydee, unsere Tochter, ist hier geboren. Sie ist mehr Deutsche als Perserin.« Herr Tarsi lächelt, Frau Tarsi lächelt auch, aber Hans hat den Anflug von Trauer in ihren Gesichtern gesehen. Sie verabschieden sich voneinander, Hans schließt seine Wohnungstür.

Die Tarsis haben auch etwas verloren, denkt er, als er ins Badezimmer humpelt. Der Schmerz strahlt in sein rechtes Bein aus, es fühlt sich schwach an, die Wade ist schon taub. Ein ganzes Land haben sie verloren. Eltern, Großeltern, Verwandte, viele Menschen. Hans betrachtet sich im Spiegel. Ein grauer Schimmer hat sich auf seinem rasierten Schädel gebildet, eine Art Drei-Tage-Haar. Er ähnelt ein wenig einem Igel, findet Hans. Dieselben Stoppelhaare hat er im Gesicht. Und sein Gesicht ist das Gesicht eines alten Mannes mit krummem Rücken. Die Falten wirken tiefer und zahlreicher. Ein Leidensausdruck hat sich in seine Züge gegraben. Aber wenn er ehrlich ist, hat der Rückenschmerz ihn nur besser zum Vorschein gebracht. Denn dieser Ausdruck kommt ihm bekannt vor. »Zu viel Selbstmitleid seit zu langer Zeit«, murmelt Hans. Er sucht nach Schmerztabletten. Aber er hat schon seit Jahren keine mehr, und er weiß es. Seine suchenden Gesten sind leer, sie haben keine andere Bedeutung als die der Ausführung. Eine mechanische Erinnerung an jene Zeit, als sie noch Sinn hatten, denkt er. Ein Handlungsecho, denkt er. Er stützt sich mit beiden Händen am Waschbecken ab und schaut in den Spiegel. »Wer bist du, dass ich dich noch nicht zum Teufel gejagt habe?«, sagt er. Er denkt an seine Frau, die genau das getan hat. Vielleicht hast du dich nur vor mir gerettet, denkt er. Und die Kinder gleich mit. »Aber ich wusste es doch nicht besser!«, herrscht er sein Spiegelbild an. »Wie hätte ich es dann besser machen sollen?« Darauf gibt es keine Antwort. Langsam, ohne sich aus den Augen zu lassen, greift Hans zum Rasierapparat und schneidet erneut alles Haar ab, das auf dem Kopf, die Stoppeln im Gesicht. Dann wäscht er sich, putzt sich die Zähne, geht zu Bett. Er legt sich vorsichtig neben Felizia, die im Schlaf an ihrem Schnuller nuckelt.

Vielleicht träumt sie von der Brust ihrer Mutter, denkt Hans und wird traurig und hat zugleich das Gefühl, jemand müsse diese Trauer für Felizia fühlen, damit sie es nicht selbst tun muss. Sein rechtes Bein fühlt sich kalt an, seine Wade kribbelt, als wäre sie eingeschlafen. Vielleicht ist es schon lange so, denkt Hans, dass ein Teil von mir schläft. Aber ausgerechnet ein Bein? Morgen, denkt er träge, kaufe ich Schmerztabletten. Kurz bevor er einschläft, sieht er vor seinem inneren Auge eine Frau zwischen Gitterstäben sitzen. Es muss Eva M. sein, denn sie hat eine Zeitung auf dem Kopf, er kann ihr Gesicht nicht erkennen, aber jetzt hat er den Eindruck, dass sie sich vor ihm, Hans D., verbirgt, dass sie sich vor ihm, Hans D., schämt, nicht vor der Weltöffentlichkeit. Das kann Hans gut verstehen, und er will ihr sagen: Sieh mich an! Vor mir musst du dich nicht schämen. Aber da schläft er ein.

Hans träumt von der Tür im roten Fels. In der Ferne thront der schneeweiße Vulkan, der aussieht wie der Fudschijama. Wieder weiß er, dass er schläft, er weiß, dass er auf dem Rücken liegt, er weiß, dass er sich nicht im Bett drehen kann, weil der Schmerz ihn sofort weckt. Er hört Felizia schnaufen und schmatzen. Er träumt, dass die Tür im roten Fels sich nicht öffnen lässt. Er rüttelt daran, er zieht mit aller Kraft, aber die Tür ist massiv und verschlossen. Er zaubert sich Sprengstoff herbei, und während er das tut, denkt er an seinen Sohn Rolf, der immer zaubern wollte, weil er dachte, das Leben wäre auf diese Weise leichter. Er will ihm zurufen: Sieh doch mal, Rolf, ich kann es jetzt! Stattdessen detoniert der Sprengstoff und schneidet ihm das Wort ab. Die Tür ist fort, Hans steht vor einem Loch. Jetzt, denkt Hans, werde ich ja herausfinden, wie hohl dieses Gebirge wirklich ist. Dann verschwindet alles, und er fällt in einen traumlosen Tiefschlaf. Irgendwann wird Felizia wach, Hans steht im Halbschlaf auf, bereitet ihr eine Flasche zu, gibt sie ihr, beide schlafen wieder ein. Das wiederholt sich noch zweimal. Träume gibt es keine mehr, nicht bei Hans und nicht bei Felizia.

Am nächsten Morgen wird Hans früh geweckt. Jemand hat an der Tür geläutet. Hans kommt nur sehr langsam hoch. Sein rechtes Bein ist von oben bis unten taub. Immerhin gehorcht es ihm noch. Der untere Rücken sticht und brennt und fühlt sich von innen wund an. Langsam hinkt Hans durch den Flur zur Wohnungstür. Bevor er öffnet, zieht er sich seinen alten Mantel über. Vor ihm steht die kleine Frau Tarsi mit einem großen, beladenen Frühstückstablett. Sie hat selbst gemachte Karotten-marmelade, Kürbismarmelade, eine bauchige Kanne mit süßem Tee, einen ganzen Stapel Fladenbrote und eine Schale mit per-sischem Haferbrei mitgebracht und strahlt ihn stolz aus ihrem runden Gesicht an. »Guten Morgen, Großpapa!«, ruft sie und marschiert unaufgefordert an ihm vorbei in die Küche. Dort stößt sie auf die Wäsche ihrer Tochter, die Hans am Vorabend nicht weggeräumt hat. Hans, der ihr hinterhergehinkt ist, sucht noch nach einer Erklärung, die nicht peinlich ist, aber Frau Tarsi sagt: »Kein Wort!«

Sie stellt das Tablett auf einen Stuhl, nimmt einen Wäschestapel und geht zielstrebig in die Diele zu Hans' Kleiderschrank. »Woher wussten Sie …?«, beginnt Hans. Frau Tarsi unterbricht ihn lachend. Sie ruft: »Sehen Sie hier ein anderes Möbelstück, in dem man Wäsche unterbringen kann?« Dann blickt sie nachdenklich in den Schrank, denn er ist ziemlich voll. Sie beginnt, die Wäsche umzuordnen. Hans steht hilflos daneben und fühlt sich wie ein Junge, der seinen Spind nicht aufgeräumt hat und jetzt entlarvt ist. Dabei hatte er doch alles neu geordnet. Aber in Gegenwart von Frau Tarsi sieht er es plötzlich mit anderen Augen. Er sucht nach Erklärungen für die Unordnung, findet aber nur Phrasen, denen er selbst keinen Glauben schenkt. Deshalb schweigt er lieber. Frau Tarsi macht es ihm leicht, denn sie hält sich nicht mit Kommentaren auf. Nach ein paar Minuten ist der Kleiderschrank neu organisiert, Platz ist geschaffen, erstaunlich viel Platz, Hans ist ganz verwundert darüber, wie leicht es ihr gefallen ist. Er will etwas Anerkennendes sagen, aber Frau Tarsi beginnt schon, hin- und herzulaufen und Felizias neue Kleider einzuordnen. Als sie fertig ist, bleibt sie zufrieden vor dem offenen Schrank stehen und sagt: »Na bitte!« Dann winkt sie Hans zu sich: »Kommen Sie her, kommen Sie schon!« Sie weist ihn ein und eilt anschließend in die Küche, um endlich den Frühstückstisch zu decken. Auch diesmal ist sie so schnell, dass Hans nichts beitragen kann. Im Nu sieht der Tisch so einladend aus, wie Hans es in keinem von ihm geführten Haushalt je erlebt hat. Außer vielleicht an Wochenenden, wenn nicht er, sondern Karin das Frühstück machte.

Hans verjagt diese Erinnerung, er will jetzt hier sein. Als Frau Tarsi fertig ist, zieht sie mit beiden Händen einen Stuhl an der Lehne zurück, beschreibt mit einer Geste eine Bewegung von Hans zur Sitzfläche des Stuhls und schaut ihn auffordernd an. Hans schaut verdutzt zurück. Dann muss er lachen. Frau Tarsi lacht auch. Sie stehen da, zwei Fremde, zwei Nachbarn, ein geschiedener Mann, eine verheiratete Frau, ein Deutscher und eine Perserin, und lachen einander an.

»Psst!«, macht Frau Tarsi plötzlich und bringt Hans zum Schweigen. Felizia ist wach geworden. Ehe Hans seinen schmerzenden Körper in Bewegung setzen kann, ist Frau Tarsi hinausgeeilt und taucht sogleich mit Felizia im Arm wieder auf. »Setzen Sie sich und frühstücken Sie!«, befiehlt sie. »Ich kümmere mich um Ihre Enkeltochter.«

Hans gehorcht. Er vertraut dieser Frau und wundert sich nicht einmal darüber. Wie kann es sein, denkt er, dass ich diese Leute nicht früher kennen gelernt habe? Im Handumdrehen hat Frau Tarsi den Wasserkocher gefüllt und angeschaltet und eine Trinkflasche mit Milchpulver bereitgestellt. Währenddessen redet sie auf Persisch mit Felizia. Beim Klang der fremden Sprache hat Felizia aufgehört zu schreien. Aufmerksam beobachtet sie Frau Tarsi.

Hans beschäftigt sich derweil mit seinem Frühstück. Es sieht sehr seltsam aus. Nein, denkt er dann, nur neu sieht es aus. So wie er selbst neu aussieht mit seiner Glatze und seinem rasierten Gesicht, so wie Felizia neu auf der Welt und in seinem Leben ist und die Tarsis und – er zögert – Herr Wenzel. Vorsichtig probiert er von allem. Es schmeckt ihm, sogar die Karottenmarmelade, von der er das nicht gedacht hätte. In der Zwischenzeit hat Frau Tarsi die Flasche zubereitet und füttert

Felizia. Sie setzt sich mit dem Baby Hans gegenüber an den Tisch und lächelt zufrieden über seinen Appetit. Hans fühlt sich selbst wie ein Kind in Frau Tarsis Gegenwart. Was für eine Frau, denkt Hans. Er denkt es nicht, wie ein Mann es denken könnte, und doch denkt er es als Mann. Was für eine Frau. So klein und so … Hans findet die Worte nicht und hört auf, darüber nachzudenken, weil es ihn irgendwie daran hindert, sein Frühstück zu genießen. Frau Tarsi sagt: »Sie müssen zum Arzt gehen.« Sie beugt sich vor und sieht ihm bedeutsam in die Augen und sagt mit Nachdruck: »Heute noch!«

Hans nickt wie ein artiger Patient. Sie lehnt sich wieder zurück: »Die Kleine kann bei uns bleiben, während Sie weg sind.« Wieder nickt Hans und wundert sich über sich selbst. Aber nein, er weiß, es hat nichts mit ihm zu tun. Nur mit dieser Frau. Er sagt: »Ihr Mann ist ein Glückspilz. Verstehen Sie mich nicht falsch.«

Frau Tarsi lacht. Sie sagt: »Dann unterhalten Sie sich einmal mit ihm über seine herrschsüchtige Frau, die alles besser weiß und ihm überall reinredet. Sie werden Ihren Spaß haben!« Sie lacht vergnügt. Hans lacht mit, aber er denkt an Karin und hört auf zu lachen und fragt sich, ob nicht Frau Tarsi ein Glückspilz ist, weil sie einen Mann wie Herrn Tarsi hat. Einen Mann, der sich genauso beschwert, wie Hans das damals tat, der aber irgendetwas anders gemacht haben muss, so dass Frau Tarsi heute über ihn lachen kann wie eine Frau, die ihren Mann immer noch liebt. Trotz allem. Aber mit einer solchen Frau ist man vielleicht auch ein anderer Mann, denkt Hans und weiß keine Antwort. Frau Tarsi hat ihn die ganze Zeit über angeschaut. Jetzt sagt sie: »Man bekommt immer das, was man braucht.« Sie reißt die Augen auf und ruft: »Denken Sie nur an Adam!

Ohne Eva wäre er nie auf den Gedanken gekommen, sich etwas anzuziehen!« Sie lacht und Hans lacht und denkt wieder: Was für eine Frau.

Felizia ist satt. Sie lässt das Mundstück der Trinkflasche los und schaut sich mit großen Augen um. Da ist Hans mit seiner Glatze, da ist Frau Tarsi mit ihrem runden Gesicht und dem Dutt im Nacken, Felizia betrachtet ihn interessiert, wann immer Frau Tarsi den Kopf dreht. Da ist die Küche mit ihren vielen Dingen und das Fenster mit seinem Himmel, der heute nicht blau ist, sondern grau vom Hochnebel, hoffentlich lichtet sich der noch, denkt Hans, als er ihren Blicken gefolgt ist. Die beiden Erwachsenen beobachten das Baby, sie lächeln einander an wie Großeltern, und dann sagt Frau Tarsi: »So, Frau Tarsi sagt jetzt: Genug gefrühstückt, ich sehe, Sie sind satt. Jetzt gehen Sie zum Arzt, und ich nehme dieses kleine Mädchen mit nach drüben.« Sie steht mit Felizia im Arm auf. Hans packt noch schnell ein paar Windeln, eine Trinkflasche und einen Beutel mit Milchpulver in eine Tüte und reicht sie ihr. »Das Tablett räumen wir hinterher ab«, sagt sie im Weggehen. Dann marschiert sie hinaus, und Hans sieht ihr nach. Er ist erleichtert, weil er sich in seiner schlechten Verfassung nicht um Felizia kümmern muss. Er duscht, zieht sich frische Kleider an und macht sich auf den Weg. Im Fahrstuhl trifft er auf einen Nachbarn und grüßt ihn.

Er fühlt sich wie ein ganz normaler Bürger mit Rückenschmerzen, der zum Arzt geht. Das ist ein gutes Gefühl. Er hat ein Ziel, sein Leben einen Sinn. Er weiß, wohin er gehen muss. Zunächst einmal zur U-Bahn-Station. Dann mit der U4 in sein altes Viertel. Zu Doktor Martin, der dort hoffentlich immer noch seine Praxis hat. Hans weiß es nicht, er geht einfach los und redet sich ein, dies sei nun einmal seine Art. Er hätte Frau Tarsi natürlich fragen können, ob er ihr Telefonbuch und ihr Telefon benutzen darf. Bestimmt hat sie sogar ein Handy, überlegt er. Dann hätte er sofort erfahren, ob Doktor Martin noch dort ist, wo er früher war. Aber wenn ich ehrlich bin, denkt Hans, wollte ich es gar nicht wissen. Die U-Bahn-Station kommt in Sicht. Die Menge der Menschen, die zu Fuß unterwegs sind, nimmt zu, aber Hans fürchtet sich nicht. Er ist nur einer von vielen, und als er die Rolltreppe hinunterfährt, hat er ein Gefühl von Zugehörigkeit, von geteiltem Schicksal. Von Geborgenheit unter Fremden. Plötzlich erinnert er sich an den Traum, den er letzte Nacht hatte. Das Loch im Gebirge. Die Stadt ist auch so ein Gebirge, denkt er jetzt. »Aber andersherum«, verbessert er sich selbst und nickt bestätigend. Ja, andersherum, denn die Stadt ist von innen hohl, das weiß jeder. Aber dass sie ebenso massiv und undurchdringlich sein kann, das wissen nicht so viele, dessen ist Hans sich gewiss. Das wissen nur die wenigen Obdachlosen – die unbehausten und die vielen behausten, Leute wie er. Aber heute fühlt er sich gar nicht dazugehörig, heute fühlt er sich wie jemand, der ein Zuhause hat. Und fast hat er sogar das Gefühl, dass dort eine Familie auf ihn wartet.

Das Tageslicht schwindet, als Hans auf der Rolltreppe in die Station einfährt, und wird ersetzt durch weißen Neonschein. Es riecht eigentümlich, Hans erkennt den Geruch sofort wieder, obwohl es schon ein paar Jahre her ist, dass er zum letzten Mal hier unten war. Menschen gehen zielstrebig kreuz und quer, jeder verfolgt eine unsichtbare Bahn, man sieht nur einen winzigen Ausschnitt, so winzig, dass es chaotisch wirkt. Aber Hans weiß, dass es das nicht ist. Dass alle diese Menschen auf festen

Wegen unterwegs sind, auf Wegen, die sie Tag für Tag zurücklegen. Wenn ein jeder eine Spur in seiner Farbe hinterließe, dann könnte man ihn durch die ganze Stadt verfolgen, um zu sehen, woher er kommt, wohin er geht, und man wüsste doch nichts über ihn. Hans wird schwindelig von der vielen Bewegung und von seinen vielen Gedanken, die von der vielen Bewegung in Schwingung versetzt werden und sich nun auch schneller zu bewegen scheinen. Er konzentriert sich auf den Schmerz in seinem Rücken, Um den geht es hier, denkt er und nähert sich einem Fahrkartenautomaten.

Das System hat sich geändert, die Preise sind gestiegen, Hans braucht eine Weile, bis er die Erklärungen versteht und die richtige Tastenkombination eingeben kann, um einen Fahrschein zu kaufen. Anschließend geht es tiefer hinein ins Gebirge, über eine weitere Rolltreppe, die viel länger ist als die erste, ein richtiger Schacht in den Abgrund. Hans fährt hinab mit dem Gefühl, sich zu stellen. Der Stadt, den Menschen, der Welt. Sich selbst. Als er unten ankommt, folgt er dem Menschenstrom, der sich bald aufteilt und bald vereinigt mit einem weiteren Menschenstrom, der aus einem anderen Gang hereinfließt. Dann münden sie auf dem Bahnsteig und bleiben stehen wie gestautes Gewässer. Der Bahnsteig wird immer voller, in Hans' Rücken weht mit einem Mal ein starker Wind. Er kommt aus dem Tunnel, es ist Luft, die geschoben wird von einem Getöse, das nun hereindringt in die große Halle. Und dann rauscht der Zug an, der in die Gegenrichtung fährt. Es ist ein gewaltiges Schauspiel für Hans, er fühlt sich, als hätte er jahrelang im Gefängnis gesessen oder wäre wirklich auf einer einsamen Insel gestrandet gewesen wie Robinson Crusoe und erst jetzt wieder zurück in der Zivilisation.

Der Zug verlangsamt seine Fahrt, er hält an, die Türen öffnen sich alle gleichzeitig mit einem lauten Knall, dann strömen Menschen heraus und bilden sofort einen Strom, der in zwei Richtungen fließt, Hans steht ungünstig oder günstig, er weiß es nicht genau, denn die Menschen aus dem Zug gehen ganz dicht an ihm vorbei. Hans sieht ihre Gesichter, routiniert verschlossene, routiniert entschlossene Gesichter auf Körpern, die zu marschieren scheinen, jeder einzelne in seinem eigenen unsichtbaren Gleichschritt mit den Erfordernissen des Tages, der Aufgabe, der nahenden Zukunft und der unvollendeten Gegenwart. Hans ist fremd hier, das fühlt er wie eine plötzliche, schmerzhafte Erkenntnis. Er wird nie Teil dieses Stroms sein, nie eins mit diesen Gewässern, und er ist es nie gewesen. Nicht einmal in seiner Kindheit. Aber während er dies denkt, sieht er, wie unterschiedlich die Menschen sind, die ihn umgeben. Die beiden Schülerinnen mit den Kopfhörern, die vor ihm stehen und warten, haben nichts zu tun mit dem dicken Herrn im Anzug, der ein Stück weiter links von einem Bein auf das andere tritt. Alle drei haben nichts zu tun mit der alten Frau im beigen Mantel mit Hut, die sich auf einen Stock stützt und unbewegt in die Richtung schaut, aus der der Zug kommen wird. Vier Menschen sind es nun, und sie haben nichts zu tun mit den drei Japanern, die sich lebhaft in ihrer Sprache unterhalten und dabei immer wieder lachen. Nichts haben sie zu tun mit der jungen Mutter, die ihren Kinderwagen vor- und zurückschiebt und dabei gelangweilt oder bedrückt aussieht. Ich könnte immer weitermachen, denkt Hans, immer käme dasselbe heraus. Niemand hat mit niemandem etwas zu tun, wir stehen hier gar nicht gemeinsam, wir stehen hier alle wie allein gestrandet. Nun kommt ein Wind aus der anderen Richtung und kündigt die U-Bahn an. Als der Zug donnernd einfährt, formieren sich die Menschen, ein jeder versucht, beizeiten die Tür vorauszuahnen, die ihm am nächsten sein wird, um sich so günstig wie möglich zu postieren, und als der Zug zum Stehen kommt, bilden sich Trauben links und rechts der Türen, die aufspringen und eine geballte Menschenmenge entlassen. Hans ist ergriffen worden vom Sog zu den Türen, er steht mitten in einer dieser Menschentrauben, die darauf warten, dass die Aussteigenden endlich fort sind, der Zufall will es, dass die beiden Schülerinnen gleich neben ihm stehen. Es ist eng, nun schieben sich alle gleichzeitig Richtung Eingang, es ist noch keine Reihenfolge erkennbar, es muss alles auf ein Gedränge hinauslaufen, auf einen Kampf aller gegen alle, auf den Sieg der Starken über die Schwachen, der Groben über die Zarten. Furcht ergreift Hans, Furcht, nicht hineinzukommen, Furcht, die U-Bahn zu verpassen, weil die anderen ihn nicht lassen. Furcht, sogar an dieser Aufgabe zu scheitern. Schon will er die Flucht nach hinten antreten, nur raus aus der Menschenmenge, nur fort aus diesem Höhlenlabyrinth, aus dieser Enge, diesem muffigen Untergrundgeruch, wo überall die Dunkelheit hockt, überall die Ausweglosigkeit. Aber da schaut ihn eine der beiden Schülerinnen freundlich an und bleibt stehen, so dass er vor sie zu gehen kommt, und ehe Hans noch weiß, wie es eigentlich möglich wurde, hat er die Schwelle übertreten und ist im Zug. Jetzt erst bemerkt er, dass er am ganzen Körper schwitzt. Er hält sich an einer Stange fest, der Zug ist so voll, dass er sich nicht bewegen kann. Er schaut sich um und trifft auf lauter Blicke von Menschen, die sich umschauen. Bald schon weiß er nicht mehr, wohin er seine Augen richten soll, ohne nicht auf andere Augen zu stoßen, die ihn fixieren. Eine Stimme aus dem

Lautsprecher sagt: »Bitte zurückbleiben!« Dann schließen sich die Türen, und der Zug nimmt Fahrt auf.

Hans sieht aus dem Fenster, doch als der Zug in den Tunnel fährt, wird das Fenster zum Spiegel, und dort trifft er wieder auf Augen, die beobachten, die zurückäugen. Erneut spürt er, wie die Angst ihn umklammert, doch es ist eine andere Angst. Nicht mehr der rohe Kampf der Körper tobt hier, sondern der subtile der Geister, die in diesen Körpern hocken und alles taxieren, alles bewerten, alles für gut oder nicht gut befinden, für sympathisch oder unsympathisch, normal oder unnormal, bekannt oder fremd, hochwertig oder billig. Cool oder uncool. Erfolgreich. Erfolglos. Attraktiv. Hässlich. Interessant. Langweilig. Hans schließt die Augen, aber sofort denkt er, was sollen die denken über einen, der einfach die Augen schließt. Das ist doch nicht normal, das tut man nicht in der Öffentlichkeit. Er öffnet die Augen wieder und versucht, vor sich hin zu starren. Aber er fühlt sich immer noch beobachtet. Das kann gar nicht sein, denkt er plötzlich. Niemand kennt dich, niemand interessiert sich für dich, du bist niemand. Alle sind niemand für alle anderen.

»Entspann dich doch mal!«, sagt Karins ungeduldige Stimme in seinem Kopf. Wie oft hat er diesen Satz gehört. Er hat immer nur darauf geachtet, dass sie selbst nicht entspannt war, wenn sie ihn sagte. Das warf er ihr vor, und er hatte recht. Aber es war nichts wert, recht zu haben, wenn er damit nur die Wahrheit leugnete. Hans schüttelt den Kopf. Nichts hat sich geändert. Er ist immer noch genauso misstrauisch und ohne Selbstsicherheit, kreist immer noch genauso um sich selbst wie damals. Nimmt immer noch alles persönlich. Kann sich immer noch nicht entspannen. Du hast deine Zeit verschwendet, Hans, denkt er. Die Wucht dieser Erkenntnis erfüllt ihn mit so großer Trauer, dass er beginnt, mitten unter all diesen Fremden stumm vor sich hin zu weinen über sein vergeudetes Leben. Es ist ihm jetzt gleich, wer ihn wie und mit welchen Gedanken beobachtet. Es ist, als hätte die Trauer alle Verhältnisse zurechtgerückt.

So kehrt Hans traurig in jenes Viertel zurück, in dem er vor einer Ewigkeit mit seiner Familie gelebt hat. Es liegt am anderen Ende der Stadt, ganz im Süden. Das Erste, was er sieht, als er die U-Bahn-Station verlässt, ist die Sonne. Der Hochnebel hat sich gelichtet, alles erscheint in einem goldenen Glanz, ein guter Anfang, denkt Hans. Das Zweite sind die Pflanzen. Bäume, Hecken und Sträucher sind groß geworden, das Viertel sieht nicht mehr aus wie eine Neubausiedlung, sondern eher wie ein gebrauchter Gegenstand, nicht mehr sauber, nicht mehr unbenutzt, aber persönlicher und wärmer. Hans erkennt die Häuser und Straßen wieder, Reihenhäuser sind es, die alle einmal genau gleich aussahen, weiß getüncht, Thermopenfenster mit Rahmen aus Plastik, zwei unten, zwei oben, darüber das Satteldach, das aussieht wie ein langer Deckel, der über viele Schuhkartons gestülpt worden ist. Die Häuser sind nicht einmal versetzt, eine gerade Front bilden sie, allein die Regenrinnen grenzen die einzelnen Eigenheime voneinander ab. Früher unterschieden sie sich nur durch ihre jeweilige Lage und ihre Hausnummern voneinander. Doch die Menschen haben seitdem daran gearbeitet, dies zu ändern. Sie haben ihre Häuser in unterschiedlichen Farben gestrichen, sie haben die Aluminium-Haustüren durch bessere Modelle ersetzt, jeder hat sich seinen Vorgarten so eingerichtet, wie er glaubte, es tun zu müssen, und heute sieht es hier fast schon bunt aus. So ist es immer, denkt Hans. Wir kommen alle auf die gleiche Weise zur Welt, aber dann gehen unsere Wege auseinander. Und wir bleiben trotzdem nebeneinander auf dem Bahnsteig stehen und warten darauf, dass uns irgendein Zug hier fortholt. Jetzt wird er schon zum Philosophen, der Hans, denkt Hans abschätzig, aber die Trauer holt in sofort wieder ein und gibt ihm recht. Er biegt wie selbstverständlich in eine kleinere Wohnstraße ab, die ihn nicht zu Doktor Martin führt, sondern an jenen Ort, der einmal sein Ausgangspunkt für alles war.

»Doktor Martin war nur ein Vorwand, gib's zu«, murmelt Hans, und Hans gibt es zu und denkt: Aber es musste sein, sonst wäre es nicht gegangen. Und warum wolltest du hierherkommen, ausgerechnet jetzt, da du Felizia hast, ausgerechnet mit einem Hexenschuss? Der Lieblingssatz seiner Frau fällt ihm wieder ein: »Alles hängt mit allem zusammen, Schatz.« Hans runzelt die Stirn. »Das geb ich nicht zu«, sagt er trotzig vor sich hin. Aber es ist wahr: Seit Felizia in sein Leben gekommen ist und er wieder in der Gegenwart lebt, seit er überhaupt wieder lebt und nicht bloß langsam endet, ist ihm die Vergangenheit auf den Fersen, oder er ihr. Wie das bloß miteinander zusammenhängt?, fragt Hans sich und findet auf die Schnelle keine Antwort, denn jetzt kommt das Haus in Sicht. Es ist, wie alle anderen, nur eine verputzte Fassade zwischen zwei Regenrinnen, aber dort hat sich alles abgespielt.

Instinktiv wechselt Hans auf die gegenüberliegende Straßenseite. Ganz so nah, als würde er gleich den Schlüssel aus der rechten Hosentasche seiner Jeans ziehen, den kurzen, gepflasterten Weg bis zur Tür mit drei Schritten zurücklegen, ihn in das Schloss stecken, ihn umdrehen, die Tür mit der flachen Hand aufstoßen, den winzigen Flur betreten, »Hallo!« rufen wie jemand, der es jeden Tag auf die gleiche Weise tut, und auf die eingeübte Antwort warten, ganz so nah will er dem Haus nicht kommen. Nun schaut er über das Dach eines geparkten Autos hinüber auf die andere Seite, wo hinter einem anderen geparkten Auto der Weg zur Haustür führt. Es ist eine neue Tür, eine bronzefarbene Metalltür mit verschiedenen Verzierungen und getöntem Milchglas, protzig sieht sie aus und viel zu auffällig für ein so unscheinbares Reihenhäuschen. Die Fenster sind immer noch dieselben, das Haus ist immer noch weiß. Die Hausnummer ist immer noch die 30. Aber im Vorgarten stehen zwei große Bäume, die das Küchenfenster links von der Haustür fast verdecken. Eine Birke, die bis zum Dach hinaufreicht, und eine schlanke Tanne, die fast genauso hoch gewachsen ist. Hans hat sie beide gepflanzt, die Tanne hatte er zu Weihnachten gekauft, und die Birke fand er im Wald, winzig war sie, ein unscheinbares Pflänzchen, zart wie ein Grashalm. Meine Bäume, denkt Hans, um etwas zu fühlen. Aber es geschieht nichts. Bäume gehören nur sich selbst, denkt er. Kinder auch, denkt er dann. Spätestens wenn sie erwachsen sind. Die Bäume haben ihn nicht vermisst. Und die Kinder tun es bestimmt auch nicht. Das ist traurig, und Hans denkt: Da hast du dein Gefühl, alter Narr. Doch die Trauer geht davon nicht weg, und jetzt ist es, als gehörten sie zusammen, die Trauer und die Selbstverachtung. Hans seufzt. Er richtet seine Aufmerksamkeit wieder auf das Haus. Wer dort jetzt wohnen mag? Im Geist geht er nun doch hinein. Der alte Mann sieht den jungen Mann, der immer Jeans trug, wie er seinen Schlüsselbund hervorkramt, die Tür aufschließt und aufstößt und ruft und auf Antwort wartet.

Aber es kommt keine Antwort. Der junge Mann durchsucht das Haus, er steigt in den Keller, er sucht unter dem Dach, wo

Hanna ihr eigenes Reich hat, und ganz zum Schluss betritt er die Küche. Dort liegt ein Brief auf dem Tisch. Da lässt er sich auf die kurze Sitzbank fallen und zögert eine halbe Stunde lang, bis er den Brief liest. Er liest ihn, und dann liest er ihn noch einmal und immer wieder, so oft liest er den Brief, dass er ihn für den Rest seines Lebens auswendig kann. Doch es findet sich darin keine Hoffnung auf ein weiteres Gespräch, kein Hinweis auf eine offen gelassene Hintertür, kein verstecktes Angebot für einen Neuanfang. Nichts als das unausweichliche Ende ihrer Liebe.

Seitdem ist der junge Mann ein alter Mann. Das spürt Hans jetzt, als er sich auf das Autodach stützt, um seinen Rücken ein wenig zu entlasten und weil die Erinnerung wie ein Gewicht in seinem Kopf liegt, das diesen nach unten zieht, bis er nur noch hängt. Hans schließt die Augen. »Deshalb bist du hergekommen, du Narr«, flüstert er. Tränen laufen aus Hans' geschlossenen Augen und fallen zwischen seinen Füßen auf den Bürgersteig. Eine ganze Weile steht er so. Dann richtet er sich auf und überquert die Straße. Links neben der Nummer 30 steht Haus Nummer 28. Dort läutet er. Eine junge Frau öffnet die Tür, im Hintergrund hört Hans Kinder. Die Frau ist Mitte dreißig, so alt wie meine Tochter, denkt er. Sie schaut ihn fragend an, wie man einen Fremden anschaut, und Hans sagt: »Hallo, Anne. Erkennst du mich noch? Ich bin's, Hans, Hannas Vater.« Die Frau kneift die Augen zusammen, dann reißt sie sie auf.

»Hans!«, ruft sie überrascht. »Was machst du denn hier?«

Hans lächelt sie an. »Ich wollte nur Hallo sagen.«

Anne bittet Hans herein, wie man einen Bekannten hereinbittet, zu dem man nicht unhöflich sein will, und Hans betritt das Haus. Es sieht genauso aus wie die Nummer 30, aber hier ist alles spiegelverkehrt, als wäre die Regenrinne dort draußen die Y-Achse eines Koordinatensystems. Sie setzen sich in das offene Wohnzimmer an einen Esstisch. Die Kinderstimmen kommen von oben. Hans sieht sich suchend um. Einige Möbel erkennt er wieder. »Wo sind deine Eltern?«, will er wissen. Anne hat sich ihm gegenüber hingesetzt und die Hände gefaltet. Sie sieht verlegen aus. Sie sagt: »Sie leben beide nicht mehr hier.«

Sie zögert.

Sie sagt: »Sie sind schon seit über zehn Jahren getrennt. Tut mir leid, dass du umsonst gekommen bist.«

Hans sieht Anne an. Sie hat immer noch etwas Mädchenhaftes, findet er. Langsam sagt er: »Wenn du sie siehst, dann kannst du ihnen ja schöne Grüße von mir ausrichten.«

Sie sieht ihn an wie jemand, der versucht, nicht zu sagen, was er denkt. Aber dann sagt sie: »Ich weiß nicht, ob das eine gute Idee ist, Hans. So wie du damals einfach verschwunden bist.«

»Oh«, sagt Hans, »sag ihnen, dass es mir leidtut. Ich war damals in keiner guten Verfassung.«

Sie sieht ihn jetzt offen an. »Aber Hans. Du hast zwei Monate lang bei uns gewohnt.«

»Karin hatte das Haus ja einfach verkauft.«

Anne schüttelt ungeduldig den Kopf. »Das weiß ich alles. Aber …«, sie sucht nach Worten, sie sagt: »Wir haben uns zwei Monate lang nur um dich gedreht. Ich meine: Erinnerst du dich an dich selbst, Hans? Du warst nur noch ein Häufchen Elend. Meine Eltern haben sich rund um die Uhr um dich gekümmert. Sogar ich habe dich getröstet, obwohl ich selbst Trost gebraucht hätte. Immerhin war Hanna meine beste Freundin. Und es war deine Schuld, dass sie plötzlich fort war und dass sie mir nicht einmal etwas darüber sagen durfte, damit meine Eltern nichts erfahren, denn ihr wart ja sooo gut befreundet miteinander.« Anne starrt ihn erbost an.

Wäre ich doch nicht hergekommen, denkt Hans. Vorsichtig sagt er: »Hast du noch Kontakt zu Hanna?«

Anne sagt kühl: »Deshalb bist du gekommen, nicht wahr? Um etwas über deine Kinder zu erfahren, oder? Warum sagst du es nicht gleich?«

Hans seufzt. Er sagt: »Anne, ich war die letzten Jahre obdachlos.«

Anne sieht ihn erschrocken an.

Er sagt: »Aber jetzt geht es mir wieder gut. Ich wohne im Norden und habe …« Er stockt. Er sagt: »… gute Freunde gefunden und kann mich jetzt wieder mit damals beschäftigen.«

Sie starrt ihn eine Weile an. Dann nickt sie und erhebt sich. Es ist eine Aufforderung zu gehen. Hans erhebt sich ebenfalls.

Sie sagt: »Danke, dass du gekommen bist. Ich werde meinen Eltern deine Grüße ausrichten. Aber erwarte nicht, dass ich dir Hannas Adresse oder ihre Telefonnummer gebe.«

Hans hebt beschwichtigend die Hände. »Nein, nein«, sagt er schnell, »das erwarte ich nicht von dir.« Er überlegt. »Aber vielleicht«, sagt er, »kannst du ihr von mir ausrichten, dass es mir sehr leidtut.« Er überlegt. »Und dass ich jetzt weiß, dass ihre Mutter damals das Richtige tat.« Er atmet tief durch. »Ja«, sagt er dann und nickt mit Nachdruck, »sag ihr, dass ich das jetzt weiß.« Er schaut Anne an. Wie sehr sie ihrer Mutter gleicht, denkt er. Wie wenig sie von dem weiß, was damals wirklich geschehen ist, denkt er. Sie tut ihm leid, und dabei hatte er sie bereits vergessen. Er gibt ihr die Hand zum Abschied und verlässt die Nummer 28 und steht wieder draußen auf der Straße und weiß endlich, warum er gekommen ist. Das Schicksal meint es gut mit dir, denkt Hans und meint sich selbst und meint es, weil das Schicksal ihm Anne geschickt hat, die jetzt seine Botin sein wird. Ganz unverhofft eröffnet sich ihm die Möglichkeit, Kontakt zu seiner verlorenen Familie aufzunehmen. »Aber du darfst nicht wieder auf Antwort warten«, sagt er mahnend zu sich selbst, während er sich zur U-Bahn-Station aufmacht. »Damals hast du zu lange gewartet. Viel zu lange. Sei ehrlich: Das Schicksal hat dir Felizia geschickt, damit du endlich aufhörst zu warten.«

Das Gehen tut seinem Rücken gut, deshalb beschließt Hans, nicht mit der U-Bahn zurückzufahren, sondern zu Fuß zu gehen. Doktor Martin wird er nicht mehr aufsuchen. Der hat seinen Zweck erfüllt, denkt Hans. In einer Apotheke kauft er sich die stärksten Schmerztabletten, die es ohne Rezept gibt, er bittet den Apotheker um ein Glas Wasser. Dann nimmt er gleich zwei Tabletten auf einmal und macht sich auf den Weg. Quer durch die Stadt. Nach Hause. Und während er geht, freut er sich immer mehr auf dieses Zuhause, das er nun endlich gefunden hat. Ein Zuhause mit einem Kind, seinem Kind, und mit Nachbarn, die zu Freunden werden. »Was will ich mehr«, sagt Hans und fühlt sich glücklich.

Die Stadt ist groß, er geht drei Stunden lang. Am Hauptbahnhof vorbei, über große und kleine Straßen, durch Gassen und Gässchen, er kennt sich überall aus, denn einer seiner früheren Jobs bestand darin, für einen Chauffeurdienst mit teuren Autos durch die Gegend zu fahren und wichtige Leute zu ihren

Bestimmungsorten zu bringen und von diesen wieder abzuholen. Er war ein guter Fahrer, fuhr nie zu schnell oder zu langsam, die wichtigen Leute buchten ihn gern. Außerdem konnte man angenehme philosophische Gespräche mit ihm führen, Gespräche, die ganz zwanglos aus dem Nichts kamen und ebenso zwanglos ins Nichts führten.

Hans denkt zurück an jene Zeit, während er durch die Straßen geht. Damals war er frei, denkt er, Karin war nur seine Freundin und nicht seine Frau, die Mutter seiner Kinder und große Geldverdienerin. Sie war begeistert von ihm und seinen Jobs, sie hielt ihn für besonders, weil er sich nicht darum bemühte, zum Establishment zu gehören. »Du bist anders als die anderen«, sagte sie, und in Hans' Ohren klang das wie die Wahrheit. Aber es war ein großes Missverständnis, denkt er und schüttelt den Kopf. Er glaubte zu wissen, was sie meinte, als sie diesen Satz sagte. Und sie glaubte das wohl auch. Deshalb sprachen sie nicht darüber, sondern küssten sich. An einem Sommerabend unten am Fluss auf den flachen Steinen. Es war warm, und überall taten Pärchen wie sie das Gleiche. Wie viele von ihnen wohl heute noch zusammen sind?, fragt Hans sich im Gehen. Wie viele sich wohl genauso verpasst haben wie wir? Denn das war es wohl, was ihnen widerfahren ist, denkt er. Oder versucht er nur, seine Schuld zu beschönigen? Und die Kinder? Ist er wirklich so schlimm gewesen, dass dieses jahrelange Schweigen gerechtfertigt ist?

Er schwenkt auf die große Allee ein, die ihn geradewegs nach Norden bringen wird. Bald lässt er das Stadtzentrum hinter sich. Hier ist alles Universität, links und rechts, prächtige Bauten sind es, er kennt sie alle von innen. Nach seinem Studienabbruch arbeitete er bei der Verwaltung, und auch das rechtfertigte er damit, dass er nicht spießig werden wolle. Aber da war Karin schon nicht mehr so begeistert. Sie ließ ihn gewähren und studierte weiter. Sogar im neunten Monat fuhr sie noch mit dem Fahrrad in die Fakultät und besuchte ihre Vorlesungen und Seminare. Und er versuchte sich einzureden, sein Weg sei ein anderer, ein ganz eigener. Und dann kam Hanna auf die Welt, und zwei Monate später bot man Karin eine Stelle an, die sie nicht ausschlagen konnte. »Das kann ich nicht ausschlagen, Hans!«, sagte sie mit Nachdruck, als er ihre Begeisterung nicht teilen wollte.

»Aber das sind doch genau die Spießer, gegen die du immer etwas hattest. Zu denen du nie gehören wolltest!«

Sie zuckte mit den Achseln. »Ich habe jetzt ein Kind. Da ändern sich die Dinge.«

Das war alles. Hanna war die Erklärung für Karins Sinneswandel. Sicherheit. Festes Einkommen. Zukunftsplanung. Alles wegen Hanna. Hätten wir nicht auch anders leben können?, fragt Hans sich. Er lässt die Universitätsgegend hinter sich und ist erleichtert. In diesen Gebäuden ist es genauso muffig wie in der U-Bahn, denkt er. Es riecht nur anders. Vielleicht weil die Menschen dort andere Ängste haben, überlegt er. Warum hast du dein Studium abgebrochen, Hans?, fragt Hans sich und denkt an den Weiterbewilligungsantrag für Hartz IV, der ihm wie ein unbesteigbar hoher Berg erschienen war, bevor Felizia in sein Leben kam. Genauso unbesteigbar war dieses Studium mit seinen Referaten, Klausuren und Vorträgen, seinen Prüfungen und Verwaltungsakten, seinen Terminen, seinen Dozenten und Professoren, die ihn immer kritischer, immer kühler behandelten, je deutlicher wurde, was für einer er war. Jedenfalls keiner wie Karin. Sie zog ihr Studium durch wie ein Mensch, der keine Zeit zu verlieren hat. Eine Prüfung nach der anderen, ein Referat nach dem anderen. »Wenn ich ehrlich bin«, sagt Hans plötzlich und bleibt stehen, »war ich nur neidisch.« Er sagt es laut, damit es in der Welt ist, damit er selbst es gehört hat und sein eigener Zeuge ist und nicht mehr sagen kann, er habe nichts davon gewusst. Es tut weh, aber zugleich auch gut, weil es endlich da ist, wo es hingehört, und nicht mehr in den dunklen Winkeln von Hans' schlechtem Gewissen herumlungern muss, ein blinder Passagier auf einem Schiff ohne Meer, in das man ihn werfen könnte.

»Ja«, sagt er zu sich selbst, »neidisch auf die Frau, die ich liebte.«

Er schüttelt den Kopf. Was für eine Liebe kann das schon gewesen sein? Dann geht er weiter.

Es ist bereits früher Nachmittag, als Hans erschöpft und hungrig in seiner Straße ankommt. Der Rücken schmerzt kaum noch, fast fühlt er sich frei an. Jetzt hat er es eilig, denn er macht sich nun doch Sorgen um Felizia. Hans will gerade das Mietshaus betreten, als ein lautes Rufen hinter ihm ertönt. Er dreht sich um und sieht Herrn Wenzel, der mit raschen, kleinen Schritten quer über die Straße auf ihn zueilt. In der Hand schwenkt er eine Zeitung.

»Sie hat gestanden!«, ruft er ihm zu, als er näher kommt. Bevor Hans begreift, worum es geht, hält Herr Wenzel die Zeitung mit beiden Händen in die Höhe, so dass sein eigenes Gesicht nun verdeckt ist. Dort sieht man eine junge Frau, die ihren Kopf unter einer Zeitung verbirgt. Daneben steht in dicken Lettern: ›Mord am eigenen Kind!‹ Darunter in kleineren Buchstaben: ›Eva M. geständig!‹

Jetzt nimmt Herr Wenzel die Zeitung herunter und liest mit atemloser Stimme den Artikel vor. Hans hört wie betäubt zu. Als Herr Wenzel geendet hat, starren sich die beiden Männer ratlos an. Als hätte er nicht verstanden, fragt Hans nach: »Sie behauptet, dass sie ihr Kind getötet hat?«

Herr Wenzel zuckt mit den Achseln: »Das steht da.«

Hans sagt: »Kommen Sie mit hoch!«

Sie fahren im Fahrstuhl nach oben. Herr Wenzel ist einigermaßen überrascht, als Hans zielstrebig an seiner eigenen Wohnungstür vorbeigeht und bei den Nachbarn läutet. Eine kleine, runde Frau öffnet die Tür und lächelt Hans an. Hans sagt: »Hallo, Frau Tarsi. Entschuldigen Sie, dass ich so spät komme.« Sie winkt ab und sagt: »Wenn es Ihnen gutgetan hat, dann war es das Richtige.« Hans fühlt sich wieder wie ein Junge, als er sagt: »Ja, es hat mir gutgetan.«

»Sehen Sie!«, ruft Frau Tarsi aus. Dann wandern ihre Blicke neugierig zu Herrn Wenzel. »Sie haben einen Freund mitgebracht?«

Hans will Nein sagen, aber dann überlegt er, dass Herr Wenzel beleidigt sein könnte, und sagt: »Ja, ein Freund, genau. Ihm gehört der Lotto-Toto-Laden gegenüber.«

Sie lächelt breit und sagt: »So so, ein Lotto-Laden-Besitzer von gegenüber. So einen haben wir noch nicht hiergehabt. Willkommen in der Villa Tarsi! Treten Sie ein!«

Sie reichen einander die Hände, dann betritt Herr Wenzel die Wohnung, gefolgt von Hans, der seit zehn Jahren nebenan wohnt und noch nie hier war.

Es ist eine persische Wohnung, das sehen die beiden Männer sofort. Sie ist vollständig ausgelegt mit Teppichen und Läufern, die auf diesen Teppichen liegen. Alle haben verschnörkelte Muster und komplizierte Ornamente. Die Teppiche geben der Wohnung eine dunkle und warme Atmosphäre. Die Küchentür ist geschlossen, von jenseits tönen Geräusche herüber. Herr Tarsi scheint dort beschäftigt zu sein. An den Wänden im Flur hängen Bilder, die so voll sind von Menschen, Tieren, Gegenständen, Farben und Formen, dass sich alles aufeinanderzutürmen scheint. Hans braucht eine Weile, bis seine Augen einen Überblick bekommen.

»Das ist Miniaturmalerei aus dem vierzehnten Jahrhundert«, sagt Frau Tarsi leichthin, die seine Blicke bemerkt hat. »Fragen Sie meinen Mann!«

Damit ist das Thema für sie beendet. Sie betreten das Schlafzimmer des Ehepaars Tarsi. Die Wohnung ist spiegelverkehrt zu seiner eigenen gebaut, das sieht Hans jetzt. Also gibt es auch hier eine Y-Achse, denkt er. Mitten auf dem französischen Ehebett der Tarsis, über das eine himmelblaue Tagesdecke gebreitet ist, steht eine Wiege, deren Pink so intensiv ist, dass sie wie ein Farbklecks wirkt. Dort liegt Felizia mit offenen Augen und lässt ihren Blick durch den Raum gleiten. Als sie Hans sieht, fängt sie an, über das ganze Gesicht zu strahlen und mit den Beinen zu strampeln. Ganz vorsichtig hebt Hans sie hoch und drückt sie an sich. »Felizia«, murmelt er.

Herr Wenzel rückt dicht neben ihn, und Felizia strahlt auch ihn und Frau Tarsi an, die sich an Hans' freie Seite gestellt hat. So stehen sie da, die Köpfe zusammengesteckt. Der Moment ist kurz, denn Felizia hat Hunger. Frau Tarsi holt eine Flasche aus der Küche, die schon vorbereitet war. Hans setzt sich auf das Ehebett der Tarsis und füttert das Kind. Niemand hat ein Wort gesprochen. Frau Tarsi schiebt einen Stuhl für Herrn

Wenzel heran. Herr Wenzel setzt sich. Er räuspert sich, um Hans' Aufmerksamkeit zu wecken, und zeigt wie nebenbei auf die Zeitung, die er immer noch in der Hand hält. Hans versteht. Er sagt: »Sie können ganz offen sprechen. Herr und Frau Tarsi wissen über alles Bescheid.«

Da reißt Herr Wenzel überrascht die Augen auf. Damit hat er nicht gerechnet.

Frau Tarsi sagt sachlich: »Wir haben es auch gelesen.« Sie schüttelt den Kopf, als verstünde sie nicht. »Warum in aller Welt lügt sie?«

Herr Wenzel sagt: »Es ist gut, dass sie lügt. Die Polizei wird eine Babyleiche suchen.« Frau Tarsi zuckt mit den Schultern. »Aber sie wird keine finden. Und dann werden sie misstrauisch werden. Es ist nur eine Frage der Zeit, bis sie hier auftauchen.«

Hans erschrickt bei dem Gedanken an die Polizei. Er sieht sie von Wohnungstür zu Wohnungstür gehen und Fragen stellen.

Kann man ein Baby geheim halten? Felizia ist jetzt satt. Sie räkelt sich und beginnt wieder, die Menschen, den Raum und seine Dinge mit den Augen abzutasten. Ganz ernst ist sie dabei, so ernst, dass Hans sich wieder taxiert und eingeschätzt fühlt und es nicht wagt, ihr zu lange in die Augen zu schauen.

Eva M.s Tochter, denkt er. Ob sie sich wohl ähnlich sind? Ob sie die Welt wohl auf die gleiche Weise sehen? Warum behauptet Eva M., sie habe ihre Tochter zuerst ermordet und dann in eine Mülltonne geworfen? Hans denkt daran, dass der Müll noch gar nicht abgeholt worden ist. Die Polizei war vielleicht schon da, oder sie wird noch kommen. Aber womöglich hat Eva M. auch eine falsche Mülltonne angegeben, überlegt er.

Warum? Er sagt: »Vielleicht will sie uns die Möglichkeit geben, sie vor der Polizei zu verstecken.«

Herr Wenzel schaut Hans verblüfft an, als könne er nicht begreifen, wie man auf einen so abwegigen Gedanken kommen kann.

Frau Tarsi aber lächelt Hans an und sagt: »Sie glauben nicht, dass Eva M. böse ist, nicht wahr? Ich auch nicht.« Sie macht ein trauriges Gesicht. »Aber bestimmt ist sie sehr verzweifelt.« Dann sagt sie mit entschlossener Miene: »Aber ich glaube, dass wir uns nach einer dauerhaften Lösung für Felizia umschauen müssen.« Sie seufzt, als sie Hans' Furcht sieht, denn in seinen Ohren klingt es so, als müsse er sie fortgeben, und sie hat es gesehen. Feierlich sagt sie: »Sie haben dieses Kind gerettet! Sie und nur Sie werden entscheiden, was mit ihm zu geschehen hat.« Sie blickt Herrn Wenzel auffordernd an. »Das sehen Sie doch auch so, nicht wahr?«

Herr Wenzel ist überrumpelt, er beeilt sich zu nicken und sagt: »Natürlich, Felizia ist Hans' Enkeltochter, natürlich.«

Hans ist Frau Tarsi dankbar für ihre klaren Worte, aber er sieht auch, dass Herr Wenzel nicht überzeugt ist. Ob er beleidigt ist, weil Hans ihn nicht als zweiten Großvater vorgestellt hat? Immerhin hat er Geld dafür bezahlt. Verdammtes Geld, fährt es ihm durch den Kopf. Er blickt erneut zu Felizia hinunter, die die sprechenden Erwachsenen genau angeschaut hat. Nun sind es schon drei, die über ihr Schicksal beraten.

In diesem Augenblick öffnet sich am anderen Ende des Flurs die Küchentür, und Herr Tarsi ruft: »Das Essen ist fertig!« Er hat tatsächlich für Hans mitgekocht, aber nun, da Herr Wenzel auch da ist, muss es für vier reichen. Hans zögert nur kurz, bevor er die Einladung dankbar annimmt. Er ist sehr hungrig, und die Aussicht, nun selbst kochen zu müssen, behagt ihm nicht. Herr Wenzel sträubt sich länger. »Aber ich bitte Sie«, sagt er und hebt die Hände, »das ist doch nicht nötig!«

Frau Tarsi schaut ihn belustigt an: »Nicht nötig zu essen? Haben Sie denn schon?«

»Das nicht«, gibt Herr Wenzel zu und nimmt einen neuen Anlauf, die Einladung höflich auszuschlagen, aber Frau Tarsi sagt: »Dann ist es nötig. Kommen Sie!« Mit diesen Worten geht sie voran und lässt Herrn Wenzel keine Wahl. Hans folgt ihnen mit Felizia auf dem Arm.

Herr Tarsi empfängt sie mit dem stolzen Lächeln eines Künstlers, der sein Meisterwerk präsentiert. Er sagt: »Heute gibt es Ihnen zu Ehren Ghormeh Sabzi«, und dabei schaut er Hans an und zeigt mit ausgestrecktem Arm auf ihn. Hans wird verlegen und murmelt: »Vielen Dank.« Er schielt zu Herrn Wenzel hinüber, der gar nicht versteht, worum es geht. Dann sieht er das Essen. Vor ihnen auf dem Tisch thront eine große Schüssel mit einer undefinierbaren roten Masse, aus der unregelmäßige Hügel ragen. Auf den ersten Blick erinnert es Hans an blutige Innereien. Er lässt sich nichts anmerken und nimmt stattdessen die Reisschüssel, die danebensteht, in Augenschein. Es ist weißer Reis, der ganz harmlos aussieht, stellt er erleichtert fest. Herr Wenzel dagegen hat die Augen weit aufgerissen und starrt Herrn Tarsi ratlos an. Schüchtern sagt er: »Was ist das denn?« Frau Tarsi lacht und sagt: »Man könnte es grünen Eintopf nennen, wenn es nicht so rot wäre.«

»Es sind rote Bohnen mit sieben verschiedenen Kräutern und Lammfleisch«, erklärt Herr Tarsi in beruhigendem Ton-

fall. »Haben Sie keine Angst. Es wird Ihnen gut schmecken.«
Dann reibt er sich die Hände, schaut zufrieden in die Runde
und beginnt, das Essen auszuteilen. Hans wird mit Felizia auf
dem Arm essen. Das ist umständlich, aber nach der langen
Trennung hat er das Bedürfnis, ihr nah zu sein.

Das Essen schmeckt. Bald haben Hans und Herr Wenzel ihre
Schüchternheit abgelegt und preisen Herrn Tarsis Kochkünste.
Und Herr Tarsi lässt sich das mit der Würde eines Königs gefal-
len, spöttisch belächelt von seiner Frau.

Als Felizia einschläft, bringt Hans sie zurück ins Schlafzimmer
der Tarsis und legt sie in die pinkfarbene Wiege. Dann schaut er
sich um. Auf einem weißen Nachttisch entdeckt er ein Foto von
der Tochter, Haydee Tarsi. Stimmt, denkt er, so sah sie aus. Ein
hübsches, nachdenkliches Mädchen war sie, das ihn nie grüßte,
sondern immer nur argwöhnisch beobachtete. Wie lange ist
es her, dass sie fortgegangen ist?, fragt er sich. Ein paar Jahre.
Aber manchmal sieht er sie noch, meist an Wochenenden, wenn
sie ihre Eltern besucht. Und ihr Kind hat er auch schon gehört,
ein kleiner Junge ist es, so viel weiß er. Nichts davon hat ihn
bisher interessiert. Alle Menschen sind Fremde, das war sein
Leitspruch. Und Ausländer sind noch fremder. Aber nun steht
er allein im Schlafzimmer seiner Nachbarn, auf deren Bett liegt
ein Kind aus der Mülltonne, das er, Hans, vielleicht mehr liebt
als seine eigenen Kinder. In der Küche sitzt der Kiosk-Inhaber
von gegenüber und fragt nach dem Rezept für Ghormeh Sabzi,
weil es ihm so gut geschmeckt hat.

Eva M., die Frau mit der Zeitung auf dem Kopf, die Mutter
der kleinen Marie, nach der die ganze Stadt fahndet, behauptet,

sie habe ihr Kind ermordet. Und ich bin traurig und so glücklich wie schon seit einer Ewigkeit nicht mehr, denkt Hans. Er schüttelt den Kopf. Das Leben ist verrückt, denkt er und fährt sich mit der Hand über die Glatze. Dann geht er zurück in die Küche.

Dort hat Frau Tarsi inzwischen begonnen, über ihr Leben zu sprechen. Sie hat in der Ausländerbehörde der Stadt gearbeitet. »Ja, ich bin Beamtin im Ruhestand, ich bin Deutsche und stolz, Deutsche zu sein. So lange sind wir schon hier!« Sie lacht wie über einen Witz.

Dann seufzt sie. »Eigentlich wollte ich zu Hause bleiben und Kinder hüten, aber Arya fand wegen seines steifen Beins keine Arbeit.« Sie lächelt ihren Mann liebevoll an, und der zuckt mit den Schultern. »Du hättest dir einen besseren Mann aussuchen sollen«, sagt er trocken und zwinkert Hans zu, der sich wieder an seinen Platz setzt. »Ja, ja, das hätte ich«, sagt Frau Tarsi mit mildem Lächeln, »vor allem einen reichen. Dann hätte ich die fünf Kinder bekommen, die ich haben wollte.«

»Fünf Kinder!«, ruft Herr Wenzel aus. Er hat jede Scheu abgelegt und fühlt sich wohl. »In Deutschland ist man dann schon asozial.«

Frau Tarsi winkt ab, als wäre sie müde. »Ach, das liegt nicht an der Zahl der Kinder, wenn Sie mich fragen.« Sie schweigt.

Herr Tarsi sagt zu Hans: »Sehen Sie, auch wir haben auf Felizia gewartet.«

Herr Wenzel wiegt den Kopf und sagt: »Die einen wollen mehr Kinder und bekommen sie nicht. Und andere …« Er beendet den Satz nicht, sondern schaut in die Runde. Einen Moment lang schweigen alle betroffen.

Dann sagt Frau Tarsi: »Diese Frau ist das unglücklichste Wesen auf Gottes Erde.« Sie sucht nach Worten. Sie sagt: »Sie hat ihr Kind geopfert.« Dann wirft sie die Hände in die Luft und ruft: »Aber wofür? Für wen?« Sie lässt die Hände sinken. Sie hat Tränen in den Augen. Herr Tarsi legt ihr eine Hand auf den Arm. Sie sagt: »Wenn Gott Abraham nicht zurückgehalten hätte, dann wäre Isaak gestorben, nicht wahr?« Sie lächelt Hans durch ihre Tränen hindurch an: »Sie sind mein Beweis, dass Gott seine Meinung bis heute nicht geändert hat.«

Hans hat ein eigenartiges Gefühl, als Frau Tarsi diesen Satz ausgesprochen hat. Es ist, als hätte Eva M. nicht freiwillig gehandelt, als wäre sie durch ihre Tat zum Opfer höherer Mächte geworden. Er schüttelt den Kopf. Wie soll das gehen?, fragt er sich. Er weiß keine Antwort. Und ich, fragt er sich dann, habe ich meine Kinder auch geopfert? Ist es gar nicht so, dass sie sich von mir abgewandt haben? Habe am Ende ich ihnen verboten, bei mir zu bleiben? Und wann und wie hätte ich dieses Verbot ausgesprochen? Was für Gedanken! Hans hat das Gefühl, dass er sich auf schwankenden Boden begibt.

Frau Tarsi hat ihn beobachtet. Jetzt sagt sie ernst: »Eva M. ist immer noch die Mutter dieses Kindes. Das wissen Sie beide doch?«

Herr Wenzel sagt heftig: »Aber sie hat es weggeworfen wie einen Gegenstand!«

»Ein Kind ist aber kein Gegenstand«, entgegnet Herr Tarsi.

»Eben!«, ruft Herr Wenzel aus. Er ist empört, dass Eva M. noch irgendwelche Rechte an Felizia haben soll. Hans schaut ihn an. Felizias zweiter Großvater, denkt er. In diesem Augenblick ist Herr Wenzel ihm nicht nur sympathisch. Er fühlt sich an wie ein älterer Bruder. Ein wenig stur, ein wenig konservativ, ein wenig zu korrekt vielleicht. Aber ein guter Mensch. Hans nimmt sich vor, nicht länger an Herrn Wenzels Absichten zu zweifeln.

Frau Tarsi schaut Herrn Wenzel an, als suche sie nach Worten. Dann sagt sie: »Felizia muss zum Arzt, sie muss geimpft werden.«

Herr Wenzel sagt: »Das habe ich Hans auch schon gesagt.«

Frau Tarsi holt tief Luft. »Später muss sie in einen Kindergarten, dann in die Schule. Sie muss versichert sein. Sie muss zu diesem Land gehören. Sie braucht Papiere, die besagen, dass sie zu diesem Land gehört. Oder wollen Sie, dass sie immer im Versteck leben muss?« Hans schüttelt den Kopf. Nein, das will er nicht.

»Aber es muss doch eine Möglichkeit geben, dieses Kind nicht dem Staat zu überlassen!«, sagt Herr Wenzel aufgebracht. »Die Behörden werden sie in ein Waisenhaus stecken! Wollen Sie das?«

»Und der Vater?«, fragt Frau Tarsi. Noch ehe Herr Wenzel etwas erwidern kann, fährt sie fort: »Und die echten Großeltern?« Sie macht eine beschwichtigende Geste. »Seien Sie mir nicht böse. Sie beide sind bestimmt großartige Opas, und mein Mann und ich sind ein guter Onkel und eine gute Tante. Aber Felizia hat bereits eine Familie.« Es entsteht ein Schweigen. Dann sagt Herr Tarsi: »Bitte nehmen Sie es meiner Frau nicht übel, dass sie sagt, was sie denkt. Sie meint es nur gut.«

Frau Tarsi schenkt ihrem Mann ein flüchtiges, dankbares Lächeln. Sie ist verunsichert, das sieht Hans. Er will etwas sagen, was die Situation rettet. Aber das Einzige, was ihm einfällt, ist, dass er, wenn er Felizia weggibt, wieder ganz allein ist. Das ist ein schrecklicher Gedanke, und er schiebt ihn schnell von sich.

Frau Tarsi beugt sich zu Hans und sagt: »Ich möchte, dass Felizia bei Ihnen bleibt. Sie tut Ihnen so gut!«

So wahr sind ihre Worte, dass Hans sich zusammenreißen muss. Er will nicht vor diesen Leuten die Fassung verlieren.

Herr Tarsi sagt: »Ich kenne einen guten Kinderarzt, er ist ein Freund von mir, ein Perser wie wir. Wenn ich ihm sage, was los ist, wird er uns helfen, ich bin sicher.«

Frau Tarsi beklatscht diesen Vorschlag. »Das ist ein guter Anfang!«, ruft sie aus. Aber Hans ist erschrocken, dass noch jemand, und diesmal ein vollkommen Fremder, die Wahrheit über Felizia erfahren soll. Doch er spürt auch, dass er keine Wahl hat. Und vielleicht ist es so besser, denkt er, als einfach in eine Praxis zu laufen und zu lügen. Nicht, dass ich das nicht könnte, denkt er. Ich könnte das ohne Probleme. Er nickt und sagt: »Ja, das ist eine gute Idee.« Auch Herr Wenzel stimmt zu, und so ist es beschlossene Sache, dass Herr Tarsi gleich morgen Kontakt zu seinem Freund aufnehmen wird.

Herr Wenzel muss in sein Geschäft zurück. »Ich schließe immer häufiger, seit die Kleine da ist«, sagt er und kichert, und Hans denkt, dass Herr Wenzel bestimmt noch nie so unkorrekt war in seinem Leben.

Sie verabschieden sich von den Tarsis, Hans holt die schlafende Felizia, Frau Tarsi sagt: »Am Wochenende kommt meine Tochter mit ihrem Sohn. Dann kommen Sie auch, ja?«

Herr Tarsi sagt: »Ich komme zu Ihnen, sobald ich mit Doktor Sadeghi gesprochen habe.«

Herr Wenzel sagt: »Kommen Sie doch einmal in meinen Laden.«

Es wird viel gelächelt, dann schließt sich die Wohnungstür,

und Hans geht mit Felizia auf dem Arm und gefolgt von Herrn Wenzel zu seiner eigenen Wohnung. Als sie dort ankommen, sagt Herr Wenzel: »Das hast du gut gemacht, Hans, dass du diese Leute eingeweiht hast.« Er klopft ihm auf die Schulter. Er sagt: »Meine Mutter hat immer gesagt: Um ein einziges Kind großzuziehen, braucht es ein ganzes Dorf.« Er lacht kurz auf. »Vielleicht bekommen wir ja ein ganz kleines zusammen.« Dann macht er ein nachdenkliches Gesicht: »Obwohl es schon eigenartig ist, dass sie noch nie bei mir im Laden waren.« Da muss Hans lachen. Er sagt nicht, was er denkt, nämlich, dass es vielleicht Menschen gibt, denen Herr Wenzel nichts verkaufen kann, weil er nichts hat, was sie haben wollen. Er sagt es nicht, weil es wie ein Triumph über Herrn Wenzel gewesen wäre und es sich für Hans anfühlt, als würde er einen allzu leichten Sieg erringen, hinter dem sich eine Niederlage verbirgt. Außerdem will er ihn mögen, den Herrn Wenzel, und ihm vertrauen. Deshalb sagt er: »Vielleicht kommen sie ja jetzt.« Herr Wenzel nickt und lächelt Hans an, als habe der ihn trösten wollen, obwohl das gar nicht notwendig ist. Dann verabschieden sich diese beiden Männer, die es so schwer miteinander haben, voneinander. Der eine betritt seine Wohnung, der andere geht zum Fahrstuhl.

Hans' Wohnung ist dunkel. Er macht Licht. Sie ist so leer, denkt er. Obwohl er doch Felizia dabeihat. Das macht ihn traurig. Dann denkt er: Das kommt nur von den vielen Menschen, denen du heute begegnet bist. Das gibt sich wieder. Felizia wird wach. Auch sie ist nun in einer leeren Wohnung angekommen, sie, die eine Mutter und einen Vater und zwei Geschwister hatte, bevor sie plötzlich ganz allein war. Und echte Großeltern, denkt Hans. Er fühlt sich wie jemand, der etwas Wertvolles erschlichen hat, der unrechtmäßige Inhaber eines Amtes, ein Hochstapler, ein Usurpator. Ganz elend ist ihm zu Mute. Er lehnt sich gegen die Tür, mit Felizia auf dem Arm, und schließt die Augen. Als er sie wieder öffnet, sieht Felizia ihn an. Hans ist überrascht von ihrem geraden Blick, aber diesmal wird er nicht unsicher. Diesmal schaut er zurück. Zum ersten Mal überhaupt schauen Hans und Felizia einander wirklich in die Augen. Hans mit seiner Trauer, Felizia mit ihrer grenzenlosen Sehkraft, die durch alle Schleier und Fassaden hindurchschaut. Minutenlang schauen sie einander an, und Hans tut es mit dem Wunsch, sie möge in sein Herz schauen und ihn sehen, ihn wirklich sehen. Plötzlich wendet Felizia ihren Blick ab, einfach so, als habe sie genug gesehen. Sie schaut sich die Diele an, die Wände, die Decke, die nackte Glühbirne, die dort hängt, weil Hans es seit zehn Jahren nicht geschafft hat, eine Lampe zu kaufen.

Hans schaut sie einfach weiter an. Er hat nichts vor, es gibt nichts, was ihn mehr interessieren würde als dieses Mädchen, das so viele Dinge zum ersten Mal erblickt und dabei wirkt, als wohne in ihm jemand Uraltes, der alles schon kennt. Weder Hanna noch Rolf hatten solch eine Wirkung auf ihn. Vielleicht habe ich nicht genau genug hingesehen, denkt er und stößt sich von der Tür ab. »Ich war wohl zu sehr damit beschäftigt, alle unter Kontrolle zu halten«, murmelt er und lächelt Felizia traurig an. Er legt sie auf den Küchentisch, hängt seinen Mantel in die Diele, kommt zurück, setzt Wasser auf und bereitet eine Flasche zu. Er wechselt Felizia die Windel, nimmt sich vor, sie bald einmal zu baden. Draußen dämmert es, das Essen bei den Tarsis hat lange gedauert, jetzt geht dieser Tag zu Ende. Ein seltsamer Tag. Hans setzt sich an den Tisch und füttert

Felizia, die bereitwillig ihren kleinen, zahnlosen Mund öffnet, ein paar Glückslaute von sich gibt und verstummt, als sie das Mundstück der Flasche ansaugt. Hans schaut ihr zu und lässt die Gedanken schweifen. Er denkt an seine Begegnung mit Anne, die verschwunden war aus seinem Leben und aus seinem Gedächtnis. Als hätte es sie nie gegeben. Und plötzlich steht sie vor mir, denkt Hans. Erst jetzt spürt er, dass Annes Vorwürfe ihn gekränkt haben. »Ich hätte doch nichts anders machen können«, sagt er leise. Damals war Anne wie eine Konkurrentin für ihn gewesen. Ihm vertraute Hanna ja nichts mehr an, nur noch mit Karin und mit ihrer besten Freundin sprach sie. Aber er weiß auch, warum das so war. Langsam nickt er vor sich hin. »Du hast es dir selbst verscherzt«, murmelt er. Vielleicht, denkt er, habe ich sie kontrolliert, um nicht ohnmächtig zu sein. Er denkt an Rolf. Rolf war sein Soldat, sein Jünger, alles, was Papa sagte, glaubte Rolf und befolgte Rolf. Lange Zeit stellte Rolf sich sogar gegen seine eigene Schwester. Und ich, denkt Hans. Ich habe ihn insgeheim für weniger klug gehalten als Hanna, die aufbegehrte, die ich nie kontrollieren konnte, die von klein auf tat, was sie wollte, und die nur ihre Mutter als höhere Gewalt anerkannte. Er fühlt wieder den Schmerz der Unverzeihlichkeit, die Gewissensbisse. Hätte er doch alles anders gemacht! Wäre er doch ein einfacher Mensch gewesen. »Warum war ich überhaupt so, wie ich war?«, fragt er sich laut. Felizia zuckt ein wenig zusammen, sie ist dabei einzuschlafen, ihre Augen öffnen sich ein wenig, dann gehen die Lider wieder zu, ihre Lippen entlassen das Mundstück der Flasche aus ihrer Umklammerung, und ihr Atem wird langsamer, tiefer. Hans wartet noch ein wenig, bis der Schlaf sich über das ganze Kind ausgebreitet hat. Dann trägt er Felizia in sein Schlafzimmer, wo keine kitschige Mädchenwiege wartet, aber ein Bett. Da liegt sie und schläft. Allein. Was soll ich tun, denkt Hans, als ihm die echten Großeltern wieder einfallen. Es muss sie geben, sie müssen ihre Enkeltochter vermissen, so wie Hans seine Enkelkinder vermisst, die es vielleicht gar nicht gibt. Aber hat er sie denn so sehr vermisst, dass er etwas dagegen getan hätte? Hans schüttelt den Kopf: Nein, hast du nicht. Du hättest dich irgendwann selbst in Staub verwandelt in dieser verstaubten Wohnung, und eines Tages wäre Herr Balci, der Hausverwalter, mit seinem Universalschlüssel hereingekommen und hätte nichts mehr vorgefunden als Staub und Müll und einen flimmernden Fernseher. Sei ehrlich, denkt Hans und fixiert Felizia, die jetzt vielleicht von ihren Geschwistern träumt und von ihrer Mutter, Eva M., Frau ohne Gesicht mit Zeitung auf dem Kopf, sei ehrlich: Ohne Felizia würdest du deine Enkelkinder nicht vermissen.

Leise verlässt Hans das Schlafzimmer. Er muss jetzt fernsehen, er will nicht mehr denken, es ist genug für heute, er fühlt sich, als habe er zwanzig Jahre in drei Tagen aufholen müssen. Zwanzig tote Jahre in drei Tagen Leben.

Im Fernsehen läuft eine Dokumentation über Kinderarbeit in Pakistan. Die Stimme aus dem Off zieht Vergleiche zu Deutschland. Sie füllt Hans mit Zahlen und Fakten, die Bilder zeigen zierliche pakistanische Jungen und Mädchen, die schweren körperlichen Arbeiten nachgehen, weil ihre Familien das Geld zum Leben brauchen. Plötzlich wird Hans bewusst, dass er seit vielen Jahren seine Zeit damit verbringt, sich schlechte Nachrichten anzuschauen. Jetzt kommt es ihm vor wie eine Selbstkasteiung. Oder vielleicht, denkt er, ist es ein Umweg, den ich gehen muss, um etwas zu fühlen, wenn ich nichts mehr fühlen kann? Ein Ersatzschmerz, wenn man den eigenen Schmerz nicht erträgt? Ein ausschaltbarer und deshalb ein aushaltbarer Schmerz, denkt er. Er seufzt. In letzter Zeit habe ich den Überblick über mich selbst verloren, denkt er. Dann schaltet er um und schaut einen Film, eine Action-Komödie.

Eigentlich wartet Hans nur darauf, dass die Zeit vergeht, damit er endlich ins Bett gehen kann. So hat er es vor Felizia gehalten, Tag für Tag, Jahr für Jahr, und so tut er es jetzt zum ersten Mal wieder. Es fällt ihm auf und es stärkt seine Trauer, doch in dieser Trauer liegt kein Aufbegehren, keine Kraft zur Veränderung. Sie ist eine endlose, allgegenwärtige Trauer, eine Trauer, die wie eine Farbe erscheint, die Hans immer übersehen hat, obwohl sie doch auf jedem Ding, auf jeder Handlung, auf jedem Gedanken und sogar auf jedem Gefühl vorhanden ist. Hans schaltet den Fernseher aus und begibt sich ins Badezimmer. Er schaltet das Licht ein und sieht sich selbst im Spiegel. Auf seinem Kopf und in seinem Gesicht liegt erneut ein grauer Schimmer. Nach nur einem Tag. Er stützt sich mit beiden Händen auf dem Rand des Waschbeckens ab und betrachtet sich. Er schaut sich in die Augen, ohne eine Fratze zu ziehen, ohne einen Gedanken über sich zu denken. Er sucht. Er sucht die Trauer. Was nützt es, wenn Felizia alles sieht und er selbst nicht? Ich muss mehr sehen als Felizia, sonst ist sie allein mit ihrem Wissen, und wer kann ihr dann helfen? Sie kann doch nicht einmal sagen, was sie weiß! Sein Spiegelbild erinnert Hans an ein Foto. Es entstand, als er noch klein war, vielleicht neun Jahre alt. Sein Vater hatte es gemacht, daran erinnert er sich noch. Er steht auf einem langen Außenflur, der zu ihrer Wohnung führte, vorbei an drei oder vier anderen Wohnungstüren. Es muss sich in einem der Alben befinden, die Hans seinen Eltern entwendete, als er mit neunzehn Jahren von zu Hause auszog. Warum tut man das?, fragt Hans sich und sieht seinem Spiegelbild beim Nachdenken zu. »Vielleicht«, sagt er nach einer Weile, »weil man auf diese Weise der eigenen Geschichte nicht mehr ganz so ausgeliefert ist?« Sein Spiegelbild nickt, aber es sieht nicht überzeugt aus.

Hans verlässt das Bad und sucht die Alben. Da sind sie, im hintersten Winkel des Schränkchens, auf dem der Fernseher steht. Alte Alben sind es, mit Fotos von längst vergessenen Verwandten. Die Menschen, die Hans sieht, hatten sich für die Ewigkeit hingestellt und -gesetzt, sie wollten, dass ihr Wesen für alle Zeit sichtbar würde. Doch bei diesem Versuch waren sie bloß übertrieben ernst, und jetzt wirken sie ein wenig wie Kinder, wenn sie vor Erwachsenen etwas aufsagen müssen.

Hans kennt alle Fotos von früher und die meisten Namen auch, aber es ist mehr als dreißig Jahre her, dass er sie zum letzten Mal angeschaut hat. Er hat diese Alben durch sein Leben geschleppt, ohne sich zu fragen, welchen Zweck sie erfüllen. Wann war das letzte Mal?, fragt er sich und weiß es noch genau: Als er Karin kennen lernte und sich in sie verliebte, da trafen auch ihre beiden Albensammlungen aufeinander. Eines Abends saßen sie gemeinsam in seiner Studentenbude und zeigten sie sich gegenseitig. Da sah Hans zum ersten Mal den Unterschied zwischen ihren Kulturen, er sah Schnappschüsse von Menschen aus der Jahrhundertwende, die mit dem Voyeur hinter der Kamera gespielt oder ihn einfach ignoriert haben mussten, verschwommenes Lachen, laufende Kinder, Menschen in Bewegung, und er zeigte Arbeiter, Bauern und kleine Angestellte in Sonntagskleidung mit hohen Hüten und Schürzen vor den Röcken, die erstarrt waren, noch bevor das Foto sie für die Ewigkeit einfror. Hans ist nur ein Jahr älter als Karin, aber damals hatte er das Gefühl, dass er ihr eine ganze Generation hinterherhinkte. Seitdem wollte er die Alben, die ihm einst so wichtig waren, nicht mehr sehen. Jetzt sitzt er am Tisch und schaut sie sich an wie eine Geschichte, deren Ende er schon kennt. Aber dieses Ende zögert er hinaus, denn er will besser verstehen, wie die Geschichte dorthin gelangt. Und welche Geschichte ist es denn überhaupt?, fragt er sich. Ist es die Geschichte kleiner Leute, die vom Land in die Stadt gehen und dort ihre Wurzeln verlieren? Ist es die Geschichte kleiner Leute, die große Leute werden wollen und es nicht schaffen? Die Geschichte einer Familie, die langsam auseinanderbricht? Er blättert weiter.

Die Goldenen Zwanziger haben nicht auf seine Familie abgefärbt, nicht einmal die Mode. Er blättert weiter.

Nach dem Ersten folgt der Zweite Weltkrieg. Aber die Fotos zeigen nichts davon. Es gibt eine Pause, dann geht es weiter, bessere Qualität, anderes Format, Anfang der fünfziger Jahre, immer noch schwarz-weiß. Die Ränder wollen jetzt nicht mehr Gemälderahmen sein, sie sind nicht gewellt, sondern gerade geschnitten, die Fotos sind größer, man erkennt die Gesichter besser. Jetzt erst gibt es Schnappschüsse, das ist sogar mehr als eine Generation später, das sind fast zwei Generationen, denkt Hans. Und dann sieht er es: Die Trauer in den Augen seines Spiegelbildes, sie ist da, in den Gesichtern seiner Eltern, sie springt ihn an mit der Wucht einer Offenbarung, sie hat dieselbe Farbe wie seine eigene Trauer.

Das Jahr 1953. Seine Mutter mit einem Baby im Arm. Sie

lächelt müde in die Kamera, sie ist glücklich, das Baby schläft, es ist erst ein paar Tage alt. Aber im Glück der Mutter sieht Hans dieselbe Trauer, ihr Glück steht auf traurigem Grund, Wie lange hält ein solches Glück?, fragt Hans sich. Und er sieht mehr: Er sieht, dass sie nichts wissen von ihrer Trauer, dass sie an ihr Glück glauben wie Blinde, die nicht ahnen, dass es das Sehen gibt. Hans lehnt sich zurück. Was für ein seltsamer Tag, denkt er. Ich habe die Trauer entdeckt. Und jetzt?

Er blättert weiter, die Fotos werden farbig, Hans taucht ein in jenen Teil der Geschichte, den er auf zwei Arten und Weisen kennt: einmal als Bildergalerie im Album und einmal als ein Durcheinander aus Gefühlen und kurzen oder längeren Sequenzen, die alle zusammen sein Leben sind. Aber jetzt ist seine eigene Trauer wie ein Detektor, den er nach Belieben einsetzen kann. Er sucht und findet sie in den Bildern, und die Bilder verknüpfen sich mit dem Durcheinander in seinem Kopf und ergeben eine neue Geschichte seines Lebens.

Das Jahr 1962. Da ist es, das Foto, das ihm eingefallen ist. Der kleine Hans steht am Geländer eines langen Außenflurs und schaut in die Kamera, weil sein Vater ihn angeherrscht hat, es zu tun, denn er will ein Foto vom Enkel an seine Eltern schicken. Es ist Sommer, Hans trägt eine kurze, blaue Hose und ein blaues Hemd mit kurzen Ärmeln. Seine Beine sind dünn und braun gebrannt, sein Gesicht ist hübsch, sein hellbraunes Haar schimmert im Licht. Er hat seine Arme der ganzen Länge nach über das Geländer gelegt, sein Rücken lehnt daran, ein Bein hat er angewinkelt und den Fuß gegen das Mäuerchen unter dem Geländer gestellt. Es sieht sehr lässig aus, wie er da steht. Aber irgendetwas ist geschehen. Was war es?

Hans schließt die Augen und sucht. Er weiß noch, dass er

gekränkt war, doch es war mehr als das. Hans findet ein Gefühl, das wie ein Ariadnefaden in das Labyrinth seiner Kindheit zurückführt. Es ist, als ob er nicht gesehen worden wäre als der Hans, der er ist, als ob seine Eltern jemand anderen in ihm gesehen hätten, jemanden, den er, Hans, nicht einmal kennt, und wenn sie ihm Vorwürfe machten wegen irgendwelcher Vergehen, dann verstand er sie nicht, weil der andere, der fremde Hans sie begangen hatte, nicht er. Hans erinnert sich nicht, was vor dem Foto geschehen war, dass plötzlich die Trauer seiner Eltern auch in seinen Augen wohnte. Es muss eine Kleinigkeit gewesen sein, überlegt er. Eine Kleinigkeit, die sich so oft wiederholt hatte, dass er damals plötzlich etwas ganz Wesentliches verstanden hatte, etwas, das sein weiteres Leben verändern sollte. Etwas sehr Hilfreiches, das ihn später einmal sehr behindert haben musste. Hans atmet tief durch. Vielleicht ist es besser, weggeworfen zu werden und zu sterben, denkt er, als so zu leben, wie ich gelebt habe. Ohne die Hoffnung, jemals so gesehen zu werden, wie man wirklich ist. Denn das sagt ihm dieses Foto, auf dem er neun Jahre alt ist: dass er damals diese Hoffnung verlor. Dass er seitdem immer gewusst hat, was er von seinen Eltern nicht erwarten kann: dass sie wissen, wer er ist. Dass er sie niemals davon abbringen würde, ihn für Dinge verantwortlich zu machen, die er nicht war. Dass er kein Träumer war, sondern voller Gedanken. Kein Einzelgänger, sondern ängstlich, kein Tollpatsch, sondern einfach nicht interessiert am Basteln und Werken, kein Stubenhocker, sondern einer, der fürchtete, von den Gleichaltrigen nicht angenommen zu werden. Niemand, der absichtlich den Kühlschrank offen stehen lässt, obwohl man es ihm schon hundertmal gesagt hat, sondern jemand, der sich nur das merken konnte, was man freundlich zu ihm sagte. Und es gab so wenig Freundlichkeit, dass er sich fast nichts merken konnte.

Hans schließt das Album. Er lehnt sich zurück in seinem Stuhl. Er fühlt eine Hitze, die durch seinen ganzen Körper rollt, von unten nach oben und wieder zurück. Er steht auf und füllt den Wasserkocher mit Wasser. Er steht neben dem Wasserkocher und wartet, bis das Wasser heiß genug ist. Er bereitet eine Flasche für Felizia vor. Dann geht er ins Bad, putzt sich die Zähne und das Gesicht. Er löscht alle Lichter und begibt sich mit der Flasche ins Schlafzimmer. Er zieht sich bis auf die Unterwäsche aus und schlüpft unter die Decke. Er lässt die kleine Nachttischlampe brennen und betrachtet das schlafende Baby.

Er denkt: Gesehen werden.

Er denkt: Wie viele unsichtbare Menschen gibt es auf der Welt?

Er weiß plötzlich, dass das Nicht-gesehen-Werden zu einer Eigenschaft wird, wenn man es lange genug erfährt. Er schläft im Sitzen ein, die Trinkflasche in der Hand.

Er träumt. Er hat es geschafft, durch die aufgesprengte Tür in das rote Gebirge einzudringen. Ein schmaler Gang führt ihn hinein. Plötzlich befindet er sich auf einem Metallgerüst, das über kochende Lava hinwegführt, es sieht aus wie eine Industrieanlage, wie eine Metallgießerei. Heiße Luft steigt von unten herauf. Die Szenerie ist von gleißendem rötlichem Licht erleuchtet. Hans versucht sich daran zu erinnern, wo er in Wirklichkeit ist, er sagt sich: Ich schlafe im Sitzen in meiner Wohnung. Aber er sieht es nicht mehr, der gleißende Schein, der von der Lava unter ihm ausgeht, überstrahlt alles. Hans geht weiter voran auf dem Gerüst. Ein Teil stürzt ein, die Gitter, auf denen er geht, fallen heraus, er hängt an einer Strebe und zieht sich hoch, er balanciert über Eisenstangen, hält sich an Stahlträgern fest. Mit einem Mal sieht er eine Abzweigung im Fels. Sie führt nach unten, ein Tunnel, der ins Gestein gehauen ist. Er folgt ihm, es geht tiefer hinab, immer tiefer. Dann kommt er unten an. Er steht in der Dunkelheit und tastet die Wand ab. Eine Sackgasse. Wenn ich hierbleibe, denkt Hans, werde ich sterben. Er schließt die Augen und stellt sich vor, dass er immer noch in seiner Wohnung in seinem Bett im Sitzen schläft, immer noch die Trinkflasche in der Hand hält, rechts von ihm die Nachttischlampe, links Felizia. Ganz fest hält er die Augen geschlossen, ganz genau stellt er es sich vor, bis er den Eindruck hat, dass er es sehen kann. Dann erst öffnet er die Augen und füttert Felizia, die gerade wach wird und Hunger hat.

Der nächste Morgen beginnt mit einer Frage. Hans liegt in seinem Bett, neben ihm atmet hörbar Felizia. Draußen scheint schon die Sonne, Hans bemerkt es an der Helligkeit, die durch seine Lider dringt. Er ist ganz langsam wach geworden, irgendein Traum ist Stück für Stück in den Vordergrund seines Bewusstseins gerückt. Dann sind die Bilder zu Worten zerfallen, und die Worte haben sich zu einem Gedanken versammelt. Warum, so lautet der Gedanke, habe ich das nicht früher bemerkt? Er schlägt die Augen auf. Es war so sichtbar, denkt er und blinzelt Richtung Fenster, wo der Himmel so blau ist, so blau, als wäre dort noch nie eine Wolke vorbeigezogen. So deutlich, denkt er, und so simpel. Hans hat ein zwiespältiges Gefühl. Einerseits weiß er, dass er nun besser weiß, warum er seine eigenen Kinder nicht so hat lieben können, wie er das selbst gerne getan hätte. Und andererseits: Ich hätte es doch auch viel früher begreifen können, denkt er, und das fühlt sich bitter an. Felizia wird wach. Sie schaut ihn an, streckt sich und sagt Worte, die nur sie versteht. Hans ist froh, dass sie ihn auf andere Gedanken bringt. Er nimmt sie in den Arm und sagt: »Guten Morgen, du kleines großes Glück!« Dann macht er Quatsch mit Felizia, er schneidet Grimassen, damit sie es lustig findet, und sie findet es sehr lustig, so lustig, dass sie gar nicht mehr aus dem Lachen herauskommt. Ein hübsches Baby ist sie, Felizia Marie M., Hans seufzt, das ist nun einmal ihr Name, und zum ersten Mal fragt er sich, wofür wohl das M steht.

Er sagt: »Nun ist es schon fünf Tage her, dass ich dich gefunden habe, kleines Mädchen.« Felizia kichert ihn an, sie findet immer noch alles lustig, was er tut. Schwerfällig erhebt er sich mit dem Kind auf dem Arm. Er trägt Felizia in die Küche und fragt sich, was dieser neue Tag wohl bringen wird.

Als er seinen überquellenden Mülleimer betrachtet, fällt ihm ein, dass heute die Müllabfuhr kommt. Er kocht sich Kaffee, isst ein paar Butterbrote, heute muss er für das Wochenende einkaufen, es ist noch etwas Geld von Herrn Wenzel da, das muss reichen. Felizia liegt währenddessen auf einer dicken Decke auf dem Boden und hält zum ersten Mal in ihrem Leben etwas in der Hand. Hans hat ihr die Rassel gegeben, die Herr Wenzel bei seinem Besuch mitgebracht hat, die hält sie jetzt in der Rechten und schaut sie an, und Hans sieht, dass sie genau weiß, wie besonders dieser Augenblick ist. Es läutet. Vor der Tür steht Frau Tarsi und wünscht ihm einen guten Morgen. Sie ist mit vier Einkaufstüten bepackt und informiert Hans darüber, dass sie jetzt zu Hause ist und Felizia übernehmen kann, »wann immer

Sie Zeit für sich brauchen«, das sagt sie, oder besser: sie ruft es, zaubert ein Lächeln in ihr rundes Gesicht, das ganz erhitzt ist von der Anstrengung. Dann bückt sie sich nach den Tüten, hebt sie hoch und geht nach Hause. Hans hat ihr gedankt, er wird ohne Felizia einkaufen gehen, das schont seinen Rücken, auch wenn es ihm schon sehr viel besser geht. Frau Tarsis Erscheinen hat ihm ein gutes Gefühl gegeben, ein Gefühl von Alltäglichkeit. Er putzt sich die Zähne, ignoriert den grauen Flaum in seinem Gesicht und auf seinem Kopf, er zieht sich die Schuhe und den Mantel an. Trinkflasche, Windel, Felizia, dann geht er zu Frau Tarsi. Sie freut sich wie eine Großmutter, Hans ist gerührt von so viel Selbstverständlichkeit, es sind keine langen Reden mehr nötig, er sagt ihr, wie lange er ungefähr fortbleiben wird, sie nickt, dann verabschiedet er sich von Felizia, die immer noch die Rassel in der Hand hält. Als Hans allein im Flur steht, erinnert er sich an seinen vollen Mülleimer. Wenn ich mich schon nicht rasiere, denkt er, dann wenigstens das.

Die Wand des Flurs, die sich gegenüber den Haustüren befindet, ist verglast. Durch breite Fenster kann man nach unten schauen. Dann sieht man den Eingangsbereich des Wohnhauses und links die großen Mülltonnen. Von hier aus muss Herr Tarsi vor fünf Tagen gesehen haben, wie Hans ein kleines Baby aus dem Müll fischte. Hans hört laute Geräusche von unten und fragt sich, ob die Müllabfuhr schon da ist. Er tritt an das Fenster heran und schaut nach unten. Das fällt ihm nicht leicht, denn er hat Höhenangst. Aber er hat sich nicht geirrt, dort unten steht einer der typischen Müllwagen und blockiert die rechte Spur der großen Straße. Hinter dem Müllauto hat sich eine Schlange blinkender Autos gebildet, aber die linke Spur ist voll, der Verkehr fließt zäh. Männer in orangefarbenen Overalls ziehen eine bereits geleerte Tonne zu ihrem Platz zurück. Das Geräusch der rollenden Tonne wummert an den Außenwänden der umstehenden Gebäude hoch bis zu Hans. Von hier oben sieht alles sehr klein aus. Hans spürt bereits den bekannten Schwindel, den die Höhe verursacht, und wendet sich ab. Er betritt seine Wohnung und geht in die Küche. Er wirft einen Blick in den Kühlschrank, um zu sehen, was er einkaufen muss. Er schaut in dem Hängeregal an der Wand nach. Das kann ich mir nicht merken, denkt er und sucht einen Zettel und einen Stift. Er setzt sich an den Küchentisch und listet Lebensmittel und andere Dinge auf. Anschließend nimmt er den grünen, durchscheinenden Beutel aus dem Eimer, zurrt die Plastikschnüre zu, macht einen Knoten hinein und tritt wieder auf den Flur hinaus. So mühelos hat er sich schon lange nicht mehr organisiert. Das fühlt sich gut an. Ich habe die Kontrolle über mein Leben, denkt Hans. Er geht zum Fahrstuhl, ein alter Mann mit einem alten Mantel, alten Schuhen und einer Mülltüte in der Hand. Der Fahrstuhl kommt, ein Unbekannter steht darin und grüßt flüchtig, wirft einen kurzen Blick auf den Müllbeutel. Hans grüßt zurück und steigt hinzu, sie fahren gemeinsam in die Tiefe.

Alles ganz normal, denkt Hans und denkt daran, wie er vor fünf Tagen als hoffnungsloser Fall im Fahrstuhl stand und nicht wusste, wer mehr stinkt, er oder die Mülltüten. Sie kommen im Erdgeschoss an, der Unbekannte hält ihm die Tür auf, Hans lächelt ihn an und bedankt sich und hat nicht einmal Angst vor dem anderen. Jetzt schnell die Mülltüte loswerden, denkt er und durchquert den Hausflur. Sein Blick wandert wie gewohnt zu den Briefkästen, aber Hans wehrt sich heute nicht gegen diesen Zwang, er will nicht mehr vergessen, er will sich erin-

122

nern, und: ja, er gibt es zu, er wartet noch immer auf Post von Hanna und Rolf, er wird sein ganzes Leben lang warten, er ist ein Vater. Fast hatte er es vergessen. Dann bleibt er stehen. Im Sichtfenster seines Briefkastens schimmert es weiß. Ein Brief, denkt er und bekämpft sofort die aufkommende Hoffnung. Er denkt: Bestimmt Werbung. Er ärgert sich darüber, dass die Werbung oft als Info-Post getarnt in weißen Briefumschlägen daherkommt. Hans nähert sich dem Briefkasten, kramt seinen Schlüsselbund aus der Hosentasche und schließt ihn auf. Man glaubt, es ist etwas Persönliches, denkt er grimmig, und dann ist es von irgendeinem Unternehmen, das einem Geld aus der Tasche ziehen will. Der Ärger ist gut, er balanciert die Hoffnung aus. Hans zieht den Umschlag heraus. Es ist keine Werbung, sondern ein dünner Brief von der Bundesagentur für Arbeit. Hans seufzt. Der Weiterbewilligungsantrag, denkt er. Den hatte ich ganz vergessen. Vor seinem inneren Auge taucht kurz Frau Mohns Gesicht auf. Diesmal hat sie ja schnell reagiert, denkt Hans. Am Ende mache ich sogar mit ihr meinen Frieden. Er steckt den Brief in die Manteltasche und verlässt das Haus. Draußen steht der Unbekannte aus dem Fahrstuhl mit ein paar anderen Unbekannten zusammen und unterhält sich. Um sie herum auf dem Bürgersteig und auf dem Vorplatz stehen mehrere Autos, einige davon sind Polizeiwagen. Das Müllauto gibt keinen Laut mehr von sich, die Männer in den orangefarbenen Overalls stehen unschlüssig herum und stecken sich Zigaretten an. Hans bleibt abrupt stehen. Eben sah es hier doch noch anders aus, denkt er. Blicke richten sich auf ihn. Plötzlich versteht Hans. Felizia. Marie M. Er spürt, wie ihm heiß wird. Mit einem Mal fühlt er sich wie ein gesuchter Verbrecher, der jeden Augenblick entdeckt werden wird. Er zwingt sich, langsam nach links zu den Mülltonnen zu gehen. Aber dort macht sich ein Dutzend Männer und Frauen in Polizeiuniformen daran, die Mülltonnen auszuräumen. Sie haben große Arbeitshandschuhe an und lange, weiße Plastikschürzen, die ihre Uniformen vor dem Schmutz schützen sollen. Um die Tonnen herum bilden sich kleine Berge aus Mülltüten. Hans bleibt erneut stehen. Die Angst lähmt ihn.

Sie müssen doch denken, dass er Felizia gefunden hat.

Sie müssen ihm doch ansehen, dass er schuldig ist.

Schweiß tritt ihm auf die Stirn. Bevor er noch überlegen kann, was er nun tun soll, ertönt hinter ihm eine Stimme. »Sie können Ihre Tüte einfach zu den anderen stellen. Wir kümmern uns darum.« Er wendet sich um. Hinter ihm steht der Unbekannte aus dem Fahrstuhl. Er ist ein junger, hochgewachsener Mann mit kurzem, dunklem Haar. Seinen dünnen, schwarzen Mantel trägt er offen.

Er sagt: »Wohnen Sie in diesem Haus?«

Hans nickt stumm.

Der Mann streckt ihm die Hand entgegen. Er sagt: »Mein Name ist Lindner, Kriminalpolizei. Wir suchen nach einem Baby, das vermutlich in eine dieser Mülltonnen geworfen wurde.« Er weist an Hans vorbei auf die Tonnen, die gerade von den Beamten ausgeleert werden. Hans dreht sich um. Er könnte jetzt sagen: Es war diese Tonne dort, die mittlere auf der rechten Seite. Er könnte sagen, dass sie schon am Montag ziemlich voll war, weil es viel zu wenige Tonnen für das große Haus gibt, seit Jahren ein Ärgernis, Aber genau deshalb lag die Kleine ganz oben, und ich habe sie gesehen, kommen Sie mit, sie ist bei meiner Nachbarin. Hans hat das Gefühl, dass es nur noch eine dünne Haut zwischen ihm und der Wahrheit gibt, mit Worten kann er sie durchstoßen, sie wird sich auflösen, und alles wird anders sein. Aber er sagt nichts. Er nickt langsam und sagt: »Ja, ich habe davon in der Zeitung gelesen. Aber dass die Kleine hier sein soll …«

»Das zumindest behauptet die Mutter«, erwidert Herr Lindner. Er zieht eine Schachtel Zigaretten aus der einen und ein Feuerzeug aus der anderen Manteltasche. »Auch eine?«, sagt er und hält Hans die geöffnete Schachtel hin.

»Nein danke«, sagt Hans, »ich rauche nicht mehr, seit …«, er stockt. Seit ich Felizia gefunden habe, denkt er. Herr Lindner guckt ihn fragend an. Hans sagt: »… seit fünf Tagen, um genau zu sein.« Er spürt, wie seine Beine zittern. Herr Lindner lacht kurz auf. Er sagt: »Oho! Dann sind Sie ja gewissermaßen auf Turkey!« Er lacht noch einmal und zündet sich seine Zigarette an.

Hans sagt: »Ach nein, es geht ganz leicht im Moment.« Herr Lindner nickt geistesabwesend. Dann sagt er: »Und Ihnen ist nichts aufgefallen? Wann haben Sie denn das letzte Mal Müll nach unten gebracht?« Hans sagt die Wahrheit. Der andere zieht die Augenbrauen hoch. Am Montag also. Das war doch der besagte Tag, scheint er zu denken.

Er sagt: »Und in welche Tonne?«

Hans schluckt. Er spürt, dass er die Wahrheit sagen muss, er sieht, wie akribisch die Polizisten den Müll auseinandernehmen. Plötzlich denkt er an die vielen Windeln, die sich in dem Müllbeutel befinden, den er in der Hand hält. Windeln und Milchpulverbeutel für ein ganz kleines Baby und Verpackungen von Babystramplern, Babybodys, Babykleidern, Babyschnullern, Baby-alles-Mögliche. Ach, du Scheiße!, denkt er. Wenn der jetzt einen Blick nach unten wirft! Hans' Müllbeutel

125

ist durchscheinend, man kann die Umrisse der Gegenstände, die sich darin befinden, erkennen. Er schaut in Richtung der Mülltonnen. Herr Lindner steht neben ihm und wartet.

Hans sagt: »Ich glaube, es war die mittlere auf der rechten Seite. Ja, die war's.«

»Und da ist Ihnen nichts aufgefallen? Etwas, das vielleicht aussah wie eine große Puppe?«

Hans schaut ihn erschrocken an. Herr Lindner zuckt mit den Achseln. »Wir sind auf jeden Anhaltspunkt angewiesen.«

Hans schüttelt den Kopf. »Nein«, sagt er. Am liebsten würde er seinen Müllbeutel wieder mit nach oben nehmen. Aber das wäre auffällig. Er kann gar nichts tun. Herr Lindner ist offenbar zufrieden. Er sagt: »Geben Sie her, ich bring's für Sie hin.« Er streckt die Hand aus, Hans muss ihm den Müllbeutel geben. Mit zitternden Händen überreicht er ihm den Beutel, da ist sie, die Haut, sie ist aus grünem Plastik, ein Polizeiblick kann sie durchstoßen, und alles wird anders sein.

Herr Lindner nimmt den Beutel entgegen, dann lächelt er Hans freundlich an und sagt: »Und vielen Dank für Ihre Auskunft, Herr …?«

Hans sagt ihm seinen Namen, Herr Lindner wiederholt ihn und wiederholt den Dank. Dann wendet er sich von Hans ab und schlendert zu den Mülltonnen. Hans hört ihn sagen: »Wo soll ich den hinstellen? Er ist gerade gebracht worden.« Eine Frau weist auf einen Haufen, Herr Lindner stellt den Beutel ab und beachtet ihn nicht mehr. Mit klopfendem Herzen macht Hans sich auf den Weg. Er muss zwischen den Polizeiautos und den Polizeibeamten hindurchgehen, um zum Supermarkt zu kommen. Sein Blick fällt auf die andere Straßenseite. Dort steht Herr Wenzel zusammen mit einigen Passanten vor sei-

126

nem Lotto-Toto-Geschäft und schaut herüber. In diesem Augenblick wird Hans bewusst, dass er sich strafbar gemacht hat. Herr Wenzel winkt ihm zu, und Hans winkt zurück. Er sieht die Anspannung im Gesicht des alten Mannes. Ich will jetzt nicht mit dir sprechen, denkt er und schickt sich an, die Straße entlangzugehen. Das letzte Auto, an dem er vorbeimuss, ist kein Polizeiauto. Es ist eine dunkelblaue Limousine. Im Fond sitzt eine junge Frau. Als Hans sich dem Fahrzeug nähert, wendet sie ihm das Gesicht zu. Hans hat dieses Gesicht noch nie gesehen, aber er weiß sofort, wer die Frau ist. Er wendet seinen Blick ab und geht weiter, einfach weiter, immer geradeaus, als wäre nichts geschehen, aber das stimmt nicht und er weiß es, aber das hilft ihm nicht weiter. Hans geht automatisch, seine Beine bewegen sich mechanisch, nur fort. Fort vom Tatort, denkt er. Und ich bin der Täter, nicht diese Frau. Ich! Nach ein paar hundert Metern ist er völlig außer Atem. Er muss stehen bleiben. Wenn er die Augen schließt, schaut ihn das Gesicht der jungen Frau immer noch an. Hans hat noch nie ein solches Gesicht gesehen. Seine eigene Trauer erscheint ihm mit einem Mal bedeutungslos. Er beginnt zu weinen. Er blickt zurück, die dunkelblaue Limousine ist immer noch zu sehen. Links daneben steht das Haus, in dem er wohnt. Fünf Stockwerke über der Limousine, aus der Eva M. und ihre todtraurigen Augen ihn angeschaut haben, liegt Marie M. und wird von Fremden betreut. Wir sind diese Fremden, denkt Hans, nicht die anderen, wir sind es! Er wendet sich ab und stolpert weiter, nur fort.

Er vergisst alle Vorsichtsmaßnahmen und betritt den Supermarkt, den er bisher gemieden hat. Er betritt ihn wie jemand, der von der Bildfläche verschwinden will, wie ein Flüchtling, der seinen Verfolgern entrinnen muss. Aber Hans' Verfolger sitzen in seinem Kopf, es sind seine Gedanken, die auf ihn einprasseln wie Hagel. Er fühlt sich erschöpft, zu Tode erschöpft, am liebsten würde er jetzt fortgehen und nie wiederkommen. Am liebsten würde er jetzt aufhören zu sein.

Aber dann fällt ihm Felizia ein, die von alledem nichts weiß, Felizia, die ahnungslos und voller Vertrauen in Frau Tarsis Armen liegt oder in der pinkfarbenen kitschigen Wiege und sich immer noch erholt vom ersten großen Schock ihres kleinen Lebens.

Da begreift Hans, dass er nicht weglaufen darf. Mit dem Ärmel des Mantels wischt er sich das verheulte Gesicht trocken. Er zieht einen Einkaufswagen aus der Wagenschlange. Aus einer Hosentasche kramt er seine Einkaufsliste hervor. Er schiebt alle Gedanken beiseite, alle Ängste und Nöte, und beginnt, seinen Einkauf abzuarbeiten. Die Konzentration auf die Liste und die Verkaufsregale beruhigt ihn. Hoffentlich hat Herr Wenzel nicht beschlossen, die Straße zu überqueren und der Polizei alles zu erzählen, denkt Hans. Er kauft weiter ein. Als er Milchkartons in seinen Wagen legt, denkt er plötzlich: Sie werden kein Baby finden. Und was dann? Vor seinem inneren Auge sieht er Herrn Lindner durch das ganze Wohnhaus gehen, von Stockwerk zu Stockwerk. Überall klingelt er und fragt die Leute aus. Und wenn er zu den Tarsis kommt, denkt Hans. Werden sie lügen? Frau Tarsi ist eine pensionierte Beamtin, sie ist Deutsche, denkt Hans, sie kann doch nicht einfach andere Beamte anlügen. Er versucht sich mit seinem Einkauf zu beeilen, um vor Herrn Lindner im fünften Stock zu sein, aber es fällt ihm schwer, sich zu konzentrieren.

Endlich hat er alles, der Einkaufswagen ist ziemlich voll, Hans hat eingekauft wie jemand, der sich auf eine Belagerung vorbereitet. Nicht zwei Liter Milch, sondern vier, nicht eine Packung Milchpulver, sondern drei, zwei große Packungen Windeln, eine allein reicht für eine ganze Woche, und so weiter: drei Butterstücke, viel zu viel Brot, mehrere Packungen Spaghetti, Tomatensaucen, kiloweise Äpfel, Trauben, anderes Obst, Aufstrich aller Art. Als er zur Kasse geht, sieht er, dass dort Heike sitzt. »Oh nein!«, murmelt er entsetzt. In seinem Körper breitet sich die Verzweiflung aus wie ein Lauffeuer. Doch es hilft alles nichts, er muss es durchziehen, schon allein weil er nicht aufgeben, nicht abbrechen, nicht scheitern will.

Eine Lüge muss her, schnell, denn es stehen nur zwei Kunden vor ihm in der Schlange, und Heike hat ihn schon entdeckt. Sie lässt sich nichts anmerken, bestimmt weil sie befürchtet, jedes Quäntchen Aufmerksamkeit zu viel wird Hans neu für sie entflammen lassen. Aber Hans ist sehr weit entfernt von solchen Gefühlen. Er ist damit beschäftigt, seine Panik vor sich selbst zu verbergen, um normal sprechen und handeln zu können. Jetzt ist Platz auf dem Laufband, und Hans beginnt damit, seine Waren aufzuladen, während der Kunde vor ihm an die Reihe kommt. Hans versucht, sie freundlich anzuschauen, aber sein Kopf spricht lauter Antworten auf Fragen, die noch niemand gestellt hat. Denn sie wird ihn nach den Dingen fragen, die er gekauft hat, das weiß Hans, sie wird vielleicht sogar misstrauisch werden, weil er doch im Grunde nur ein Penner ist, wie soll der zu einem Baby gekommen sein. Die Waren des anderen Kunden sind nun alle jenseits des Lesegeräts, Heike drückt ein paar Tasten auf ihrer Kasse, dann erscheint auf dem kleinen Display ganz oben eine Zahl, und der Kunde beginnt damit, in seinem Portemonnaie nach Geld zu kramen. Plötzlich weiß Hans, was er ihr sagen wird, er wird sagen: Ach, ich kaufe für ein paar Nachbarinnen ein. Auf diese Weise verdiene ich mir etwas dazu. Das ist gut, das ist richtig gut, vollkommen überzeugend, denkt Hans und fühlt, wie die Panik von ihm abfällt und er endlich wieder ein wenig Kontrolle zurückgewinnt.

Der andere Kunde hat bezahlt und erhält sein Rückgeld aus Heikes Hand, und nun wendet sie sich Hans zu und sagt: »Grüß Gott.« Sie lächelt flüchtig, aber als Hans zurücklächeln und den Gruß erwidern will, um den Auftakt für ihr übliches Kassengespräch zu geben, hat sie schon weggeschaut und sich nach hinten umgedreht. Dort stellt sie die Weiche um, damit sich Hans' Einkauf nicht mit den Sachen des anderen Kunden vermischen kann. Und dann beginnt sie damit, seine Waren am Lesegerät vorbeizuziehen, ohne ihn noch einmal anzuschauen. Hans ist so perplex, dass er sie nur anstarrt, aber das bemerkt Heike gar nicht, denn sie konzentriert sich ausschließlich auf die Waren. Allmählich begreift Hans, dass Heike ihn wegen seiner Glatze und seines fehlenden Bartes gar nicht erkannt hat. Eigentlich ist das gut, das spürt er, und deshalb sagt er nichts. Trotzdem hat er das Gefühl, dass das Leben ihm wieder einmal die Zügel aus der Hand gerissen hat. Er betrachtet Heike, die sich überhaupt nicht wundert über seinen Einkauf. Fremde dürfen alles, denkt er. Bekannte nicht, Freunde weniger, und am wenigsten darf die Familie. Aber da werden Babys weggeworfen, denkt er. Aber Fremde entführen Babys, denkt er, denn so fühlt Hans sich jetzt: wie ein Kindesentführer. Er betrachtet Heike, die immer noch die Waren am Lesegerät vorbeizieht. Wenn er sie als Fremder betrachtet, dann hat sie gar nicht mehr den Reiz, den sie als Bekannte hatte. Ist das nicht seltsam, denkt er. Als Fremder müsste ich mir sofort eingestehen, dass sie nur ein weiterer Versuch wäre, endlich wieder eine Frau in mein Leben zu lassen, irgendeine, nur weil sie ein paar Mal freundlich zu mir war. Bestimmt aus Mitleid, denkt er.

Inzwischen haben fast alle Waren das Lesegerät passiert und sind auf der anderen Seite gelandet, ab und zu schiebt Heike mit der Hand nach, um Platz zu schaffen, sie tut es, ohne hinzuschauen, es ist eine Geste der Gewohnheit. Hans kauft noch drei Plastiktüten, dann summiert die Kasse alles, der Preis erscheint im Display. Hans schluckt, als er ihn sieht. Wenn er das bezahlt, ist von Herrn Wenzels Geld fast nichts mehr übrig. Er zögert. Heike, die bisher dagesessen hat, ohne etwas zu sagen, ohne ihn anzuschauen, bloß wartend, bis das Geld ihre Augenhöhe erreichen würde, damit sie es in Empfang nehmen könnte, Heike hebt ihren Blick und schaut ihn an.

»Stimmt etwas nicht?«, fragt sie.

Hans ist erschrocken, wenn sie ihn jetzt erkennt, wird alles noch seltsamer, weil er sich ja nicht zu erkennen gegeben hat. Aus welchem Grund? Hat er etwas zu verbergen? Schnell flüstert Hans: »Doch, doch«, und nickt nachdrücklich, dann holt er das Geld hervor und zahlt.

Heike hat seine Stimme nicht erkannt, sie hat sein Gesicht nicht erkannt, sie nimmt das Geld entgegen und erstattet ihm den Restbetrag, sie verabschiedet sich mechanisch, dann ist schon der nächste Kunde dran. Er wird mit dem gleichen »Grüß Gott« empfangen wie zuvor Hans, und der steht nun hinter Heike und sammelt seine Lebensmittel ein.

Das ist kein Glück, denkt Hans. Das ist Chaos. Es wäre ihm lieber gewesen, er hätte lügen müssen, zumal es eine gute Lüge war, die er sich ausgedacht hatte, eine Lüge, die die Ordnung der Welt hätte aufrechterhalten können. Aber so? Einfach nicht erkannt werden und davonkommen, das erscheint ihm wie ein Betrug des Schicksals.

Hans verlässt den Supermarkt, bepackt mit drei schweren Tüten, deren Gewicht er sofort im Rücken spürt. Er schlägt den Weg nach Hause ein und lässt alles hinter sich, was gerade eben geschehen ist, als hätten die automatischen Türen einen Schnitt gemacht, als sie sich hinter ihm schlossen. Denn vor ihm liegt eine viel größere Gefahr. Hans würde gern ganz langsam gehen, um viel Zeit zu haben auf dem kurzen Heimweg, aber es geht nicht, in seinem Kopf hat Herr Lindner bereits das dritte Stockwerk erreicht, und auch der Gedanke, dass in Wirklichkeit bestimmt wieder etwas ganz anderes geschieht, womit er gar nicht rechnet, beruhigt ihn nicht. Wenn ich jetzt erwischt werde, denkt Hans im Gehen, dann bin ich kein Retter mehr, sondern nur noch jemand, der gelogen hat, mein Egoismus wird vor der ganzen Welt dastehen wie etwas Nacktes, Hässliches. Hans schüttelt sich, fast ekelt es ihn vor sich selbst. Felizia jetzt noch zu verbergen erscheint ihm beinahe unmöglich.

Als er sich dem Wohnhaus nähert, sieht er, dass die dunkelblaue Limousine fort ist. Aber die anderen Autos stehen noch dort, und auch das Müllauto ist noch da. Inzwischen sind die Müllmänner damit beschäftigt, der Polizei dabei zu helfen, den Inhalt des Müllautos zu durchsuchen. Die große hintere Klappe ist geöffnet, eine Reihe von Tüten liegt auf dem Boden, und draußen stehen Beamte und nehmen weitere Tüten in Empfang. In der Nähe des Eingangs steht Herr Lindner und unterhält sich noch immer mit den anderen Unbekannten. Die Zahl der Schaulustigen hat weiter zugenommen, inzwischen ist es schon eine Menschenmenge, ein Kamerateam ist auch darunter. Hans eilt vorbei und wendet den Kopf ab, damit die Kamera ihn nicht filmen kann. Er betritt den Hausflur, ruft den Fahrstuhl und fährt nach oben.

Als er im fünften Stock ankommt und den Gang betritt, der zu seiner Wohnung führt, steht Frau Tarsi mit Felizia im Arm an einem der großen Fenster und schaut nach unten. Auch Felizia schaut nach unten. Hans bleibt stehen, Was für ein Anblick, denkt er. Frau Tarsi hat ihn bemerkt und wendet sich ihm zu. Sie lächelt ihn an, aber sie sieht besorgt aus, das kann Hans sehen. Felizia entdeckt ihn und freut sich. Sie hat jetzt ihn und zweifelt nicht daran. Wenn er sie wieder zurückgibt, wenn er diesen ganzen Schwindel auffliegen lässt und Felizia wieder zu Marie M. wird, die zu Eva M. gehört, dann wird sie schon wieder jemanden verloren haben.

Herr Wenzel hat recht, denkt Hans, sie wird in ein Waisenhaus kommen, denn Eva M. wird ins Gefängnis gehen, und Hans wird eine Anzeige bekommen, wer weiß, was dann mit ihm geschieht. Aber das ist nicht so wichtig, wichtig ist allein, dass Felizia erneut ganz allein sein wird. Frau Tarsi kommt ihm langsam entgegen, er stellt die Tüten ab und empfängt sein Kind, sein Kind, sein Kind! Als er sie an sich drückt, hat er mit einem Mal die klare Gewissheit, dass es noch ein anderes Recht gibt, eines, das verborgener ist, aber umso mächtiger. Er weiß nicht, wie er dieses Recht nennen soll, doch es hat etwas damit zu tun, dass er, Hans, nicht falsch gehandelt hat, dass er recht hat, wenn er der Polizei misstraut und dem Vater von Felizia und ihren echten Großeltern. Denn auch sie hätten verhindern können, dass es so weit gekommen ist, aber sie haben nichts getan, sie waren blind oder haben weggeschaut, als Eva M. immer tiefer in ihre Verzweiflung geraten ist, sie haben ihr keinen Ausweg gezeigt, waren nicht für sie da. Hans drückt Felizia an sich und denkt: Ich bin ein Fremder, aber ich bin dein Fremder, kleines Mädchen, ganz allein dein Fremder.

Frau Tarsi seufzt und sagt: »Die Polizei war da.«

Hans schaut sie erschrocken an.

Sie sagt: »Ich habe ihnen zusammen mit Felizia die Tür geöffnet.« Sie reißt die Augen auf. »Stellen Sie sich das einmal vor!«

Hans stellt es sich vor. Er sagt: »Und dann?«

Sie wirft die Arme hoch. Sie ruft: »Was sollte ich tun? Ich habe gar nichts gesagt! Ich habe mit dem Baby auf dem Arm gesagt, dass ich nichts von dem Baby weiß, das ich auf dem Arm habe!« Sie schlägt sich die Hand vor die Stirn und schüttelt den Kopf. Plötzlich lacht sie. Sie sagt: »Jetzt stecken wir wirklich unter einer Decke, Herr Nachbar, unter einer Decke!« Sie muss lachen, um sich zu beruhigen.

Mit Felizia auf dem Arm schließt er seine Wohnungstür auf. »Bitte kommen Sie herein«, sagt er zu Frau Tarsi, die seine Einkaufstüten vom Boden hebt und ihm bereitwillig folgt.

»Ich glaube, wir brauchen jetzt beide einen Kaffee, nicht wahr?«, sagt sie und beginnt sogleich, die Espressokanne aufzuschrauben und auszuwaschen. Hans legt Felizia auf den Tisch, aber sie will nicht dort liegen und schreit, so dass er nur schnell seinen Mantel ablegen kann. Dann sitzt er mit ihr im Arm und fühlt sich mit einem Mal so schwach, als hätte jemand die Luft aus ihm gelassen. Er sagt: »Es tut mir leid, dass Sie

lügen mussten. Ich wollte schneller wieder zu Hause sein, aber
es hat alles so lange gedauert.«

Frau Tarsi starrt ihn kurz an, als wäre sie überrascht. Sie
sagt: »Sie waren eine halbe Stunde fort, keine Minute länger!«
Sie seufzt. »Als dieser junge Schnösel vor mir stand, konnte
ich ihm die Kleine nicht geben. Gott ist mein Zeuge: Ich habe
versucht, die Wahrheit zu sagen. Aber es ging nicht!«

Hans lacht auf, vor Erleichterung und Dankbarkeit. Er sagt:
»Entschuldigung, dass Sie unseretwegen gesündigt haben!«

Sie schüttelt den Kopf. »Nein«, sagt sie und lächelt ihn sanft
an. »Gott versteht alles. Auch dies.«

Hans vergeht das Lachen. Er schaut sie an. Er sagt: »Sie haben einen netten Gott.«

Frau Tarsi lächelt wieder und sagt: »Ja, er ist nett, mein Gott.
Genauso nett wie ich.« Sie setzt sich zu ihm an den Tisch und
schaut ihm fest in die Augen. Sie sagt: »Halten Sie das durch,
was Sie da tun?«

Hans schüttelt langsam den Kopf. »Ich weiß es nicht«, sagt er
leise. »Aber es geht mir wie Ihnen: Ich kann sie nicht hergeben.
Nicht der Polizei. Mir fehlt das Vertrauen, dass es ihr gut gehen
wird.«

Sie nickt. »Das kann ich verstehen, glauben Sie mir.« Sie
lächelt kurz, dann sagt sie: »Aber wenn der junge Schnösel das
Baby nicht findet, wird er die Mutter weiter unter Druck setzen.
Er wird glauben, dass sie schon wieder lügt. Und die Mutter
wird dann wissen, dass jemand ihr Kind aus dem Müll gezogen
hat und dass es wahrscheinlich nicht tot ist!«

Hans schaut sie überrascht an. Daran hat er noch gar nicht
gedacht. »Aber das ist doch gut!«, ruft er aus.

Frau Tarsi wiegt den Kopf. »Natürlich ist es gut. Aber früher

135

oder später wird auch die Polizei diesen Gedanken haben.« Sie lehnt sich zurück und verschränkt die Arme vor der Brust, als wolle sie sich wappnen. Sie sagt: »Sie werden wiederkommen.«

Der Kaffee kocht hoch, Frau Tarsi steht auf und stellt die Kanne vom Herd. Hans sitzt da und schaut Felizia zu, wie sie Frau Tarsi zuschaut, die jetzt zwei Tassen auf den Tisch stellt. Seine Gedanken verlieren sich im Unbewussten und tauchen daraus wieder hervor als ein Gefühl der Wehmut.

Als Frau Tarsi den dampfenden Kaffee einschenkt und Felizia große Augen macht, sagt Hans: »Ich war kein guter Vater, wissen Sie.«

Frau Tarsi setzt sich ihm gegenüber, genau so haben sie schon einmal hier gesessen, vor zwei Tagen, aber seitdem ist so viel geschehen, dass Hans das Gefühl für die Zeit verloren hat. Er starrt in den Kaffeedampf und sagt: »Ich habe meinen Kindern misstraut, anstatt ihnen zu vertrauen, ich habe ihre Gehorsamkeit zur Bedingung für meine Liebe gemacht. Aber in Wahrheit habe ich bloß Angst gehabt, dass sie mich nicht lieben.« Er schüttelt den Kopf. Er atmet tief durch. Er sagt: »Ich war gar kein richtiger Vater. Ich war nur ein Sohn seines Vaters, und dieser Sohn bekam Kinder und spielte Vater wie ein Kind Vater spielt.« Er schließt die Augen und atmet tief durch. Als er sie öffnet, schaut Frau Tarsi ihn so mütterlich an, als wäre er ihr Sohn.

Sie sagt: »Das haben Sie sehr schön gesagt.«

Hans ist verdutzt, aber da lacht sie schon, und er lacht mit, obwohl es gar nichts zu lachen gibt. Es tut trotzdem gut. Sie trinken ihren Kaffee. Dann erinnert Frau Tarsi ihn daran, dass ihre Tochter samt Familie zu Besuch kommen wird. »Ich erwarte Sie morgen drüben bei uns zum Mittagessen«, sagt sie, und Hans nickt artig. Sie steht auf und verabschiedet sich von Felizia. Sie säuselt ihr persische Worte zu und küsst sie, und dabei kommt sie Hans ganz nah, so dass er ihren Geruch wahrnimmt, den Geruch einer Frau. Es ist das erste Mal seit vielen Jahren, dass ihm das passiert, und es macht ihn verlegen. Plötzlich beugt Frau Tarsi sich vor und küsst ihn auf die Stirn. Sie erhebt sich, sie schaut von oben auf ihn herab und sagt: »Sie sind ein kluger Mann. Machen Sie sich nicht mehr Vorwürfe als unbedingt notwendig.« Dann verabschiedet sie sich von ihm und verlässt die Wohnung. Hans sitzt noch länger dort, irgendwann schläft Felizia ein. Aber den Kuss auf der Stirn kann er immer noch fühlen.

Er trägt Felizia ins Schlafzimmer und legt sie ins Bett. Als er durch den Flur zurückgeht, klopft jemand an die Wohnungstür. Herr Tarsi steht draußen und grüßt ihn freundlich. Er sagt: »Ich habe mit Doktor Sadeghi gesprochen. Morgen ist Samstag, da hat er Zeit. Um zehn Uhr morgens. Ich begleite Sie.« Hans dankt ihm, dann verabschiedet Herr Tarsi sich. Hans schließt die Tür. Der Kuss ist fort. Als hätte Herr Tarsi ihn mitgenommen.

Es ist noch nicht einmal Mittag, aber Hans hat Hunger. Sein Einkauf steht noch in den Tüten auf dem Fußboden. Er beginnt, die Lebensmittel zu verstauen. Weil es ihm wegen der Rückenschmerzen schwerfällt, sich zu bücken, kniet er sich hin, um den Kühlschrank zu füllen.

Frau Tarsis Worte gehen ihm nicht aus dem Kopf. Er denkt nach: Wenn die Polizisten lange genug im Müll gewühlt haben, werden sie Eva M. vorwerfen, dass sie schon wieder gelogen hat. Dann wird sie wissen, dass ihr Kind nicht tot ist. Und dann, denkt Hans, wird sie nicht mehr so traurig sein. Er hält inne. Aber was ist, wenn ihre Verzweiflung gar nichts mit ihrem Kind zu tun hat? Wenn ihr Kind sie gar nicht kümmert, weil sie viel zu sehr um sich selbst trauert? Wenn sie Felizia weggeworfen hat, weil einfach kein Platz für sie da war? Was für ein trauriger Gedanke! Hans schließt die Augen. Wenn es so ist, denkt er, dann muss sie die Aussicht, dass ihr Kind noch lebt, wie eine Last auf ihren Schultern empfinden, die sie schon abgeworfen hatte. Er öffnet die Augen wieder. Er denkt: Aber dann wird sie bestimmt nichts sagen. Dann wird sie schweigen und hoffen, dass ihr Kind niemals gefunden werden wird. Und vielleicht eine neue Lüge erfinden. Hans schüttelt den Kopf. Ach was, denkt er, sie will doch nicht im Knast sitzen, wer will das schon? Und das wird sie, davon ist Hans überzeugt, auch wenn Herr Wenzel recht haben mag und man niemanden als Mörder verurteilen kann, dessen Opfer nicht gefunden wird. Sie hat es ja zugegeben. Warum in aller Welt hat sie Felizia weggeworfen? Sie hätte sie doch auch zur Adoption freigeben können. Hat sie sich einfach nur an ihrem Mann gerächt, weil er sie verlassen hat? Hans weiß nicht, was er über Eva M. denken soll. Er sucht nach Halt, er wünschte sich, er würde alles über Eva M. erfahren, um zu verstehen, was sie getan hat. Vielleicht kann er ihr dann verzeihen und alles ist nicht mehr so schlimm. Er denkt: Es gibt vielleicht nicht nur ein Motiv, sein eigenes Kind wegzuwerfen. Vielleicht gibt es sogar viele. Doch was steckt hinter ihnen? In den Nachrichten über getötete, geschlagene, zu Tode geschüttelte, aus Wohnungen geworfene Babys wimmelt es nur so von Gründen, die eigentlich gar keine sind.

Hätte ich meine Kinder ermordet, weil Karin mich verlassen wollte?, fragt Hans sich und fährt fort, die Lebensmittel einzuräumen. Nein, niemals, denkt er, das hätte ich nicht übers Herz gebracht. Aber ich habe andere Dinge übers Herz gebracht. Ich habe es übers Herz gebracht, Rolf die kalte Schulter zu zeigen, wenn er meinen Ansprüchen nicht gerecht wurde, ich war dazu im Stande, ihn mit Nichtachtung zu strafen, als er anfing, gegen mein Regime zu rebellieren. Das muss schlimm für ihn gewesen sein, denkt Hans. Er wollte mir doch immer nur gefallen. Er schließt die Augen und erträgt den Schmerz des Gewissens, den Schmerz des Vaters, der sein Kind verletzt hat, den Schmerz des Liebenden, der die Liebe verraten hat. Warum habe ich nicht mit ihm darüber gesprochen, was los war, denkt Hans und kennt die Antwort. Sie kommt in ihm hoch, als wäre kein Tag vergangen seit damals. Es war Angst. Angst, aus dem Bild herauszutreten, an das Rolf glauben sollte und nicht mehr glaubte, Angst, ihm bei der Zerstörung dieses Bildes behilflich zu sein. Angst vor Demütigung. Vor Demut. Hans atmet tief ein. Vielleicht hatte Eva M. ja auch einfach nur Angst, denkt er. Angst, als Mutter zu versagen. Vielleicht hat sie ihr Baby weggeworfen, um nicht zu scheitern als Mutter. Hans lacht kurz und bitter auf. Er kann es sich gut vorstellen, er hat ja selbst solche Kapriolen geschlagen.

Jetzt ist Hans fertig mit dem Kühlschrank und erhebt sich mühsam. Die übrigen Sachen kommen ins Hängeregal. Es wird eng, Hans hat zu viel gekauft. Als alles getan ist, tritt er aus der Wohnung und späht durch eines der großen Fenster im Flur nach unten. Die Polizei ist fort, nur die Müllmänner sind noch da und räumen auf. Er geht wieder zurück in seine Wohnung. Sein Hunger ist noch größer geworden, aber der Gedanke, jetzt kochen zu müssen, lähmt ihn. Am liebsten würde er nichts tun. Am liebsten würde er ein Bier trinken und fernsehen und so tun, als wäre das alles nicht passiert. Nur für ein paar Stunden, nur so lange, bis er sich wieder erholt hat und der Wirklichkeit wieder begegnen kann. Eine kleine Pause vom Leben. Er schüttelt den Kopf. »Du alter Narr«, sagt er leise. Dann geht er in die Küche und schält Kartoffeln.

Der Tag vergeht ereignislos. Hans kocht und isst zu Mittag, er trinkt kein Bier und sieht nicht fern. Er sitzt auf seinem Stuhl und schaut die Alben durch. Fotos, so viele Fotos. Karin, jung und begehrenswert und verliebt. In ihn. Oder in den, den sie glaubt, in ihm zu sehen, weil er selbst glaubt, derjenige zu sein.

Hans als jugendlicher Sonnyboy. Hans auf Demos, Vietnamkrieg, Radikalenerlass. Gegen Paragraf 218 mit Hanna auf den Schultern.

Hanna als Baby, Hanna als Zweijährige mit Rolf im Arm, den sie kaum halten kann, aber unbedingt will.

Rolf mit seinem strahlenden Lächeln, das ihn durch die Kindheit trug.

Hanna, als sie anfing, sich nicht mehr von Hans fotografieren zu lassen, wie alt war sie da? Elf Jahre.

Karin, als es längst schwierig geworden war, wann war es schwierig geworden? Eigentlich direkt am Anfang. Aber sie dachten, klärende Gespräche und Versöhnungsrituale würden solche Schwierigkeiten beheben, und dann kämen sie nie wieder, denn sie hatten ja verstanden, was los gewesen war. Aber sie kamen wieder und wieder und wieder. Bis zum Schluss. Was haben wir nicht getan, denkt Hans. Wo haben wir nicht hingeschaut? Über welche Schatten sind wir nicht gesprungen?

Karins Eltern mit Rolf und Hanna. Nie gemeinsam auf einem Foto, nie gemeinsam bei ihrer Tochter zu Besuch. Seit wie vielen Jahren hatten sie keinen Kontakt mehr, hassten einander, versuchten sie, Karin für sich und gegen den anderen einzunehmen? Hans weiß es nicht mehr. Er, groß, bärtig, schwerfällig, unbeholfen im Umgang mit den Kindern, mit Karin, die ihn behandelte, als wäre er gleichaltrig, nicht ihr Vater. Sie, in teurer Kleidung, perfekt geschminkt, lächelnd, ohne zu lächeln, posierend ohne sichtbare Haltung zu ihren Enkeln, zu Karin, zu Hans. Und dann wieder fort, für Monate, Grüße ausrichtend per Telefon über Karin. Pünktliche Geburtstagspaketsendungen für die Kinder. Beiderseits. Zwei Feinde, die um dieselben Bündnispartner buhlten. Und Hans? Hans störte sie nicht, er war ihnen nicht wichtig.

Am Nachmittag ist Felizia lange wach. Hans trägt sie durch die Wohnung, er redet mit ihr, er macht Unsinn mit ihr, sie stehen am Fenster und schauen hinaus, bis Hans Angst bekommt, jemand könne ihn beobachten. Sie schauen sich die neuen Spielsachen an, die Felizia geschenkt bekommen hat und mit denen sie nichts anderes tun kann, als sie zu halten. Hans gibt ihr den Beißring von Herrn Wenzel und hilft ihr, ihn in den Mund zu stecken. Sie mag den Ring, sie kaut auf ihm herum und sieht Hans dabei an.

Als sie wieder einschläft, schaltet er den Fernseher doch ein. Er sucht einen lokalen Sender und wartet auf die Fünf-Uhr-Nachrichten. Der Fall Eva M. nimmt viel Raum ein, es wird berichtet, dass die Öffentlichkeit großen Anteil nehme, dass die Polizei fieberhaft suche. Man sieht Bilder aus den ersten

Tagen. Die Frau mit der Zeitung auf dem Kopf muss erneut vor den Blicken der Menschen fliehen. Aber Hans weiß jetzt, wie es unter der Zeitung aussieht, er kennt Eva M.s Gesicht, ihren Blick, er findet, dass Felizia ihrer Mutter viel stärker ähnelt als ihrem Vater, der jetzt ins Bild kommt, ein Mensch mit einem Blick wie ein Verlorener, der nicht mehr sucht, ein Mann mit einem fest zusammengepressten Kiefer, ein schmaler, knochiger Kerl, der interviewt wird, ohne dass man seine Stimme hört, denn aus dem Off wird davon erzählt, dass er inzwischen die Scheidung eingereicht hat, das Sorgerecht für die beiden älteren Kinder beantragt und eine harte Bestrafung der Mutter verlangt. Hans mag ihn nicht, aber Hans will ihn auch gar nicht mögen, seine Loyalität gilt der Täterin, warum nur? Plötzlich sieht er sein Wohnhaus im Fernsehen, er sieht das Müllauto und die Polizeiwagen, Herrn Lindner sieht er, und da steht auch die dunkelblaue Limousine, man sieht sie von Weitem. Aber nun kommen die großen, schwarzen Mülltonnen in Sicht, die Stimme aus dem Off erzählt, Eva M. habe ausgesagt, ihr Kind in diese Tonne geworfen zu haben, am vergangenen Montagmorgen, und bei »diese« sieht man die zweite Tonne auf der rechten Seite, die Kamera erlaubt sich einen Kunstgriff, sie fährt in die leere Tonne hinein, der Bildschirm wird schwarz. Dann sieht Hans den blauen Himmel, als habe der Redakteur andeuten wollen, dass Felizia jetzt dort ist, aber die Kamera bleibt in Bewegung, und plötzlich wächst von unten ein Haus ins Bild, zuerst das Dach, dann der oberste Stock von Hans' Wohnhaus, die Stimme aus dem Off fragt, ob einer der Hausbewohner etwas gesehen haben könnte, man sieht die verglasten Außenflure, die zu den Wohnungen führen, die Stimme fragt, wie es möglich ist, dass Eva M. am helllichten Tage ihr Kind ungesehen dort entsorgen konnte, die Kamera fährt währenddessen weiter hinunter, immer weiter, vorbei am fünften Stock.

Schnitt.

Jetzt steht da Herr Lindner, direkt vor dem Hauseingang, er sieht aus, als genieße er die Aufmerksamkeit, die man ihm schenkt. Jetzt bestätigt Herr Lindner, was die Stimme aus dem Off gesagt hat, und sagt: »Aber wir haben nichts gefunden.«

Schnitt.

Herr Lindner von rechts, Dreiviertelprofil, im Hintergrund die Mülltonnen. Der Interviewer fragt Herrn Lindner, wie es denn nun weitergehe, er streckt Herrn Lindner das Mikrofon entgegen, und Herr Lindner sagt, den Müll »aus der besagten Tonne«, und dabei weist er mit ausgestrecktem Arm zu den Tonnen im Hintergrund, habe die Polizei mitgenommen, um ihn näher zu analysieren. Man erhoffe sich außerdem Hinweise aus der Bevölkerung.

Dann ist der Bericht zu Ende, und das Gesicht der Nachrichtensprecherin erscheint, sie schaut einen Moment lang tragisch ernst in die Kamera, als lege sie eine Gedenksekunde ein, dann hellt sich ihre Miene auf, denn nun erzählt sie davon, dass Deutschland erstmals in seiner Geschichte Waren im Wert von einer Billion Euro exportiert habe, dass die Kauffreudigkeit der Deutschen die Binnenkonjunktur stütze, dass die Experten glauben, die Entwicklung werde im nächsten Jahr ähnlich positiv verlaufen, vorausgesetzt China schwächle nicht.

Hans schaltet aus. Der Fernsehbericht hat ihm seine Erschöpfung wieder bewusst gemacht. Es ist dieses Gefühl, allmählich in die Enge getrieben zu werden, das ihn so viel Kraft kostet. Sein Leben ist wie ein Haus ohne Ausgänge. Wenn ich doch eine kleine, verborgene Tür fände, denkt er, durch die ich einfach mit Felizia verschwinden könnte. Ich nehme sie auf den Arm und gehe hindurch, und hinter mir lösen sich die Umrisse der Tür auf, und dann ist dort nur noch ein Stück Landschaft. In dieser Landschaft gibt es keine Stadt, nur Bäume und zahme Tiere und freundliche Menschen, die ihn und Felizia aufnehmen, ohne Fragen zu stellen. Und dort müssten auch Hanna und Rolf sein, denkt er noch, und sie hätten ihm verziehen, und Felizia könnte mit Hannas und Rolfs Kindern spielen, und sie wären eine große, glückliche Familie. Und manchmal käme Karin zu Besuch und würde ihn anlächeln wie früher. Man müsste zaubern können. Er nickt im Sitzen ein.

Hans träumt. Seine Beine sind abgeschnitten, aber das stört gar nicht, denn er kann hüpfen wie ein Gummiball, er hüpft durch das rote Gebirge, er überspringt die tiefsten Täler und die höchsten Gipfel, und mit einem Mal landet er im Schnee des Fudschijama. Über ihm thront der Gipfel, und jetzt beginnt Hans hinaufzuhüpfen, immer höher, bis er über den Rand des Kraters springt. Da erst bemerkt er seinen Fehler, denn unter ihm liegt ein rot glühender Lavasee, er kann sich nirgends festhalten, er weiß, dass er im nächsten Moment sterben wird, dass nichts von ihm übrig bleibt. Im letzten Augenblick, als er schon aufschlägt auf der Lava, als einzelne Tropfen hochspritzen und er schon spürt, wie die tödliche Hitze ihn durchflutet, als er schon schmilzt wie ein Stück Eis in kochendem Wasser, gelingt es ihm, seinen Körper zu verlassen. Er blickt nach unten und sieht seinem Körper dabei zu, wie er verbrennt. Das Letzte, was Hans sieht, ist sein eigenes Gesicht, das ihn anstarrt wie einen Verräter, als wolle es sagen: Du hast mich im Stich gelassen. Dann ist es fort, und nicht die geringste Verfärbung deutet mehr darauf hin, dass hier gerade noch ein Mensch vergangen ist. Da spürt Hans eine große Erleichterung, eine Erleichterung, wie er sie noch nie empfunden hat. Wie schön ist das Leben, wenn es erst vorbei ist! Das ruft er und es hallt von den Kraterwänden wider: »Wie schön ist das Leben, wenn es erst vorbei ist!« Aber das Echo hört gar nicht mehr auf, und dann sieht Hans auch, warum das so ist. Um ihn herum schweben unzählige Menschen ohne Körper, die alle dasselbe rufen wie er, und alle haben ein freudiges Strahlen im Gesicht. So viele sind es, so dicht an dicht schweben sie, dass sie aussehen wie die flimmernde Luft, die von der Lava emporsteigt. Und plötzlich weiß Hans, dass es alle sind, die jemals gelebt haben.

Er wacht auf. Draußen ist es dunkel, im Wohnzimmer ist es dunkel. Es läutet an der Tür. Mühsam erhebt er sich aus dem Stuhl, im Sitzen zu schlafen, hat seinem Rücken nicht gutgetan, auch sein Nacken ist ganz steif. Ohne das Licht einzuschalten, geht er zur Wohnungstür und späht durch den Spion. Draußen steht Herr Wenzel und beobachtet den Spion. Hans seufzt. Der hat mir gerade noch gefehlt, denkt er. Dann öffnet er die Tür. Herr Wenzel kommt sofort herein.

Er sagt: »Gott sei Dank«, als sei er nun gerettet. Sie setzen sich ins Wohnzimmer. Herr Wenzel sagt: »Hans, Hans, Hans!« Er schüttelt den Kopf. Er sagt: »Was machen wir jetzt?«

Hans überlegt. Er berichtet von dem Arzttermin, doch Herr Wenzel geht gar nicht darauf ein. Er hebt beschwörend die Hände und sagt: »Hans! Um Himmels willen! Die Polizei ist uns auf den Fersen!«

Hans sagt: »Machen Sie sich um sich keine Sorgen. Sie haben von nichts gewusst.«

Herr Wenzel starrt ihn an. Dann schüttelt er heftig den Kopf. »Nein, das meinte ich nicht, bitte versteh mich nicht falsch. Ich bin ein ängstlicher, alter Mann, und ich gebe zu: Als du vor fünf Tagen mit dem Kind in meinen Laden kamst, so verwahrlost, wie du warst«, er macht ein entschuldigendes Gesicht, »und dann hast du mich auch noch angelogen – da dachte ich, es wäre das Beste, die Polizei zu rufen. Aber jetzt …«, er seufzt, er sieht Hans beinahe schüchtern an, er sagt: »Du bist das Beste, was diesem Kind passieren konnte, ich möchte, dass sie bei dir bleiben kann. Ich möchte«, er zögert, »ich möchte ein Teil von dem sein, was du tust, denn es«, wieder zögert er, und jetzt sieht Hans, dass Herr Wenzel Tränen in den Augen hat, »denn es«, beginnt er wieder und wieder stockt er, denn er versucht zwei Dinge gleichzeitig: Gefühle zu zeigen und sie zu kontrollieren, aber das verschlägt ihm die Sprache, denn es ist zu viel auf einmal. Herr Wenzel lehnt sich zurück und schließt die Augen. Hans weiß nicht, was er tun oder sagen soll. Er wartet. Nach einer Weile öffnet Herr Wenzel die Augen, sein Blick wandert zur Decke. Er sagt: »Denn es gibt dem Leben wieder einen Sinn.« Es ist heraus, und so schwer war es nicht, aber schwer war es wohl, die Sinnlosigkeit des Lebens anzunehmen, so versteht Hans diesen Satz.

Er lächelt Herrn Wenzel an. »So geht es mir auch.«

Aber Herr Wenzel schüttelt heftig den Kopf. »Nein, Hans, nein! So geht es dir nicht.« Er ist jetzt über den Berg, er hat das Nadelöhr der Wahrheit passiert, und die Worte sprudeln nur so aus ihm heraus. Er sagt: »Du hast wenigstens nicht so getan, als ob das Leben einen Sinn hat, obwohl es keinen mehr hatte. Du hast einfach nicht mehr mitgemacht, früher oder später wärest du vermutlich auf der Straße gelandet oder im Altersheim. Das ist«, er schaut Hans so dramatisch an, dass dieser sich unwohl fühlt, »das ist ehrlich, Hans, sehr ehrlich. Das habe ich jetzt verstanden. Lach nur, ich weiß, das muss dir seltsam vorkommen, wo es mir doch so gut geht. Die Leute mögen mich, sie erzählen mir ihre kleinen und großen Sorgen, die Kinder haben keine Angst vor mir.« Er seufzt. »Ich habe immer darauf geachtet, dass alle zufrieden sind. Aber darüber habe ich mich selbst vergessen. Jahrelang habe ich mich mit Kleinigkeiten über Wasser gehalten, mein Leben bestand nur noch aus geregelten Abläufen, und ich hätte bis zum Tod so gelebt, wärest nicht du hereingekommen mit Felizia auf dem Arm und hättest mich aus meiner geordneten Einöde gerissen.« Er ergreift Hans' Hände mit den seinen und drückt sie so fest, dass es schmerzt. »Danke, Hans«, sagt er inbrünstig, »ich danke dir von ganzem Herzen.« In diesem Augenblick wird Felizia wach. Hans steht auf und holt sie ins Wohnzimmer. Ganz verschlafen schaut sie drein, ihr Haar ist zerzaust, und sie muss erst eine Weile auf Hans' Arm bleiben, bis sie sich Herrn Wenzel zuwenden kann.

Hans setzt sich wieder hin, während Felizia sich an ihn schmiegt, und sagt zu Herrn Wenzel: »Danken Sie ihr, nicht mir. Sie hat uns beide gerettet.«

Da sitzen sie also, zwei alte Männer, über deren Schicksal ein Baby bestimmt. Und dieses Baby wird nun richtig wach und hat Hunger, und deshalb übergibt Hans Felizia Herrn Wenzel, der sie überrascht und etwas unsicher, aber auch glücklich über diese Ehre, in den Arm nimmt. Hans hat es ohne zu überlegen getan, eine ganz natürliche Geste war es, es fällt ihm erst auf, als er dem überraschten Herrn Wenzel die fertige Flasche in die Hand drückt. Felizia lacht der Flasche ungeduldig entgegen, Herr Wenzel legt sich das Kind in die Armbeuge, setzt die Flasche an, und dann sieht er wirklich aus wie ein Großvater, der seine Enkeltochter füttert, findet Hans. Er setzt sich den beiden gegenüber und beobachtet sie. Herr Wenzel schaut Felizia beim Trinken zu. Felizias Blick wandert von Herrn Wenzel zu Hans, Hans lächelt ihr zu, dann schaut sie wieder Herrn Wenzel an. Herr Wenzel blickt Hans glücklich an, er sieht aus wie ein kleiner Junge, der kaum glauben kann, dass er das Lieblingsspielzeug eines anderen auch einmal haben darf. Insgesamt, denkt Hans, hat dieser schreckliche Tag doch noch ein gutes Ende gefunden. Sein Traum vom Fudschijama fällt ihm wieder ein. Genau jetzt ist Hans sehr froh, dass er noch in seinem Körper steckt.

Am nächsten Morgen wird Hans wach, weil es regnet. Die Tropfen prasseln auf den Fenstersims. Es ist kühl geworden. Felizia schläft, Hans schaut ihr eine Weile zu. Dann steht er auf und geht in den Flur. Im Traum hat er gesehen, dass ein Teil von Felizia in der Mülltonne geblieben ist und immer noch befürchtet, dort zu sterben. Er hat sich selbst gesehen, wie er versucht, auch diesen Teil von Felizia aus der Mülltonne herauszuholen. Aber stattdessen ist er selbst hineingefallen, und dann wurde alles schwarz. Unwillig schüttelt Hans den Kopf. Er schaltet das Radio ein. Es ist kurz nach neun. Er kocht Kaffee. Er geht ins Bad und schaut sich im Spiegel an. »Du verwahrlost wieder, mein Schatz«, sagt er, ohne die Stimme zu verstellen. Es ist wahr. Wann hat er sich das letzte Mal gewaschen? Wann hat er sich rasiert? Wann hat er gefegt, geputzt, gewaschen, gespült? Hans seufzt, da ist es wieder, das Gefühl, nicht zu können. »Aber so ist es doch gar nicht, du Dummkopf!«, herrscht er sich an, wie sein eigener Vater ihn einst anherrschte, als er noch klein war, und das fällt ihm jetzt zum ersten Mal auf. Da schaut er sich ratlos an. Ich darf mich nicht niedermachen, denkt er und will sich auch dafür, dass er es doch getan hat, schon wieder beschimpfen. Das ist ja schrecklich, denkt er, es geschieht automatisch! Tief durchatmen, das ist immer gut, denkt er und tut es. Dann rasiert Hans sich den Kopf und das Gesicht, steigt in die Badewanne und duscht. Ganz schnell geht das. Nach einer Viertelstunde ist er sauber und trocken. Während er sich ankleidet, denkt er darüber nach, warum es ihm so schwerfällt, Notwendiges zu tun. Es ist vielleicht gar nicht die Aufgabe, denkt er, vielleicht ist es nur der Zwang, ganz im Hier und Jetzt zu sein, der so schwierig ist. Er kehrt in die Küche zurück und frühstückt. Felizia wird wach, Hans eilt ins Schlafzimmer. Sie liegt dort und beginnt, Laute von sich zu geben, die bestimmt etwas bedeuten, aber Hans versteht nichts und antwortet mit seinen eigenen Lauten, deren Sinn er auch nicht versteht, außer dass sie sich gut anfühlen. Hans schaut auf die Uhr, es ist nicht mehr viel Zeit. Er füttert sie, wechselt ihr die Windeln und kleidet sie wieder an. Dabei erzählt er ihr vom warmen Wasser und von ihrem schönen roten Kleid, das einst Haydee Tarsi gehörte, »die du übrigens heute kennen lernen wirst, sie und ihren kleinen Sohn, hoffentlich gefällt er dir.« Kaffee trinken, Butterbrote mit Käse und Marmelade essen, einen Apfel, ein paar Trauben, Zähne putzen, Felizia warm anziehen und ins Wickeltuch stecken. »Schwer bist du geworden«, sagt er zu ihr, »das ist gut, keine Frage«, sagt er und nickt ihr zu, »aber dein Gewicht zerrt an Hans' lädiertem Rücken, weißt du? Und das ist nicht so gut. Wir brauchen einen Kinderwagen für dich.« Aber das geht ja nicht, denkt er und seufzt. Die Polizei sucht Marie M., und Hans schiebt plötzlich einen Kinderwagen durch die Gegend. So dreist müsste man sein, denkt er, so dreist, dass schon niemand mehr Verdacht schöpft. Wenn es so etwas überhaupt gibt. Schuhe und Mantel, Regenschirm nicht vergessen, zur Tür hinaus. Es ist halb zehn, er läutet an der Wohnungstür nebenan.

Frau Tarsi öffnet ihm die Tür. Sie begrüßt ihn freundlich, und da erscheint auch schon Herr Tarsi, fertig bekleidet, ein großer, stattlicher Mann mit frisch gezwirbeltem Schnurrbart, die Enden glänzen noch, einen Hut trägt er auf dem Kopf und einen Gehstock in der Rechten, ganz die alte Schule, denkt Hans. Sie verabschieden sich von Frau Tarsi, Herr Tarsi gibt ihr einen Kuss auf die Stirn, und sie gehen gemeinsam zum Fahrstuhl. »Hoffentlich werden wir nicht gesehen«, sagt er leise zu Herrn Tarsi.

»Wir fahren in den Keller und steigen dort ins Auto«, sagt Herr Tarsi. Das ist eine gute Nachricht, Hans ist erleichtert. Der Fahrstuhl kommt mit Herrn Wenzel darin. Das passt gut, gemeinsam fahren sie wieder nach unten, drei alte Männer mit einem unsichtbaren Kind. Drei Männer mit einer Mission. Hans schaut in seinen Mantel hinein. Dort steckt Felizia und schaut an ihm vorbei an die Fahrstuhldecke. Hoffentlich schläft sie bald ein, denkt er.

In der hell erleuchteten Tiefgarage begegnen ihnen mehrere Familien, die alle damit beschäftigt sind, ins Wochenende aufzubrechen. Niemand achtet auf sie. Aber da vorne links stehen die Balcis, die Familie des Hausverwalters, um einen roten Van herum, Vater, Mutter und drei Kinder, zwei größere Jungen und ein kleines Mädchen. Herr Balci ist ein wohl genährter

Mann, der mit seinem Leben zufrieden ist. Er hat eine Reihe von Prinzipien, und eines davon besteht darin, nie als Erster zu grüßen, sondern stets zu warten, bis die Mieter ihn gegrüßt haben. Hans und Herr Tarsi wissen das. »Guten Morgen, Herr Balci«, sagen sie im Chor, als sie an den Balcis vorbeigehen. Sie tun es, wie man einem bissigen Hund ein Stück Fleisch zuwirft, um ungeschoren zu bleiben. Hans zieht unwillkürlich seinen Bauch ein. Herr Balci grüßt zurück, als sei er eigentlich zu beschäftigt. Das ist auch eines seiner Prinzipien – niemals zu viel Aufmerksamkeit schenken –, und diesmal stimmt es sogar mit der Wahrheit überein, denn seine Tochter will nicht ins Auto und tut dies lauthals kund, während die beiden Jungen auf der anderen Seite darüber streiten, wer in der Mitte sitzen darf. Die Lösung dieser Probleme ist offenbar nicht Frau Balcis Angelegenheit, denn sie hat soeben den Beifahrersitz bestiegen und die Tür geschlossen. Jetzt klappt sie die Sonnenblende herunter, vielleicht um sich im Schminkspiegel zu betrachten. Herr Balci hat also guten Grund, keine Zeit für andere Leute zu haben, aber er ist der Hausverwalter, und deshalb wirft er trotzdem immer einen prüfenden Blick auf alle, die ihm hier begegnen, und Hans ist ihm noch nie begegnet, zumindest nicht mit Glatze und ohne Bart und anscheinend sauber. Für Herrn Balci ist Hans eigentlich kein Mieter, sondern eine Art zahlender Hausbesetzer, ein kaum hinnehmbares Paradoxon. Wenn es nach ihm, Herrn Balci, ginge, hätte man Hans längst gekündigt. Weil es aber nicht nach ihm geht, hat er Hans bisher gemieden und sich nur ungern mit ihm befasst. Deshalb hat er auch auf die Beschwerde der Tarsis wegen des Putzdienstes im Hausflur noch nicht reagiert. Als er ihn jetzt erkennt und sieht, dass ausgerechnet Herr Tarsi neben ihm geht, vergisst er seine

Kinder und starrt die beiden an. Dann aber entdeckt er Herrn Wenzel, den Besitzer des Lotto-Toto-Geschäfts von gegenüber, und den hätte er bestimmt nicht hier unten in der Tiefgarage erwartet, noch wäre er jemals auf den Gedanken gekommen, dass er etwas mit Hans zu schaffen haben könnte. Während die drei Männer weitergehen – Herr Tarsi mit seinem steifen Bein wie ein Kriegsveteran, der gebeugte Herr Wenzel mit seinen vielen kleinen Schritten und Hans seltsam nach hinten gereckt, als befürchte er, vornüberzukippen –, steht der Hausverwalter da und kratzt sich am Kopf und schaut ihnen nach, bis seine kleine Tochter ihn ungeduldig anschreit, dass sie jetzt endlich weitermachen will mit dem Nicht-ins-Auto-Steigen. Sie ist fünf Jahre alt und weiß vielleicht schon, dass ihr Papa ein mächtiger Mann ist, aber sie hat ihre Methoden mit ihm. Er wendet sich ihr wieder zu und fasst den Entschluss, Hans in den nächsten Tagen einen Besuch abzustatten, um zu sehen, ob alles in Ordnung ist.

»Das war knapp«, sagt Herr Wenzel, als er mit Hans im Fond des Wagens der Tarsis sitzt. Es ist eine anthrazitfarbene Mittelklasse-Limousine, und Herr Tarsi wirkt ein wenig wie ein Chauffeur, weil er vorn allein sitzt. Er steuert den Wagen durch die enge Tiefgarage, bis sie eine Rampe hinauffahren, an deren Ende trübes Tageslicht in Sicht kommt. Hans hat es nicht knapp gefunden, er hat schon weit Schlimmeres erlebt, seit er Felizia hat, aber er sagt nichts. Er genießt das Gefühl, nicht allein unterwegs zu sein, das Gefühl, von Freunden umgeben zu sein, die zu ihm halten. Felizias Herz pocht gegen seine Brust, Wer weiß, wie oft ich sie noch so nah bei mir habe, denkt er und muss schlucken.

Die Fahrt dauert zwanzig Minuten, es geht quer durch die Stadt, sie müssen in den Osten auf die andere Seite des Flusses. Dort gibt es schöne Viertel mit kleinen, alten Häuschen, die einmal Dorf waren, bevor sie Stadt wurden. Hans ist hier seit einer Ewigkeit nicht mehr gewesen, seit er eine Familie hatte. Er kennt sich nicht gut aus, aber er erkennt vieles wieder. In einem der kleinen, alten Häuser befindet sich die Praxis von Herrn Sadeghi, dem Kinderarzt. Es ist himmelblau gestrichen und hat auffallend große Fenster. Das gibt dem Haus ein freundliches, offenes Aussehen.

»Doktor Sadeghi ist ein Philosoph«, sagt Herr Tarsi, als sie an der schlichten Holztür läuten. »Passen Sie auf, was Sie sagen, sonst hält er Ihnen einen Vortrag.« Er lächelt. Die Tür öffnet sich einen Spalt. Eine blonde Frau steckt vorsichtig das Gesicht heraus, sie ist höchstens vierzig Jahre alt. Als sie Herrn Tarsi erkennt, öffnet sie die Tür vollständig.

»Arya! Sie sind da, wie schön. Er wartet schon ganz ungeduldig.«

Der Reihe nach betreten sie das Haus, ein jeder erhält einen Händedruck und ein Lächeln, während Herr Tarsi sie einander vorstellt. Die Frau von Doktor Sadeghi ist groß und schlank und wirkt so elegant auf Hans, dass er schüchtern wird. »Und wo ist die Patientin?«, fragt sie, als alle im Flur versammelt sind und sie die Tür geschlossen hat. Hans öffnet seinen Mantel, und nun sieht sie Felizia, die längst eingeschlafen ist. »Kommen Sie«, sagt sie und geht voran.

Herr Tarsi, der sich hier auskennt, führt Herrn Wenzel ins Wartezimmer. Dort werden die beiden bleiben, bis Felizias Untersuchung beendet ist. Das gesamte Erdgeschoss ist zur Praxis ausgebaut.

»Wir wohnen oben«, erklärt Frau Sadeghi Hans, als sie an einer engen Treppe vorbeikommen. »Das ist praktisch, vor allem wenn wir Bereitschaftsdienst haben.«

»Sind Sie auch Ärztin?«, fragt Hans.

»Ich bin Geriaterin, ich behandle alte Leute.«

»Leute wie mich?«

»Oh nein! Sie sind doch noch nicht alt!« Sie lacht, und Hans ist, als hätte man ihm zu Unrecht einen Orden verliehen. So lange fühlt er sich schon alt, und jetzt soll er es plötzlich nicht sein. Sie öffnet eine Tür. Ein großes, helles Zimmer liegt dahinter, in einer Ecke steht eine Fächerpalme, die bis unter die Decke gewachsen ist. Ihre Blätter hängen weit in den Raum hinein, und der Topf, in dem sie steht, ist so groß, dass ihn zwei starke Männer nicht würden tragen können. Vor der Palme steht Doktor Ziadine Sadeghi. Er hat glatte, braune Haut, schwarzes Haar mit einem silbergrauen Schimmer, ist um die fünfzig und passt in seiner natürlichen Eleganz sehr gut zu seiner Frau, die jetzt sagt: »Liebling, hier kommt dein Besuch.« Dann wirft sie Hans ein letztes Lächeln zu und schließt die Tür von außen.

Doktor Sadeghi kommt auf Hans zu und schüttelt ihm die Hand. Er sagt: »Gut, dass Sie endlich da sind, ich dachte schon, es sei etwas dazwischengekommen.« Er wirkt nicht nervös, nur schnell und konzentriert. Hans wickelt Felizia aus, die immer noch schläft. »Wir werden warten, bis sie von selbst wach wird, schlage ich vor«, sagt Doktor Sadeghi. Hans ist einverstanden. Sie setzen sich einander gegenüber, Hans mit Felizia im Arm. Herr Sadeghi hat eine Teekanne auf dem Tisch stehen mit zwei türkischen Gläsern.

»Trinken Sie Tee?«

Hans trinkt keinen Tee, aber er sagt Ja.

Sie trinken. Der Tee ist heiß und bitter. Draußen klatscht Regen an die beiden Fenster.

Zwei Fremde, die einander nichts zu sagen haben, denkt Hans. Er sagt: »Ich möchte Ihnen danken, dass Sie Felizia untersuchen, Herr Doktor. Das ist eine große Hilfe für uns.«

Doktor Sadeghi schaut ihn überrascht an. »Sie haben dem Kind einen neuen Namen gegeben?«

Hans sagt: »Als ich sie fand, wusste ich nichts über sie.«

Doktor Sadeghi nickt, er versteht. Er sagt: »Was haben Sie mit ihr vor?«

Hans zuckt mit den Schultern und bereut es sofort. Er will nicht ziellos wirken. Er sagt: »Ich will sie großziehen.«

Herr Sadeghi stellt sein Teeglas ab und lehnt sich zurück. Er schaut aus dem Fenster. Er sagt: »Es ist etwas ganz Besonderes, anderen Menschen zu helfen. Ich weiß, wovon ich spreche, glauben Sie mir.« Er sieht Hans direkt an. Er hat dunkelgrüne Augen. Hans hat noch nie solche Augen gesehen. Doktor Sadeghi sagt: »Ich helfe Ihnen gerne. Mein Freund, Herr Tarsi, Ihr Nachbar, hat mir viel über Sie erzählt. Er schätzt Sie sehr.« Er lächelt Hans an und sieht dabei traurig aus.

Hans ist verwirrt, er kann Doktor Sadeghi nicht einschätzen. Er sagt: »Finden Sie es falsch, dass ich sie behalten will?«

Der andere seufzt und schaut wieder aus dem Fenster. Dann schüttelt er den Kopf. »Nein«, sagt er, »das ist es nicht. Ich verstehe sehr gut, dass Sie glauben, sie sei nur bei Ihnen sicher. Sie haben sie ja erst in Sicherheit gebracht. Es ist also Ihre Aufgabe geworden, das ist vollkommen richtig.« Er holt tief Luft. Er sagt: »Aber eines Tages wird sie ihren leiblichen Eltern begegnen wollen. Jeder Mensch will das, es ist ein Naturgesetz. Wir wollen unserem Ursprung begegnen, um etwas über uns zu verstehen.

155

Und Ihre Felizia wird das auch wollen. Sie wird schon sehr bald, sagen wir in fünf oder sechs Jahren, anfangen, nach ihren Eltern zu fragen. Und Sie? Werden Sie ihr die Wahrheit sagen können?«

Hans schüttelt den Kopf, bevor er darüber nachdenken kann. Er sagt: »Ich glaube nicht. Ich hätte das Gefühl, ihr damit weh zu tun.«

Doktor Sadeghi nickt, er versteht. Er sagt: »Man müsste herzlos sein, um einem Kind etwas Derartiges erzählen zu können. Aber dann werden Sie lügen müssen.«

Hans nickt. »Ja, so wird es wohl sein. Zumindest so lange, bis sie es versteht.«

»Und wenn Sie sie anlügen, werden Sie ihr nicht helfen, sondern ihr schaden.« Er lehnt sich zurück. »Wenn Sie sie behalten, werden Sie mit diesem Dilemma leben müssen. Es tut mir sehr leid für Sie beide.« Er schweigt. Er wirft einen Blick auf Felizia. Dann schaut er wieder aus dem Fenster und trinkt Tee.

Hans starrt ihn an. Er weiß sofort, dass Doktor Sadeghi recht hat mit dem, was er sagt. Ganz gleich wann und wie er Felizia die Wahrheit sagt, ob sie noch ein Kind sein wird oder schon erwachsen – wie soll er ihr denn etwas erklären, was nicht einmal er selbst versteht? Etwas, das vielleicht niemand verstehen kann. Und immer wird er der Überbringer der furchtbaren Nachricht sein und zugleich derjenige, der diese Nachricht jahrelang zurückgehalten hat. Und immer wird Felizia mit einer falschen Identität aufgewachsen sein, die sich plötzlich in nichts auflöst und ersetzt wird von einer Wahrheit, die man niemandem wünschen kann.

Ich bin kein Großvater, denkt er. Ich bin ihr Finder, ihr Retter.

Aber das Retten ist bereits geschehen. Was geschieht jetzt, in diesem Augenblick? Ist es noch Retten oder ist es bereits etwas anderes? Einen Moment lang bereut er, dass er hergekommen ist, dass er nicht mit Herrn Wenzel und irgendeiner Lüge im Gepäck zu der Kinderärztin in seinem Viertel gegangen ist. Aber gleichzeitig weiß er, dass die Zeit des Lügens vorbei ist. Er fühlt sich, als müsse er hier und jetzt von Felizia Abschied nehmen, hier und jetzt das Ruder herumreißen, damit sie nicht in die Falle gehen, von der Doktor Sadeghi gesprochen hat.

Es war ein Traum, Felizia aufzuziehen und glücklich machen zu können. Natürlich kann er sie aufziehen. Aber er wird zugleich an ihrem Unglück beteiligt sein. Sie wird sich vielleicht von ihm abwenden, sie wird ihn vielleicht hassen und ihn nie wiedersehen wollen, weil er sie behalten hat, weil er sie glücklich machen wollte, obwohl es nicht seine Aufgabe war.

Hans schließt die Augen. Er nickt, er hat verstanden, und er ist ratlos und traurig. Mit leiser Stimme sagt er: »Danke für Ihre klaren Worte.«

Doktor Sadeghi nickt: »Es ist mir nicht leichtgefallen.«

Felizia wird wach. Doktor Sadeghi erhebt sich und sagt: »Bringen Sie sie bitte zu der Pritsche dort.« Er weist mit der Hand zur Wand, dort steht eine gepolsterte Pritsche, Herr Sadeghi breitet noch schnell eine warme Decke darüber, dann legt Hans Felizia darauf. Sie hat inzwischen Doktor Sadeghi in Augenschein genommen, auf dessen Geheiß Hans Felizia auszieht, bis sie nackt auf der Decke liegt. Ihr Blick wandert neugierig zwischen den beiden Männern hin und her. Jetzt lächelt Doktor Sadeghi seine Patientin an und sagt: »Dann wollen wir einmal sehen, ob auch alles mit dir in Ordnung ist.« Er hört sie mit dem Stethoskop ab, dann betastet er ihren ganzen Körper mit den Händen. Er hebt sie hoch und trägt sie zu einer Art Anrichte, dort steht eine Babywaage, auf die legt er sie. Er nimmt ein Maßband und misst ihre Körpergröße. Er nimmt ein Holzstäbchen, schiebt es ihr in den Mund und leuchtet ihn mit einer Lampe aus. Er zieht ihr die unteren Augenlider herunter, er prüft den Greifreflex ihrer Hände, er schaut sich ihren Anus und ihre Scheide an. Als er fertig ist, legt er sie wieder auf die Pritsche, nickt ihr freundlich zu und wendet sich an Hans. Er sagt: »Sie ist ein perfektes Baby, sehr harmonisch, aber mit viertausendachthundert Gramm zu leicht für ihre sechzig Zentimeter. Füttern Sie sie gut, sie hat nur noch drei Monate Zeit, um ihr Geburtsgewicht zu verdoppeln.« Er lächelt Hans an und sieht dabei traurig aus, und wieder ist Hans verwirrt. Sie sprechen über die Kolik, die häufiges Füttern verhindert. Doktor Sadeghi erklärt ihm, die Mischung von halb verdauter Milch im Magen und unverdauter Milch, die hinzu- kommt, sei das Problem. »Füttern Sie viel, geben Sie ihr ruhig hundertfünfzig Milliliter. Und dann warten Sie, bis die Windel voll ist.« Impfen will der Doktor noch nicht, »vielleicht in zwei, drei Wochen, wenn sie mehr Gewicht hat. Rufen Sie vorher an, dann machen wir es wieder an einem Samstag.«

Hans zieht Felizia an. Doktor Sadeghi setzt sich an seinen Schreibtisch und beginnt zu schreiben. Er hört auf zu schrei- ben und schaut aus dem Fenster. Es regnet immer noch, aber jetzt nieselt es, winzige Spritzer hängen an der Fensterscheibe, versammeln sich hier und da zu größeren Tropfen, die plötzlich ihren Halt verlieren und nach unten abfließen. Hans wickelt sich Felizia um den Bauch, sie hat sich bis zuletzt im Raum umgeschaut. Aber jetzt ist sie müde von der aufregenden Un- tersuchung. Während sie einschläft, steht Hans da und wartet und beobachtet Doktor Sadeghi, der weiterschreibt und dann fertig ist.

Hans sagt: »Sind Sie auch Bahai?« Er hat es aus Neugier gefragt, dieser Mensch ist ihm ein Rätsel.

Doktor Sadeghi schaut ihn überrascht an, dann lächelt er. »Nein.« Er zögert, sein Blick wandert über den Schreibtisch, als läge dort eine Antwort. Er sieht Hans an und sagt: »Ich habe keine Religion.« Er hält inne, als müsse er in sich hineinhorchen. Dann erhebt er sich und überreicht Hans ein gelbes Heft im A5-Format. Darauf steht ›Kinder-Untersuchungsheft‹. Dort, wo der Name des Kindes steht, hat Doktor Sadeghi nur Felizia eingetragen. Keinen Nachnamen, kein Geburtsdatum, keine Adresse. Hans steckt das Heft in seine Manteltasche und lässt sich von Doktor Sadeghi zum Wartezimmer geleiten.

Dort sitzen Frau Sadeghi, Herr Tarsi und Herr Wenzel und unterhalten sich. An der hinteren Wand hängt ein großes Bild, es sieht aus wie das goldene Steuerrad eines alten Segelschiffs. Jetzt erheben sich alle, Herr Tarsi und Doktor Sadeghi umarmen einander, klopfen sich gegenseitig auf den Rücken und wechseln ein paar Worte auf Persisch.

Dann stellt ihm seine Frau Herrn Wenzel vor. Sie sagt: »Herr Wenzel betreibt ein Lotto-Toto-Geschäft. Ich habe ihn gefragt, was das für Menschen sind, die zu ihm kommen und ihr Glück versuchen.«

»Und was hat er gesagt?«, fragt Doktor Sadeghi und lächelt Herrn Wenzel an.

Frau Sadeghi zuckt mit den Schultern und sagt: »Alle möglichen, hat er gesagt. Nur die Tarsis nicht.«

Sie lachen. Herr Tarsi verspricht Besserung und fragt scherzhaft, ob er denn auch gewinnen werde, wenn er bei Herrn Wenzel Lotto spiele. Bevor Herr Wenzel antworten kann, sagt Doktor Sadeghi, deshalb heiße es Glücksspiel, weil man auch Pech haben könne. Und wieder lachen alle, aber jetzt wirkt es, als wüssten sie nicht, wie sie sich voneinander trennen sollen. Da sagt Frau Sadeghi: »Wie schön, dass Sie gekommen sind!«, und schaut in die Runde und meint jeden persönlich und gleichzeitig alle zusammen, und Hans fragt sich, wie sie das macht. Sie gehen zum Ausgang. Doktor Sadeghi reicht Hans die Hand, Hans bedankt sich noch einmal, und der Doktor sagt: »Also, wir sehen uns dann in zwei bis drei Wochen, einverstanden?«

Hans ist einverstanden. Jetzt haben sie es vor Zeugen wiederholt, es kann nicht mehr verloren gehen. Dann verabschieden sich alle voneinander.

Heimfahrt durch den Regen. Hans berichtet kurz von der Behandlung, aber sein Gespräch mit Doktor Sadeghi erwähnt er nicht. Dann schweigen sie, Herr Wenzel schaut aus dem Fenster, Herr Tarsi fährt. Hans fühlt wieder Felizias Herzschlag und weiß, dass er eine Entscheidung fällen muss. Aber er weiß nicht welche. Oder er will es nicht wissen. Noch nicht.

Ankunft in der Tiefgarage, die Balcis sind zum Glück nicht mehr da, und ernsthaft hat niemand mit ihnen gerechnet. Aber manchmal vergisst der Kopf die Zeit und dient lieber den Gefühlen. Sie fahren hinauf in den fünften Stock, offenbar ist Herr Wenzel auch zum Mittagessen eingeladen. Immer noch schweigen sie alle, aber Hans hat den Eindruck, dass sie es aus ganz unterschiedlichen Gründen tun. Oder merken die anderen ihm an, dass etwas vorgefallen ist? Und was ist es überhaupt? Hans muss jetzt allein sein, das spürt er genau. Als sie in ihrem gemeinsamen Hausflur angekommen sind, sagt er zu den anderen: »Ich muss noch etwas erledigen. Ich komme in zehn Minuten nach.« Das klingt akzeptabel und wird akzeptiert, aber es ist nicht die Wahrheit, denn Hans braucht Zeit und weiß nicht wie viel. Als die beiden weitergehen zur nächsten Tür, bereut Hans, dass er schon wieder gelogen hat. Es ist nur eine Notlüge, er weiß das, und trotzdem scheint es leichter zu sein, die Welt auf diese Weise in Ordnung zu halten, als wenn man die Wahrheit sagt. Was wäre denn die Wahrheit gewesen? Vielleicht muss er allein sein, um das herauszufinden. Er schließt die Tür auf, wirft seinen Mantel ab und trägt Felizia ins Schlafzimmer. Als sie auf dem Bett liegt und weiterschläft, betrachtet Hans sie. »Ich werde dich anlügen müssen, damit du erst leidest, wenn du groß genug dafür bist«, murmelt er. Vorher wird sie nur leiden, weil sie keine Eltern hat wie alle anderen Kinder. Und wenn sie gerade darüber hinweg ist, kommt es noch schlimmer. Dein Vater hat dich verlassen und deine Mutter … Kann ich das in Kauf nehmen?, fragt er sich. Bisher hat er alles für sie getan. Für sie, für sie, für sie, sein Mantra. Aber jetzt? Kann er sie anlügen, obwohl er weiß, dass diese Lüge sich gegen sie beide richten wird? Dir zu deinem Besten weh tun, denkt er, geht das überhaupt? Er setzt sich auf die Bettkante und schaut aus dem Fenster. Der Regen ist wieder stärker geworden, dicke Tropfen klatschen gegen die Scheibe, eintönig ist das.

Hans fühlt, wie die Verzweiflung Besitz von ihm ergreift. Doch es ist nicht die panische Verzweiflung des Augenblicks. Die Verzweiflung, die er jetzt spürt, fließt ganz langsam durch seine Adern. Wie ein Gift, das auf dem Weg zum Herzen ist.

Hans kennt dieses Gefühl, er hat es lange nicht gehabt. Es kann nur bedeuten, dass er ganz allmählich den Boden unter den Füßen verliert. Es kann nur bedeuten, dass er jetzt klare Gedanken braucht. Aber es kommen keine klaren Gedanken.

Das Einzige, was kommt, ist ein verzweifelter Wunsch nach der perfekten Lüge, nach einer Lüge, die nicht mehr in einer geleugneten Wahrheit wurzelt, die man ausgraben und vorzeigen kann. Es müsste eine Lüge sein, die so fest steht wie dieses Haus, nein, fester noch, so fest wie der Tod, sagt ein Gedanke in seinem Kopf.

Das Wort hallt nach, Hans lauscht. Der Tod. Eine Tür aus dem Leben. Ist nicht der Tod die Lösung aller Probleme, denkt er, ist es nicht manchmal besser, einfach alles loszulassen, anstatt sich immer weiter abzustrampeln, obwohl es aussichtslos ist, obwohl immer nur mehr Leid auf uns wartet?

Er schaut Felizia an, die daliegt und schläft und vielleicht etwas Schönes träumt. Gibt es eine Möglichkeit, den Tod zu finden, ohne durch das schreckliche Labyrinth des Sterbens zu gehen, denn so erscheint ihm das Sterben: wie ein schmerzvoller Irrgarten, in dem jede falsche Abzweigung zu längerem Sterben oder sogar zurück ins Leben führt, aber dann in ein Leben, das die Erinnerung und die Folgen des nahen Todes mit sich herumträgt. So wie Felizia das Sterben mit sich herumträgt, das ihre Mutter ihr angetan hat. Hans fühlt, dass auch er diesem Kind hier und jetzt den Tod antun könnte, um es zu befreien von allem zukünftigen Leiden. Aber nicht das Sterben, das Sterben niemals.

Eva M. mit ihren todtraurigen Augen, die ihn anschauen und doch nichts sehen, taucht vor ihm auf, und plötzlich ist er sicher, dass auch sie das Kind bewahren wollte vor den Folgen der Zukunft. Es war keine Rache an diesem Dummkopf von einem Vater, der zuerst drei Kinder in die Welt setzt und dann doch lieber geht, Hans ist sich plötzlich ganz sicher. Eva M. hat die Zukunft gesehen, so wie Hans sie jetzt sieht. In Eva M.s Vision gab es für die kleine Marie nur Leiden, und deshalb, und nur deshalb, hat Eva M. getan, was sie getan hat. Aber jetzt glaubt ihr niemand, dass diese Zukunft eintreffen wird. Jetzt glauben alle, dass sie diese Zukunft selbst heraufbeschworen hat durch ihre grausame Tat. Deshalb muss sie bestraft werden. Und ich, denkt Hans, habe ich die Zukunft gesehen, oder habe ich nur Angst vor dem, was kommen wird? Was ist zuerst da, die Vision oder die Angst? Erzeugt die Vision die Angst oder die Angst die Vision? Hans seufzt. Nicht nur das Sterben ist ein Labyrinth. Auch das Leben ist eines. Und beide sind manchmal kaum voneinander zu unterscheiden, er weiß das am besten. Jetzt gerade lebt er, aber das kann sich jederzeit wieder ändern. »Nutzen wir diese Spanne«, sagt er zu seinem schlafenden Kind. Langsam nimmt er Felizia auf den Arm. Sein Rücken ist ihm gleichgültig, er spielt wieder mit, das genügt, Hans ist beinahe stolz auf den Schmerz. Ich leide, also lebe ich. Ich leide, also habe ich ein Recht zu sein. Ich leide, also wird man mir verzeihen. Ach verdammt, denkt er, verdammt, verdammt, verdammt. Er trägt Felizia durch die Wohnung, hinaus auf den Flur und zur Nachbartür. Er geht nicht, er schreitet, als wäre es das letzte Mal. Er stellt sich mit Felizia an eines der großen Fenster und schaut hinunter zu den Mülltonnen, so lange, bis der Schwindel einsetzt. Schon verliert er den Halt, schon fühlt er, wie er stürzt, der Boden gibt schon nach, und die Tiefe zieht ihn nach unten.

Doch bevor das alles geschieht, wendet er sich ab und läutet bei den Tarsis. Dort wird er Haydee Tarsi kennen lernen, ihren blassen Mann Uli, dessen schwacher Händedruck ihn erschrecken wird, und deren sechsjährigen Sohn Jaavid, Jaavid mit einem englischen J, wie Haydee ihm gleich bei seiner ersten falschen Aussprache mitteilen wird. Hans wird sofort Zuneigung empfinden zu diesem Jungen, und er wird immer wieder an seinen eigenen Sohn denken müssen. War er ihm nicht ähnlich? Sind nicht alle Jungen in diesem Alter einander ähnlich in ihrer Verletzlichkeit? Sie werden alle zusammen im Wohnzimmer der Tarsis auf dicken Teppichen und kleinen, bestickten Kissen sitzen, in ihrer Mitte wird eine große Holztafel liegen, auf der Nüsse, getrocknete Früchte, Salate und frisches Obst und Getränke stehen werden. Sie werden sich unterhalten, sie werden darüber sprechen, wie außergewöhnlich es ist, dass sie sich zusammengefunden haben, sie werden versuchen, nicht zu laut zu sein, weil Felizia, ihr aller Zentrum, mitten unter ihnen schläft. Sie werden sich über Belanglosigkeiten unterhalten, über den goldenen Herbst, der nun vielleicht doch nicht stattfinden wird, über den Euro-Rettungsschirm, der inzwischen so groß ist, dass es hereinregnet, wie Herr Tarsi geistreich sagen wird. Herr Wenzel wird Süßigkeiten aus seinem Lotto-Toto-Geschäft mitgebracht haben, die er nun vor allem an Jaavid wird verschenken wollen, bis Haydee ihm Einhalt gebietet, sie wird es mit einem mahnenden Lächeln tun, das keinen Widerspruch duldet, und Herr Wenzel wird sich fügen.

Aber irgendwann wird Felizia erwachen, und dann wird sie die Aufmerksamkeit auf sich ziehen. Ihre Augen werden alles neugierig und ohne Furcht anschauen, und alle werden ihrem

Charme erliegen, sogar der kleine Jaavid, der gerne ein Geschwisterchen hätte. Hans wird sich wohl fühlen, es wird ihn nicht einmal stören, dass Haydee davon erzählt, wie sie sich als Halbwüchsige vor ihm fürchtete. Er wird denken, dass er sich vor diesen Menschen nicht nachträglich zu schämen braucht. Aber dann wird er von seinem Gespräch mit Doktor Sadeghi berichten, er wird es tun, weil er keine Geheimnisse vor diesen Leuten haben will und weil er Trost sucht. Da werden sie betroffen schauen, und auch Frau Tarsi, die sonst nie um eine Lösung verlegen ist, wird sich hilflos fühlen, bis Haydee Tarsi, die gerade Felizia auf dem Arm haben wird, sagt: »Wir brauchen neue Eltern für sie, das ist doch klar!« Sie wird sagen: »Es müssen Leute aus dem Prekariat sein, denen glaubt man, dass sie eine Geburt einfach verheimlichen und erst Monate später anmelden.« Daraufhin wird eine Debatte zwischen ihr und ihrem Mann über die Frage entbrennen, wer denn überhaupt zum Prekariat gehört. Uli wird sagen: »Es gibt ja nicht nur ökonomisches, sondern auch emotionales Prekariat, und die sind manchmal sogar richtig reich.« Haydee wird ungeduldig abwinken und laut dagegenhalten, es gehe doch nicht darum, das Prekariat neu zu definieren, sondern darum, die bestehenden Vorurteile für unsere – sie sagt wirklich »unsere« – Zwecke zu nutzen. Sie wird sagen: »Wir brauchen Asoziale oder zumindest Leute, die fast asozial sind. Und jung müssen sie sein, jünger als ich. Wie alt ist Eva M.? Vierundzwanzig und hat schon drei Kinder, na bitte!« Das wird sie sagen, und ihr Mann wird seinen Mund halten, weil er gegen sie nicht ankommt. Er weiß nicht, dass er sorgenvoll beobachtet wird von seinem persischen Schwiegervater, der sich einen starken Mann für seine allzu dominante Tochter gewünscht hätte, aber abends im Bett wird seine Frau über ihre Lesebrille hinweg zu ihm sagen: »Was willst du? Dass ein anderer nachholt, was du versäumt hast?« Herr Tarsi wird sie von der Seite anschauen und denken: Du hast mich ja nicht gelassen. Aber er wird nichts sagen, denn wäre das nicht ein Eingeständnis ihrer Macht über ihn? Und würde er sich nicht als Nächstes in einem Boot mit Uli sitzen sehen? Er wird seiner Frau einen Kuss geben und sagen: »Du hast recht«, um das Thema zu beenden, und sie wird besänftigt sein, denn das war ihm stets das Wichtigste.

Doch so weit ist es noch nicht, noch sitzen sie alle im Wohnzimmer auf dem Boden, es ist früher Nachmittag, und jetzt wird gekocht. Felizia ist inzwischen bei Herrn Wenzel gelandet, der glücklich ist, sie halten zu dürfen. Gerade bittet Herr Tarsi Hans, ihm beim Kochen zu helfen. Hans ist einverstanden, es tut gut, nützlich zu sein. Wenn man das einmal begriffen hat, will man immer mehr davon. Er steht auf, um Herrn Tarsi in die Küche zu folgen. Er hat nicht bemerkt, dass Felizia ihn beobachtet. Nun meldet sie sich mit ängstlichen Lauten und einem flehenden Blick, den Hans noch nicht an ihr gesehen hat. Er bleibt stehen und schaut sie erstaunt an, und da werden die Laute zum Weinen, und sie streckt sogar ihre Arme nach ihm aus. Hans nimmt sie Herrn Wenzel ab, der ein wenig gekränkt dreinschaut, und setzt sich wieder hin, bis sie sich beruhigt hat.

»Tut mir leid«, sagt er zu Herrn Tarsi, aber der sagt: »Die Wünsche einer Frau gehen natürlich vor«, und schaut seinen Schwiegersohn an, der versucht, es nicht zu bemerken, weil er jetzt lieber keine Zwiebeln schneiden will.

Frau Tarsi ist ganz ergriffen von Felizias Reaktion. Sie ruft den anderen zu: »Besser hätte sie nicht zeigen können, wie gut er ihr tut!« Und die anderen finden das auch. Aber Hans lächelt ohne Überzeugung mit, denn er betrachtet sein Findelkind, das jetzt auf seinen Beinen liegt und ihn unverwandt anschaut. So tief schaut Felizia Hans in die Augen, als wolle sie ihm einschärfen, dass er sie niemals mehr alleinlassen darf. Wie viel kriegst du mit?, fragt Hans Felizia in Gedanken, und ihre Augen scheinen ihm zu sagen: alles.

Dieser Nachmittag bei den Tarsis könnte schön sein. Uli ist mit Herrn Tarsi in die Küche gegangen, Jaavid ist hinterhergelaufen, weil er sich langweilt und endlich etwas tun will. Sie kochen zu dritt, drei Generationen ein Menü, und es schmeckt allen, vor allem Herr Wenzel ist wieder so begeistert, dass er unbedingt auch dieses Rezept haben will. Er und Herr Tarsi sitzen beim Essen nebeneinander auf ihren Sitzkissen und führen ein langes Zwiegespräch über die Zubereitung von Chelo Kabab, so heißt dieses Gericht. Die Tarsis erinnern sich daran, wo und wann sie es zum letzten Mal im Iran gegessen haben.

»Es war in der Nacht, bevor wir das Land verlassen mussten«, sagt Frau Tarsi. Und dann erzählen sie, wie das damals war, als die Bahai vom neuen Regime noch härter verfolgt wurden als vom alten.

Herr Tarsi sagt: »Nicht dass wir nicht an Verfolgung gewöhnt waren. Die Bahai werden verfolgt, seit es sie gibt, seit«, er rechnet kurz nach und sagt dann: »seit hundertvierundsechzig Jahren!« Er lacht auf und sagt: »Dabei geht es uns nur um das friedliche Miteinander der Religionen! Das ist schon seltsam.«

Frau Tarsi sagt: »Mich wundert das nicht. Wir sind ja Verräter für die Schiiten, wir haben einfach den Islam weiterentwickelt. Das konnten sie nicht hinnehmen.«

Herr Tarsi tippt mit dem Finger auf sein steifes Bein, das ausgestreckt auf dem Boden liegt – deshalb sitzt er an einer Ecke der Tafel. »Das Knie haben sie mir kaputt geschlagen. Einfach so. Bei der Ausreise. Wir gingen durch ein Spalier zum Flugzeug, eine ganze Gruppe von Bahai. Links und rechts standen Polizisten mit Gummiknüppeln. Einem habe ich in die Augen geschaut.« Er seufzt. »Das war ein Fehler. Er hat mir die Kniescheibe zertrümmert. Mit einem einzigen Schlag. Hätten uns nicht andere Leute geholfen und mich ins Flugzeug geschleppt, dann wären wir dageblieben, auf der Startbahn. Und anschließend der Flug bis Frankfurt. Zehn Stunden!« Er lacht auf, als hätte er soeben eine Anekdote erzählt.

Frau Tarsi schaut ihren Mann einen Moment lang liebevoll über die Tafel hinweg an. Sie sagt: »Immerhin sind wir dafür in die erste Klasse gekommen, und du konntest liegen.«

Herr Tarsi nickt langsam. »Es gibt eben nichts Schlechtes, das nicht auch etwas Gutes hat.«

»Papa, Mama, genug jetzt von den alten Geschichten!«, sagt Haydee in diesem Augenblick. »Seid froh, dass ihr hier seid und nicht im Iran.«

»Das versuchen wir, Liebes«, sagt Frau Tarsi. »Und meistens gelingt es uns auch. Aber manchmal …«

»Manchmal«, sagt Herr Tarsi, »erinnert man sich, woher man kommt.«

»Das habt ihr ja jetzt getan«, sagt Haydee ungeduldig. »Und nicht zum ersten Mal.«

Die Tarsis lächeln ihre Tochter milde an und fügen sich. Frau Tarsi sagt: »Erzähl uns doch mal etwas von der Schule, junger Mann!«

Jaavid verdreht die Augen und tut, als falle er in Ohnmacht. Er wirft sich zu Boden und stöhnt: »Die Schule ist Scheiße!«

Uli sagt: »So spricht man nicht, Jaavid!«

»Aber es ist so«, sagt Jaavid, der immer noch den Sterbenden mimt.

Haydee zuckt mit den Schultern. Sie sagt: »Tja, heute machen sich die Kinder gar keine Illusionen mehr.«

Frau Tarsi ist verwirrt. Sie sagt: »Aber so schnell!«

Jaavid richtet sich auf. Er ruft: »Da ist eine Lehrerin, die schreit ständig herum und zählt immer bis drei, und wenn wir das und das nicht gemacht haben, dann kriegt sie eine Nervenattacke, sagt sie. Das nervt total!«

»Hm«, macht Herr Tarsi, »hast du denn gar keinen Spaß?«

Jaavid schüttelt den Kopf. Er will nicht über Schule reden.

Uli sagt: »Das wird sich schon geben.«

Haydee reißt die Augen auf, wie ihre Mutter das tut, und starrt ihren Mann an. Sie sagt: »Glaubst du wirklich? Ich glaube eher, dass es schlimmer werden wird. Ich bin gar nicht mehr sicher, ob ich ihn in der staatlichen Schule lassen will.«

Uli sagt: »Wohin willst du ihn denn stecken?«

Aber bevor Haydee antworten kann, ruft Jaavid: »Ich will nicht gesteckt werden! Ich will mich selbst stecken!«

Gelächter. Herr Wenzel klopft Jaavid auf die Schulter und sagt: »Recht so!« Haydee wirft Herrn Wenzel einen irritierten Blick zu, und der zieht seinen Hals noch ein wenig weiter zwischen die Schultern. Zu ihrem Sohn sagt sie: »Natürlich, Liebling, du wirst nirgendwohin gesteckt. Nur wenn du willst.«

Jaavid ist besänftigt. Herr Tarsi lädt ihn zum Backgammon ein, und die beiden setzen sich ein wenig abseits auf den Boden.

Uli setzt sich zu Herrn Wenzel und beginnt ein Gespräch über dessen Lotto-Toto-Laden. Das gibt dem alten Mann die Gelegenheit zu erzählen, dass er das Geschäft seit vierzig Jahren betreibt, dass es die ganze Familie ernährt hat und dass es inzwischen nur noch eine Gewohnheit ist. »Ich könnte in Rente gehen«, sagt er. »Aber was mache ich dann?«

In diesem Augenblick sagt Haydee: »Sie hatten aber schon vorher Erfahrung mit Kindern, nicht wahr?«

»Wie bitte?« Hans hat Uli und Herrn Wenzel zugehört. Er wiegt Felizia, die schwere Augenlider bekommen hat. Gerne würde er sie ablegen, aber er will warten, bis sie schläft. Haydee schaut ihn erwartungsvoll an. Sie will mehr über diesen seltsamen Mann wissen, der plötzlich bei ihren Eltern ein und aus geht.

Hans nickt. Ja, er hat Erfahrung, er hat ein Mädchen und einen Jungen großgezogen. »Sie sind ein paar Jahre älter als Sie«, sagt er zu Haydee.

»Oh!«, macht sie und ist ganz erstaunt, warum weiß sie selbst nicht, vielleicht weil plötzlich ein ganz neues Bild in ihrem Kopf entsteht. Hans, der behauste Penner, als Familienvater. Sie zögert. Dann sagt sie: »Wie ist es denn dazu gekommen, dass Sie so …« Sie stockt und weiß nicht weiter.

Hans hilft ihr. Er sagt: »Dass ich so heruntergekommen bin?«

Sie nickt schüchtern und wirft ihrer Mutter einen schnellen Blick zu.

Hans mag ihre Ehrlichkeit. Sie ist immer sie selbst, sie kann gar nicht anders. Er sagt: »Ich hatte damals ein Verhältnis mit der Frau meines Nachbarn. Monatelang.« Er schluckt. Darüber hat er noch nie gesprochen. Warum ausgerechnet jetzt? Fast bereut er es. Aber nun ist es zu spät. Er sagt: »Als Karin dahinterkam, hat sie die Kinder gepackt und ist einfach ausgezogen. Ich kam nach Hause, und sie waren nicht mehr da.« Dass er danach von ebendiesen Nachbarn aufgenommen wurde, sagt er nicht. Dass seine Beziehung zu Annes Mutter unerträglich wurde, als Karin und die Kinder fort waren, sagt er nicht. Dass sie ihn nach zwei Monaten hinauswarf, weil er nichts mehr von ihr wollte, sagt er nicht. Dass er wohl der Grund für ihre spätere Trennung von Annes Vater ist, sagt er nicht. Er sagt: »Ich habe meine Kinder seitdem nicht wiedergesehen.«

Haydee starrt ihn entsetzt an. Frau Tarsi legt Hans eine Hand auf den Unterarm.

Hans reißt sich zusammen. Leise sagt er: »Ich habe mich lange zu schuldig gefühlt, um mich schuldig fühlen zu können. Ich weiß nicht, ob Sie das verstehen.«

»Ich verstehe das«, sagt Frau Tarsi sofort und schaut ihn fest an. Auf Frau Tarsi ist Verlass. Er zuckt mit den Schultern und sagt: »Aber ich hätte nichts anders oder besser machen können. Ich war zu dumm.« Er seufzt. Er sagt: »Das hat zumindest etwas Tröstliches.« Er lächelt tapfer, und die beiden Frauen lächeln tapfer mit.

Dieser Nachmittag könnte schön sein, aber die Vergangenheit ist überall zugegen. Jetzt will Hans allein sein. Er wartet noch eine Weile, damit es nicht so aussieht, als sei das Gespräch der Grund. Er hört sich noch an, wie Haydee davon erzählt, dass sie früher Angst vor ihm hatte. Er erzählt noch von seinem Gespräch mit Doktor Sadeghi. Uli schaltet sich noch ein, und Haydee diskutiert noch mit ihm über das Prekariat. Dann aber verabschiedet er sich von allen und nimmt Felizia auf den Arm und geht nach Hause. Die Tarsis wollten ihn nicht gehen lassen, Herr, Frau und Tochter haben darauf bestanden, dass er bleibt. Er hat gelächelt und müde den Kopf geschüttelt und gesagt: »Ich muss jetzt gehen.« Frau Tarsi begleitet ihn zur Tür. Draußen im Flur nimmt sie ihn in den Arm. Sie ist viel kleiner als er, und doch fühlt Hans sich einen Moment lang wie ein kleiner Junge. Am liebsten würde er sich auf ihrem Schoß einrollen und die Geborgenheit genießen, die von ihr ausgeht.

Als er in seiner Wohnung angekommen ist, bringt er Felizia ins Schlafzimmer. Dann lässt er eine Badewanne ein und legt sich ins heiße Wasser. Er versucht, nicht zu denken. Er schließt die Augen und will nur das Wasser auf seiner Haut spüren, sonst nichts. Aber es funktioniert nicht. Je angestrengter er es versucht, desto hartnäckiger kommen die Gedanken. Seine eigenen Worte gehen ihm durch den Kopf. Und plötzlich sieht er sich selbst und Karin und Hanna und Rolf, sie kleben wie die Fliegen in einem Spinnennetz und können sich nicht bewegen. Ein jeder liebenswert, ein jeder voller guter Absichten, auch ich selbst, denkt Hans, während ihm schon die Tränen kommen, auch ich selbst. Und so unglücklich miteinander, so beschissen unglücklich! Da gab es keine Schuld, keine Boshaftigkeit, und auch das mit Annes Mutter macht ihn nicht schuldiger, denn der Verrat gehörte dazu, er musste vollstreckt werden. Und wer war besser dafür geeignet als ich, denkt Hans. Ich, der Versager, ich, der Pantoffelheld. Ich, der Schuldige, ich, der Verlassene. Ich, der allen recht gibt, indem er vor die Hunde geht. Aber nichts davon war wirklich so. Alles hat sich nur in den Köpfen abgespielt. Hans weiß jetzt, dass er niemanden verletzen wollte. Er wollte niemanden verraten, nicht seine Frau und nicht seine Kinder.

Er wollte nur glücklich sein, und er wusste nicht wie. Dann denkt Hans nicht mehr und weint nur noch, seine Tränen fallen ins Badewasser und verschwinden. Er weint, während Felizia schläft, während sich nebenan Herr Wenzel verabschiedet und an Hans' Wohnungstür vorbei zum Fahrstuhl geht, während Jaavid keine Lust mehr hat, Backgammon zu spielen, weil er jetzt seinen iPod wiederhaben möchte, obwohl Uli gesagt hat: »Heute ist Pausetag.« Während draußen ein Wind aufkommt, der die dicke schwere Wolkendecke über den Himmel zieht, dass einem schwindelig wird beim Zuschauen.

In der Nacht träumt Hans neue Träume, an die er sich später nicht erinnern wird. Kurz vor dem Morgengrauen reißt die Wolkendecke auf, und die Sterne kommen zum Vorschein. Aber das wird Hans nie erfahren, denn als er ein paar Stunden später erwacht, regnet es wieder. Er schaut hinaus und denkt: Das wird wohl nichts mit dem goldenen Herbst. Doch es stört ihn nicht. Gestern noch hätte die Aussicht auf Regen seine Stimmung gedrückt. Doch jetzt denkt er, dass er vielleicht mit Felizia an die frische Luft kann, weil sonst niemand draußen herumläuft. Felizia ist wach. Sie strahlt ihn an, streckt ihre Arme nach ihm aus, das kann sie jetzt. Hans nimmt sie hoch. Er ist ausgeschlafen und fühlt sich seltsam unbeschwert, seltsam glücklich. Als gäbe es keine Vergangenheit und keine Zukunft, nur ihn und dieses Kind. Als säße nicht genau jetzt Herr Wenzel in seinem Wohnzimmer und dächte über ein Bild von Eva M. nach, das er in der Zeitung gesehen hat, es ist schon ein paar Tage her, an dem ihm irgendetwas seltsam bekannt vorkommt. Als würde nicht genau jetzt Herr Balci, der Hausverwalter, auf der Toilette sitzend den Entschluss fassen, gleich morgen früh bei Hans vorbeizuschauen, um diesen Tagesordnungspunkt schon einmal hinter sich zu bringen. Als würde nicht genau jetzt Herr Lindner, der Kriminalbeamte, wie jeden Sonntag ausgiebig mit seiner Frau frühstücken und ihr erzählen, dass die Beweislage ausreicht, Eva M. auch ohne Maries Leichnam wegen Mordes zu verurteilen. Sie schauen hinaus auf die Terrasse ihres neuen Eigenheims und bedauern, dass es regnet. Herr Lindner beißt in ein Knäckebrot mit Käse, während seine Frau zu Bedenken gibt, dass Marie M. vielleicht noch lebt. Mit vollem Mund nickt Herr Lindner ihr zu und sagt: »Klar! Möglich ist das.« Und deshalb lassen sie das Wohnhaus, zu dem die Mülltonnen gehören, ja auch beobachten. Falls irgendetwas Auffälliges passiert. Aber dann erklärt er ihr, dass der Druck der Öffentlichkeit inzwischen sehr zugenommen hat. »Wir müssen Ergebnisse präsentieren, sonst steigt uns der Innenminister aufs Dach.« Deshalb muss eine Verurteilung her. »Und sie hat es doch zugegeben!«, wird er etwas gereizt hinzufügen. Seine Frau wird nicht auf den Gedanken kommen, dass seine heftige Reaktion gar nichts mit ihr zu tun hat. Sie wird gekränkt schweigen und es später vergessen.

Von alldem weiß Hans nichts. Doch was er weiß und was er nicht weiß – das ist heute Morgen eins. Es kümmert ihn nicht. Nicht einmal seine ferne, verlorene Familie kümmert ihn, und das fühlt sich gut an, sehr gut sogar. Hans macht ausgiebig Quatsch mit Felizia, er schneidet die unmöglichsten Grimassen, er erfindet sogar neue Fratzen, und dazu macht er die seltsamsten Geräusche. Er wirft Felizia in die Luft und fängt sie wieder auf. Er lässt sich mit ihr auf die Matratze fallen, er dreht sich mit ihr ganz schnell im Kreis. Und die ganze Zeit über kichern und kreischen sie und geben nur Unsinn von sich. Irgendwann ist er erschöpft vom vielen Herumtoben. Sie gehen in die Küche und frühstücken, Felizia ihre Flasche und Hans ein Omelett mit Speck und Schinken, so etwas hat er sich schon lange nicht mehr zubereitet, Seit einer Ewigkeit, wird er denken und über sich selbst grinsen, »du mit deiner Ewigkeit«, sagt er dann und grinst Felizia an und ruft laut: »Ich mit meiner Ewigkeit!« Und Felizia, die auf dem Tisch liegt, kichert ihn an. Wie ein Äffchen sieht sie jetzt aus, denkt Hans und hat eine Idee.

Er schiebt sein Gesicht ganz nah an sie heran, dass sie schon wieder kichern muss, und sagt: »Ich weiß, was wir heute machen, ich weiß es!«

Hans rasiert sich den Kopf und das Gesicht, er zieht zuerst sich und anschließend Felizia frische Kleider an, packt einen Beutel mit Dingen, die er benötigen wird. Er wickelt sich Felizia um den Bauch, zieht seinen alten, speckigen Mantel darüber, nimmt seinen Regenschirm, den Beutel und geht los. Zum Fahrstuhl. Niemand begegnet ihm. Auch der Hausflur ist leer. Auf der Straße sind kaum Menschen unterwegs. Hans kümmert sich nicht um die parkenden Autos. Deshalb sieht er nicht die zwei Männer, die dort, ein Stück weiter links, in einem unscheinbaren Auto sitzen und herüberschauen. Es sind die beiden Polizeibeamten, die Herr Lindners Sonderkommission abgestellt hat, um das Haus zu observieren. Aber der Regen ist ziemlich stark, und der Mann, der jetzt unter einem großen, schwarzen Schirm verborgen die Straße entlanggeht, Richtung U-Bahn, kommt ihnen höchstens ein bisschen dick vor, ansonsten aber unverdächtig. Sie beachten ihn nicht weiter.

Als Hans die U-Bahn-Station erreicht und mit der Rolltreppe in den Schacht hinunterfährt, entspannt er sich. Hier kennt ihn niemand, hier ist er ein ganz legaler Großvater mit seinem Enkelkind und einer gültigen Fahrkarte, die er vom letzten Mal übrig hat, weil er zu Fuß nach Hause gegangen war.

Im Zug öffnet er seinen Mantel und dreht Felizia um, so dass sie über den Rand des Wickeltuchs schauen kann. Felizia kommt gar nicht mehr aus dem Staunen heraus über die vielen Menschen, die vielen Stangen, die vielen Sitze, die vielen Lichter und Geräusche. »Alles das hättest du fast nicht gesehen«, murmelt er, während er ihren Hinterkopf küsst. An einem besonders großen Bahnhof steigen sie um in eine andere U-Bahn.

Nach einer halben Stunde sind sie da. Jetzt muss Hans Felizia wieder mit dem Gesicht zu seiner Brust drehen, damit er den Mantel schließen kann. Sie quengelt, aber das viele Schauen war so anstrengend, dass sie nach kurzer Zeit eingeschlafen ist. Schade, denkt Hans, denn jetzt gehen sie über eine kleine Brücke, die über einen kleinen Fluss führt, und auf der anderen Seite ist schon ihr Ziel. An der Kasse stellt Hans fest, dass der Eintritt so teuer ist, dass er ihn nicht bezahlen kann. Es ist sonst niemand da, der hineinmöchte. Hans ist perplex. Daran hat er gar nicht gedacht. Er spürt, wie mit der Enttäuschung alle möglichen Gefühle hervordrängen, wie Motten, die endlich eine Lichtquelle entdeckt haben. Er kennt ein jedes beim Namen, es sind uralte Bekannte, die sich nur ein paar Stunden lang vor ihm verborgen hatten. Jetzt sind sie wieder da und wollen die Macht übernehmen, wollen, dass er sich wieder wie ein Versager fühlt, wie einer, der nicht einmal Geld hat, um in den Zoo zu gehen, der nicht einmal klug genug ist, sich zu fragen, ob er überhaupt

Geld hat, bevor er losfährt, wie einer, der immer schon zu kurz gekommen ist, wie einer, dem natürlich mal wieder so etwas passieren muss. Aber dann schaut er nach unten, dort schläft sein Kind, das hat schon genug gesehen auf der Fahrt hierher. Hans blickt die Frau an, die dort an der Kasse sitzt und wartet. Er zuckt mit den Schultern. »So ein Pech. Aber da kann man nichts machen.«

Die Frau sagt: »Wissen Sie was? Heute ist so wenig los, da macht es auch nichts, wenn ich Sie einfach hereinlasse. Gehen Sie nur!« Sie lächelt ihn an. Ihre Logik ist fragwürdig, aber ihre Absichten sind edel.

So besucht Hans doch den Zoo. Wie lange ist er nicht hier gewesen? Hans lacht in sich hinein, als er sich die Antwort gibt. Ja, denkt er, mindestens so lange. Er spaziert durch die Anlage, die sich seit damals kaum verändert hat. Wie eine unverhoffte Heimkehr fühlt es sich an. Die Tiere kommen ihm vor wie alte Freunde, obwohl bestimmt kein einziges von damals noch lebt. Aber das macht nichts. Die Hirsche sehen immer noch aus wie Hirsche, die Tiger wie Tiger, die Elefanten wie Elefanten. Hans erinnert sich an die Wege, und obwohl es regnet, genießt er seinen Spaziergang. Er hat kein Geld, sich an einem der Stände eine Crêpe oder ein Eis oder sonst irgendetwas zu kaufen, aber auch das ist nicht weiter schlimm. Bald sind seine Schuhe durchnässt, seine Füße werden kalt, doch es stört ihn nicht. Er wandert durch den Zoo, der ihn von Europa nach Amerika, von Amerika nach Afrika führt. Plötzlich steht er in Australien, und in Australien hüpfen triefend nasse Kängurus durchs Gehege. Felizia wird sie nicht sehen, sie schläft tief und fest. Aber Hans steht dort und erinnert sich an Hanna und Rolf, die links und rechts neben ihm standen, wie alt waren sie da? Er weiß es nicht mehr, aber es war zu einer Zeit, als sie noch eine Familie waren, die ihr Geheimnis vor der Welt und vor sich selbst hütete, das Geheimnis der Fliehkräfte, die längst an ihnen zerrten.

Aber hier standen sie, und Karin schoss ein Foto, erst vor Kurzem hat Hans es gesehen. Er dreht sich um, die Kängurus in seinem Rücken. Dort. Genau dort stand Karin und drückte auf den Auslöser, und sie lächelten, ein jeder für sich, blind in die Linse der Kamera, aber das wussten sie nicht, und das Foto zeigt eine glückliche Familie vor australischen Kängurus, die Mutter fehlt. Warum haben sie niemanden gebeten, ein Foto von ihnen allen zu machen? Hans kratzt sich am Kinn. Keine Ahnung, denkt er, vielleicht fehlte dazu doch das Glück und sie mussten einen verborgenen Hinweis geben, damit es irgendwann einmal auffiele, damit er, Hans, jetzt hier stehen und darüber nachdenken kann, ob es ein verborgener Hinweis war.

Hans dreht sich wieder um, schaut den Kängurus zu, die träge durchs Gehege hüpfen. Ob es auch Tiere aus Neuseeland gibt?, fragt er sich plötzlich und wünscht mit einem Mal nichts mehr als dies: ein neuseeländisches Gehege. Aber er findet keines, nicht auf dem Plan und nicht im Tierpark, durch den er jetzt nicht mehr entspannt geht, denn er sucht etwas, er sucht einen Weg nach Neuseeland, doch es gibt keinen. Wie lange ist er nun schon hier im Zoo?, fragt er sich nach einer Weile. Stunden sind verstrichen, und jetzt wird Felizia wach und hat großen Hunger. Sie schreit, zuerst im Schlaf, dann schießen ihr Tränen in die Augen, Hungertränen, und sie schaut zu ihm empor. Oder hatte sie einen bösen Traum? Hans weiß es nicht, ganz gleich was es war, jetzt sucht er eine Halle, wo er sich hinsetzen kann. Er

eilt auf eine Tür zu, es ist das Affenhaus, wie passend, denkt
er. Im Affenhaus ist es schwül und warm, er beginnt fast au-
genblicklich zu schwitzen. Laut ist es, aus allen Ecken dringt
Gekreische zu ihnen. Dort ist eine Bank, er zieht seinen Mantel
aus, befreit Felizia aus dem Wickeltuch und gibt ihr die Flasche.
Sie verstummt, als sie sieht, wo sie sich befinden, und macht
große Augen. Direkt gegenüber befindet sich eine große Glaswand, hinter der ein alter Gorilla steht und herüberschaut. Den
starrt Felizia an. Hans setzt ihr die Flasche an den Mund, Felizia
vergisst den Gorilla, sie lehnt sich zurück und trinkt mit halb
geschlossenen Augen. Ihre kleinen Hände greifen nach Hans'
großer Hand und betasten sie, ganz zart sind ihre Bewegungen,
als wäre der Greifreflex ausgeschaltet und nur das reine Tasten
geblieben.

Währenddessen steht der alte Gorilla auf der anderen Seite
der Glaswand und schaut herüber wie ein interessierter Zoobe-
sucher, findet Hans, der sich plötzlich unwohl fühlt unter dem
abschätzigen Blick des Affen. Hans schaut sich um. Niemand
ist da, nicht einmal ein Wärter. Er sieht den Affen direkt an,
ihre Blicke begegnen sich. Hans will, dass der Affe endlich weg-
geht und ihn in Ruhe lässt. Aber der Affe ist alt und hat seine
eigene Ruhe, die der anderen interessiert ihn nicht. Ohne sich
zu rühren, schaut er Hans an, beobachtet Felizia, schaut wieder
Hans an, gerade so, als bedeuteten die aggressiven Blicke dieses
Menschen ihm gar nichts. Hans gibt auf. Er senkt den Blick und
ignoriert den Affen. Vielleicht geht er jetzt, wo er gewonnen
hat, woandershin, denkt er. Doch der Affe rührt sich nicht, er
scheint nichts von dem, was soeben vorgefallen ist, persönlich
genommen zu haben. Felizia spuckt das Mundstück der Flasche aus, sie ist satt. Und jetzt erinnert sie sich an den Gorilla

und schaut wieder hinüber zu ihm. In diesem Augenblick legt der Affe eine große, schwarze Hand flach gegen die Scheibe. Hans hebt Felizia hoch und nähert sich der Scheibe. Ganz nah sind sie dem Gorilla jetzt, der ihnen noch immer in die Augen schaut. Groß und schwarz und rau sieht seine Hand aus. Obwohl die Scheibe dick ist, ist Hans von der Nähe des Tieres eingeschüchtert. Aber Felizia hat keine Angst. Sie streckt ihre Hand aus. Hans hält sie ganz nah an die Scheibe. Dann drückt sie ihre Hand genau dort gegen die Scheibe, wo diejenige des Gorillas ist. Der Gorilla schaut sie an, dann schaut er Hans an, und Hans hat das seltsame Gefühl, dass der Affe ihn auffordert. Als Felizia ihre Hand von der Scheibe nimmt, schaut Hans sich um, ob auch wirklich niemand da ist, denn das, was er jetzt tun wird, ist ihm peinlich. Er sieht dem Affen in die Augen und legt seine flache Hand an die Scheibe. Der Affe schaut ihn an, dann wendet er sich ab und geht langsam und ohne sich noch einmal umzudrehen davon. Einen Augenblick später schwingt er sich behände auf die Holzkonstruktion in der Mitte des Ge-heges. Er beachtet sie nicht mehr. Hans schaut ihm nach. Das haben wir damals nicht erlebt, denkt er abwesend, während er immer noch den alten Gorilla beobachtet, der jetzt einen jüngeren Affen von dessen Platz verscheucht, um sich selbst dort niederzulassen.

Felizia ist wach und satt und kommt aus dem Staunen nicht mehr heraus. Hans geht mit ihr durch das Affenhaus, sie sehen Schimpansen, die einander jagen, Meerkatzen, die an ihren langen Schwänzen baumeln können, und Paviane mit glän-zend roten Hinterteilen. Bei jeder neuen Entdeckung, die sie macht, strampelt Felizia mit den Beinen, wedelt mit den Armen.

Sie dreht den Kopf zu Hans und redet in einer unbekannten Sprache auf ihn ein, einer Sprache der Gefühle vielleicht oder einer Sprache der reinen Erkenntnis, wer weiß das schon, Hans bestimmt nicht, er ist glücklich, dass Felizia nun doch noch den Zoo erlebt. Sie verlassen das Affenhaus, es regnet immer noch, Felizia steckt jetzt so im Wickeltuch, dass sie nach vorn schauen kann, Hans lässt seinen Mantel offen und spannt den Regenschirm auf. Sie gehen zurück nach Australien, und jetzt sieht Felizia doch die Kängurus, es gibt für alles eine zweite Chance, denkt Hans. Neuseeland findet er trotzdem nicht.

Den ganzen verregneten Tag verbringen sie im Zoo. Plötzlich wird das Licht fahl, und Hans weiß, dass er jetzt besser nach Hause fährt. Die Brücke über den Fluss sieht Felizia nicht, denn sie ist wieder eingeschlafen, dieser Tag war anstrengend, so viele Dinge hat Felizia gesehen, wenn sie jetzt stürbe, hätte sie doch einiges erlebt. Besonders aber die Begegnung mit dem Affen beschäftigt Hans auf der Rückfahrt. Noch nie hat er ein Tier so menschlich erlebt. Oder ist das Menschlichste am Menschen womöglich sein Tiersein? Jetzt, im Nachhinein, fühlt Hans eine tiefe Verbindung zu dem alten Gorilla, für die er keine Worte findet. Er lehnt sich zurück und schließt die Augen, die U-Bahn ist voller Menschen, die wissen, dass das Wochenende vorbei ist. Es war ein toller Sonntag, denkt Hans, ein echter Sonntag. Er öffnet die Augen. Niemand beachtet ihn, nur einige Blicke gleiten vorbei, berühren ihn kurz und lassen ihn wieder los. Er ist frei.

Als er zu Hause ankommt, geht er lieber die Treppe hinauf, denn draußen hat er beobachtet, dass einige Familien mit ihren Autos aus dem Wochenende zurückgekehrt sind. Sie sind in die Tiefgarage hineingefahren und werden bestimmt den Fahrstuhl nehmen. Im fünften Stock ist Hans außer Atem. Aber er hat es geschafft. Er steht in der Diele, und die Welt mit ihren tausend Blicken ist draußen geblieben. Nur seine Familie ist hinter ihm durch die Tür geschlüpft und steht jetzt da und schaut ihn an, Hanna und Rolf und Karin, aber Karin ist unsichtbar wie auf dem Foto, sie schaut ihm aus ihrem Versteck heraus zu, sie geht aus ihrem Versteck heraus mit ins Schlafzimmer, wo Hans Felizia auswickelt, wo er ihr die Windeln wechselt, wo er sie in ihren weichen, warmen Schlafsack steckt und dann unter die Decke schiebt. Sie stehen da, Hans und seine Kinder und die versteckte Karin, und schauen auf Felizia herab, die ihre kleinen Arme über den Kopf streckt, weil sie so am liebsten schläft. Und dann gehen sie leise hinaus, durchqueren die Diele, betreten die Küche, öffnen den Kühlschrank, um nachzuschauen, was es an Essbarem gibt. Dann schälen sie Kartoffeln, das heißt, Hans schält, und seine Kinder schauen zu, links und rechts von ihm sitzen sie, kein Wort sagen sie, und Hans schält und lässt sich beobachten, er wehrt sich nicht mehr dagegen, er muss nicht mehr so tun, als wären sie nicht da, er lässt sich beobachten und schält und schält, und als er nicht mehr schälen kann, weil keine Kartoffeln mehr übrig sind, lässt er die Hand sinken und sagt: »Ich vermisse euch«, und sagt: »so sehr, dass es immer schmerzt«, und sagt: »immer.« Und schweigt in den Raum hinein. Die versteckte Karin. Sie rächt sich an ihm, der so versteckt war, als sie noch zusammenlebten. So versteckt war er, dass er Verrat spielen musste mit Lena, der Frau des Nachbarn. Hans schlägt die flache Hand gegen seine Stirn, als er daran denkt, wie es war. Wie es war, in der Geheimhaltung zu leben und so zu tun, als wäre nichts, wie es war, den Tagesablauf so zu manipulieren, dass Lücken entstanden, in die sie hineinspringen konnten, er und Lena, denn in diesen Lücken standen Betten. Wie es war? »Schrecklich«, murmelt Hans, der gar nicht mehr verstehen kann, warum er tat, was er tat. Aber es musste sein, das weiß er genau, der Verrat war ein Zug, der auf Schienen fuhr, ein Zug ohne Bremsen, ein schwerer Güterzug mit verplombten Waggons, Hans weiß nicht, womit er beladen war, so genau sah er sich selbst nicht an, er weiß nur, dass er nicht am Steuer saß, dass er in einem der Waggons fuhr, er und Lena, gespiegelt an der Regenrinne ihres Koordinatensystems. Sie, die Hausfrau, die Morgen für Morgen mit ansah, wie ihre Nachbarin es schaffte, das Eigenheim zu verlassen und arbeiten zu gehen, während sie immer noch davon träumte, ihr Leben selbst zu bestimmen. Hans, der alternative Mann, der es geschafft hatte, seine Frau gehen zu lassen. Wie attraktiv! Hans lacht bitter auf. Dabei war ich nur Hans, der Mann, der Angst davor hatte, nicht Mann genug zu sein, um in der Welt zu bestehen, der Angst davor hatte, vor aller Welt als Schwächling dazustehen, wenn die furchtbare Wahrheit über mich herauskommt. Der Angst davor hat, seine Frau nicht halten zu können, wenn er ihr sagt, was er wirklich will.

Die ersten Gespräche mit Lena über den Gartenzaun hinweg, noch war kein Gras gewachsen, nur rohe Erde gab es, ein paar einsame Bäume waren schon gepflanzt. Dieses Gefühl, das er hatte, als er sie sah. Lena, eine schwache Frau, eine weibliche Frau, eine Frau, der er nicht unterlegen ist, die er dominieren kann. Von Anfang an. Wie auf Schienen. Und später, als er längst wusste, dass sie auf ihn reagierte. Wenn er mit Karin schlief und sich vorstellte, sie sei Lena. Das tut weh, das tut weh. Hans schüttelt heftig den Kopf, aber der Zug fährt weiter, er hat keine Bremsen mehr, nachdem er so lange blockiert war, sein Weg führt mitten hindurch. Das schlechte Gewissen, wenn er mit Lena im Bett gewesen war. Dann suchte er Streit mit Karin wegen irgendetwas, dann gab er ihr die Schuld für irgendetwas, und das brachte Erleichterung, aber es ließ den Zug noch schneller fahren. Die Kinder ahnten nichts, und wenn sie etwas ahnten, dann wollten sie es nicht wahrhaben. Ein jeder lächelte für sich, damit ihr trautes Eigenheim ihnen nicht um die Ohren flog, ein jeder war Hüter des Geheimnisses. Wann konnte Karin die Augen nicht mehr verschließen, welchen Anlass hatte Hans ihr gegeben, sich selbst das Geheimnis zu verraten? Irgendeine kleine Unachtsamkeit, die vielleicht auch ein versteckter Hinweis war, eine Chance, in die Wahrheit zurückzukehren um jeden Preis, weil ihr Verlust allmählich schwerer wog als die Zerstörung der Familie, eine zutiefst ethische Unachtsamkeit inmitten all dieser Lügen, in die er verstrickt war, bis er zuletzt das Gefühl hatte, an allen vieren gekettet zu sein, einen Knebel im Mund zu haben, nichts mehr sehen zu können.

»Sei froh, Hans«, murmelt Hans jetzt, »sei froh, dass du damals aufgeflogen bist.«

Er hat nie erfahren, wie Karin ihm auf die Schliche gekommen ist. Aber das spielt keine Rolle. Was ihn quält, ist etwas ganz anderes, ist die Frage: Warum habe ich das getan, obwohl ich sie liebte? Lena? Lena hat er nie geliebt, er hat sie begehrt und seinem Begehren misstraut, denn wann immer es gestillt war, kam das Bedauern, kam der Schmerz, gegen die Gesetze der Liebe verstoßen zu haben, die Panik, entdeckt zu werden und alles zu verlieren, Karin, die Kinder. Warum in aller Welt habe ich es trotzdem getan? Ist diese ganze große Katastrophe am Ende auch nur ein versteckter Hinweis auf etwas anderes?

Der Sonntag ist vorbei, er hat es nicht geschafft, bis zum Schluss einfach nur der Sonntag zu bleiben. Jetzt zahlt Hans doch noch den Preis für seinen Zoobesuch. Und diesmal muss er ihn entrichten, in voller Höhe. »Es gibt keinen Ort, an dem ich nicht schon mit den Kindern gewesen bin«, sagt er und schaut auf die geschälten Kartoffeln, die er vollkommen vergessen hatte. Die ganze Stadt ist voller Spuren, ganz gleich wohin er mit Felizia fährt, überall warten Rolf und Hanna und Karin auf ihn. Ich muss fortgehen mit Felizia, denkt Hans. So wie Karin fortgegangen ist. Mit den Kindern. Aber dann denkt er: Ich will sie doch gar nicht vergessen. Und schon sind sie wieder hier, Rolf und Hanna, links und rechts von ihm, und schauen auf die Kartoffeln, die er vergessen hat, und Karin aus ihrem Versteck heraus scheint zu sagen: Nun mach endlich weiter. Hans nimmt ein Messer und schneidet die Kartoffeln in schmale Stifte, und dass seine Kinder ihm zuschauen und nichts sagen, ist auf traurige Weise schön.

Sie liebten seine selbst gemachten Pommes Frites, außen knusprig und innen noch weich, das war seine Spezialität. Mal sehen, ob ich das noch immer draufhabe, denkt Hans, als er ein Blech mit den geschnittenen Kartoffeln in den Ofen schiebt. Bestimmt, sagt eine Stimme im Raum oder im Kopf, das weiß Hans nicht so genau, aber es klang wie Rolf, wenn er seinen Papa unterstützte in allem, was der tat. Hans lacht kurz auf, eigentlich sollte es umgekehrt sein, der Vater unterstützt seinen

185

Sohn, aber er war wohl noch kleiner als Rolf damals. Armer Rolf, arme Hanna, in Wahrheit sind sie ohne Vater aufgewachsen. Arme Karin, in Wahrheit hatte sie in ihm nie einen Mann. Armer Hans, in Wahrheit war er noch gar nicht schuldfähig, als er tat, was er tat. Schluss jetzt!, denkt Hans, sonst wird es nichts mit den Pommes Frites.

Sie werden gut, seine selbst gemachten Fritten, aber er hat viel zu viele gemacht, diese Menge würde für eine ganze Familie reichen. Was mach ich denn da?, fragt er sich. Aber dann stellt er vier Teller auf den Tisch, vier Gabeln, vier Gläser, wo war das noch, dass die Ahnen immer mit zu Tisch sitzen?, fragt er sich. Es müssen ja nicht die Ahnen sein. Die weggelaufene Ehefrau und die Kinder tun es doch auch. Mineralwasser hat Hans nicht, deshalb schenkt er ihnen allen Bier ein, er kann ja ein wenig Dinner For One spielen und sich besaufen. Aber nein, er hat gar keine Lust, seine Sinne zu benebeln, sie sind so klar wie lange nicht. Und nun sitzen sie auch schon am Tisch, seine Kinder und seine unsichtbare Frau, er weiß, sie ist da, auch wenn er sie nicht sehen kann. Ein jeder bekommt seine Portion. Dann essen sie zu Abend, Hans und seine Familie, und im Schlafzimmer schläft das Findelkind, eines mehr oder weniger, wo ist da der Unterschied, er liebt sie, alle.

Als Hans fertig ist, sitzt er noch eine Weile da, die Augen geschlossen, und genießt die Ruhe, die er spürt. Dann räumt er alles ab und spült. Am Ende des Tages sitzt er vor dem Fernseher mit einer Flasche Bier in der Hand und schaut sich einen Film an, keine Nachrichten, er hat keine Lust auf die Welt. Er kennt diesen Film von früher, mindestens dreimal hat er ihn schon gesehen. Aber gute Filme sind wie gute Freunde, man heißt sie stets willkommen. Es geht um einen Mann, der das Leben und die Liebe leichtnimmt. Dieser Mann ist glücklich, obwohl die Menschen in seinem Land unterdrückt werden. Später verliert er seine Leichtigkeit und muss das Land verlassen. So ziemlich das Gegenteil von mir, denkt Hans hinterher. Er nimmt das Leben schwer, obwohl sein Land frei ist, jeder kann tun und lassen und sagen, was er will. Wie kommt es dann, denkt er, dass das Leben nicht leichter wird? Er zuckt mit den Schultern. Vielleicht braucht man ein schweres Leben, um ein Leben gehabt zu haben? Wer weiß das schon?

Jetzt ist er müde, die Werbepausen haben den Film auf mehr als drei Stunden gestreckt, bald wird Felizia wieder wach, müde erhebt Hans sich von seinem Stuhl und bereitet ihre Flasche vor. Dann geht er zu Bett, und dieser Tag ist zu Ende.

In der Nacht weint Felizia. Hans wird wach und tröstet sie, aber sie ist gar nicht wach. Sie weint laut, mit geschlossenen Augen. Sie hat ein ganz unglückliches Gesicht, als wäre etwas Furchtbares geschehen. Hans versucht sie zu beruhigen, aber sie weint nur noch heftiger. Er erinnert sich an Hanna, die auch manchmal im Schlaf weinte. Karin sagte damals: »Das ist nicht weiter schlimm, als ich klein war, habe ich das auch gemacht.« Hans hält Felizia im Arm, wie Karin damals Hanna im Arm hielt, und wartet, bis sie sich wieder beruhigt. Es dauert fast eine Stunde, und in dieser Stunde fragt er sich zum ersten Mal, was die Nachbarn im vierten und im sechsten Stockwerk denken sollen, wenn sie wach werden und ein Baby hören. Das macht ihn ganz nervös, am liebsten würde er Felizia wecken, aber sie befindet sich an einem Ort, der zwischen Wachen und Schlafen liegt, er müsste ihr Gewalt antun, um sie von dort zu vertreiben, er müsste ihr eine Lampe ins Gesicht halten oder sie nass machen. Und dann wäre sie so erschrocken, dass sie trotzdem weinen würde. Er kann also nichts tun, nur dasitzen, sie halten und hoffen, dass alle anderen weiterschlafen. Hans fragt sich, was es dort gibt, wo Felizia jetzt ist. Er fragt sich, was es dort gab, wo Hanna sich manchmal befand. Als sie größer wurde, hörte es auf. Ist es ein Ort, an den nur Kinder gelangen? Hans beobachtet sein Kind beim Weinen. Felizia weint, wie man Tote beklagt, sie weint, wie man das Leiden anderer auf sich nimmt, sie weint wie ein Klageweib. Ach was, denkt Hans, das bildest du dir alles nur ein.

Als sie endlich aufhört, tut sie es zögerlich, sie verstummt und hebt wieder an und verstummt wieder. Und Hans hofft und bangt und hofft. Dann endlich ist sie still, ihr Atem beruhigt sich, sie lässt den Kopf zur Seite sinken und streckt sich aus. Hans legt sie auf das Bett. Er legt sich neben sie und schläft sofort ein.

Am nächsten Tag, einem Montag, ist es genau eine Woche her, dass Hans Felizia gefunden hat. Hans schaut aus dem Fenster. Das Wetter ist nicht besser geworden, es regnet. Felizia schläft noch, sie hat sich im Schlaf auf den Bauch gedreht, das ist neu. Ihr Gesicht hat sich verändert, findet er. Sie sieht zum ersten Mal aus wie ein kleines Mädchen, nicht mehr bloß wie ein Baby. Als Hans zum Badezimmer geht, entdeckt er einen Zettel, den jemand unter der Wohnungstür hindurchgeschoben haben muss. Er hebt ihn auf. Der Zettel stammt von Herrn Wenzel. Hans braucht eine Weile, bis er die altmodische Schrift entziffert hat: ›Lieber Hans, bitte komm gleich morgen früh ins Geschäft. Komm ohne Felizia (zu gefährlich!). Ich muss dringend mit Dir reden!!! Dein Peter Wenzel‹.

Der Zettel macht Hans sofort nervös. Er kleidet sich rasch an, dann kocht er Kaffee, und anschließend geht er zu den Tarsis. Frau Tarsi öffnet ihm. Sie lächelt ihn erfreut an, als hätten sie sich lange nicht gesehen, doch als sie seinen Gesichtsausdruck sieht, stutzt sie und fragt: »Was in Gottes Namen bringen Sie mir um diese Tageszeit?«

Hans erzählt ihr von Herrn Wenzels Zettel. Bevor er sie noch bitten kann, sagt Frau Tarsi: »Geben Sie mir Ihren Wohnungsschlüssel, ich gehe sofort rüber und passe auf die Kleine auf. Und Sie gehen zu Herrn Wenzel.«

Hans lächelt sie dankbar an, er löst den Wohnungsschlüssel aus seinem Schlüsselbund und gibt ihn ihr. Dann macht er sich auf den Weg nach unten.

Zur selben Zeit macht Herr Balci sich über die Treppe auf den Weg nach oben, in den fünften Stock. Er hat bereits gefrühstückt, er ist geduscht und rasiert, er hat Haarwasser eingerieben und die Haare glatt gekämmt, er ist parfümiert mit einem besonders herben Duft, den er immer benutzt, wenn er andere Leute seine Präsenz spüren lassen will. Er hat seinem Spiegelbild ein Lächeln geschenkt und ist anschließend in die Küche gegangen, um seine Frau zu küssen, während sie damit beschäftigt war, die Kinder anzutreiben, damit sie pünktlich in die Schule kommen. Sogar ihre kleine Tochter hat aufs Wort gehorcht, denn morgens überlässt Herr Balci seiner Frau das Kommando, und die Kinder wissen das.

Nun steigt Herr Balci gemütlich die Treppe hinauf, stets benutzt er die Treppe, um sich in Form zu halten und gleichzeitig das Haus ein wenig zu inspizieren. Im vierten Stock verpasst er Hans, der mit dem Fahrstuhl nach unten fährt. Als Herr Balci im fünften Stock ankommt, hat Frau Tarsi gerade die Tür von Hans' Wohnung hinter sich zugezogen. Sie hat spontan entschieden, sich, ihrem Mann und Hans ein gutes Frühstück zu bereiten, damit der Tag schön beginnt. Herr Tarsi wird gleich herüberkommen und einige Dinge bringen, die man unbedingt benötigt, wenn es schmecken soll. Herr Balci betritt den Flur. »Sieht doch ganz vernünftig aus«, murmelt er, als er sieht, dass er sauber ist. Er baut sich vor Hans' Tür auf und läutet. Im nächsten Augenblick öffnet sich die Tür einen Spalt, und von innen ruft eine fröhliche Frauenstimme: »Stell alles auf den Wohnzimmertisch, Schatz, ich füttere gerade!« Herr Balci bleibt verwirrt stehen. Vorsichtig schiebt er die Tür auf und lugt hinein. Er betritt die Diele und ist verwundert, denn hier sieht es nicht so aus, wie er erwartet hatte.

Zur gleichen Zeit überquert Hans die große Straße und eilt auf Herrn Wenzels Lotto-Toto-Geschäft zu. Dabei wird er von zwei Beamten der Kriminalpolizei beobachtet, denen nicht auffällt, dass Hans' Bauch gar nicht mehr dick ist, weil sie ihn noch nie zuvor gesehen haben. Sie haben ihre Kollegen abgelöst, und jetzt schauen sie dem älteren Mann mit dem Glatzkopf und dem schäbigen Mantel gelangweilt nach und unterhalten sich dann weiter über die Bundesligaspiele vom Wochenende.

Im selben Augenblick, als Hans das Geschäft betritt, wo um diese Tageszeit Hochbetrieb herrscht, im selben Augenblick, als

Herr Wenzel Hans erblickt, im selben Augenblick, als Herr Balci auf die Wohnzimmertür zugeht, hinter der er die Besitzerin der Frauenstimme vermutet, kommt Herr Tarsi in Hans' Wohnung, mit einem großen Tablett, auf dem sich Käse- und Marmeladensorten, eine Teekanne, Obst, geschnittenes Brot und andere Dinge befinden. Er erschrickt, als er Herrn Balci sieht, und sagt laut, damit auch seine Frau es hört: »Guten Morgen, Herr Balci, was führt Sie zu uns?«

Auch Herr Balci erschrickt. Er wirbelt herum und steht vor Herrn Tarsi. Er sagt: »Was machen Sie in dieser Wohnung?«

Herr Tarsi lächelt und sagt: »Dasselbe könnte ich Sie fragen.«

Nun erst wird Herrn Balci bewusst, dass er selbst der Eindringling ist. Er spürt sofort, dass das nicht gut für seine Autorität ist. Er stammelt: »Ich, äh, habe geläutet, und da hat eine Frau«, er zeigt auf die Wohnzimmertür, »mich hereingerufen.« Er räuspert sich, um seine Stimme wieder fest klingen zu lassen. Er sagt: »Nur deshalb bin ich hereingekommen.«

»Und dass ich Sie ›Schatz‹ genannt habe, hat Sie besonders angesprochen, nicht wahr, Herr Balci«, sagt Frau Tarsi hinter seinem Rücken. Wieder wirbelt Herr Balci herum. Diesmal steht er vor Frau Tarsi, die zu seiner Verwunderung ein Baby im Arm hält, das ihn mit großen Augen anschaut und ihm dann ein freundliches Lächeln schenkt. Auch Frau Tarsi lächelt ihn jetzt verschmitzt und etwas ironisch an. Herr Balci ist überrumpelt. Er stottert: »Entschuldigen Sie, ich hätte nicht hereinkommen sollen.« Gar nicht gut für die Autorität, fährt es ihm durch den Kopf. Er strafft sich. Jetzt heißt es: stark sein. Mit möglichst normaler Stimme sagt er: »Aber ich bin gekommen, um mit dem Mieter dieser Wohnung zu sprechen, und das sind doch nicht Sie, oder habe ich da etwas nicht mitbekommen?«

Zu seiner Überraschung lacht Frau Tarsi ihn offenherzig an und sagt: »Keine Sorge, Herr Balci, Sie bekommen alles mit, was in diesem Haus geschieht, daran wird sich auch so schnell nichts ändern.«

»Darf ich mal vorbei«, sagt Herr Tarsi, der es leid ist, das schwere Tablett zu halten. Herr Balci weicht zur Seite, und Herr Tarsi geht mit dem Tablett ins Wohnzimmer. Frau Tarsi sagt: »Der Mieter dieser Wohnung ist nur mal auf die Straße gegangen. Er wird gleich wieder hier sein. Kommen Sie doch herein, Sie können im Wohnzimmer warten!« Sie lächelt Herrn Balci zuckersüß an und geht voraus. Herr Balci folgt ihr mit dem Gefühl, alle Autorität verloren zu haben. Unsicher setzt er sich auf einen der Stühle. Währenddessen macht Herr Tarsi sich an Hans' Geschirr zu schaffen, er stellt Teller und Tassen auf den Tisch, Gläser, Löffel und Messer, und arrangiert alles so, dass es einladend aussieht. Wortlos und ratlos nimmt Herr Balci zur Kenntnis, dass auch für ihn gedeckt wird. Frau Tarsi setzt sich ihm gegenüber und sagt zu Felizia: »Schau einmal, wer uns da besuchen kommt. Das ist der Herr Hausverwalter, den wirst du noch gaaaanz oft sehen.« Felizia strampelt mit den Beinen, schlenkert mit den Armen und strahlt Frau Tarsi an. Dann wendet sie sich Herrn Balci zu und strahlt auch ihn an.

Felizias Lächeln lässt Herrn Balci vergessen, wer er sein muss. Er lächelt sie an, beugt sich vor und ergreift eine ihrer kleinen Hände mit Daumen und Zeigefinger. Er sagt: »Hallo, meine kleine Prinzessin! Wer bist denn du?«

Felizia lacht laut, sie ist begeistert, dass jemand ihr die Hand schüttelt, als wäre sie schon größer. Frau Tarsi lächelt wissend und sagt: »Darf ich vorstellen: Felizia, meine Enkeltochter.«

Nun schaut Herr Balci überrascht drein. Er sagt: »Das habe

ich ja gar nicht mitbekommen! Herzlichen Glückwunsch, Frau Tarsi. Auch an Ihre Tochter.«

»Danke, danke, Herr Balci. Sie können ja nicht alles mitbekommen.«

»Du bist aber noch ganz, ganz klein, nicht wahr, Prinzessin«, sagt Herr Balci zu Felizia, und Frau Tarsi lügt: »Vier Monate«, damit es nicht allzu sehr nach Marie M. klingt.

»Vier Monate!«, ruft Herr Balci, der sich allmählich wieder wohl fühlt in seiner Haut. »Dafür bist du aber schon sehr aufgeweckt, meine Hübsche.«

»Nicht wahr?«, sagt Frau Tarsi und lächelt ihren Mann an, der ihr einen kurzen Blick zuwirft, während er sich zu ihnen an den Tisch setzt. Er hebt den Deckel der Teekanne, zieht die Teebeutel heraus, setzt den Deckel wieder auf und gießt seiner Frau, Herrn Balci und sich selbst ein.

»Danke«, sagt Herr Balci und lächelt geistesabwesend. Er weiß gar nicht mehr genau, weshalb er eigentlich hergekommen ist. Ach ja, jetzt fällt es ihm wieder ein. Er sagt: »Sagen Sie, Herr Tarsi, die Sache mit dem Flur – hat sich das erledigt?«

Herr Tarsi schaut ihn verwirrt an. Dann erinnert er sich an seine Beschwerde. Er winkt schnell ab und sagt: »Ach das! Ja, ja, das ist erledigt, alles nur ein Missverständnis.«

Herr Balci zieht die Augenbrauen hoch. Herr Tarsi lügt nicht halb so gut wie seine Frau. »Ein Missverständnis?«, fragt Herr Balci.

»Nein«, sagt Frau Tarsi entschieden. »Kein Missverständnis. Mein Mann will nur höflich sein.« Sie wirft ihm einen Blick zu, den Herr Balci nicht deuten kann. Sie sagt: »In Wahrheit hatten wir eine ganz hübsche Auseinandersetzung mit Hans. Aber das hat alles geändert.« Sie reißt die Augen auf und macht

193

eine große Geste mit ihren Armen. »Schauen Sie sich um! Was glauben Sie, wie es hier vorher ausgesehen hat?«

Herr Balci nickt, als verstünde er. Aber er versteht nicht. Zögernd sagt er: »Und diese Auseinandersetzung hat sein Leben verändert?«

»Oh ja!«, ruft Frau Tarsi. »Er war einfach nur sehr, sehr allein, der Ärmste!« Sie setzt ein entschlossenes Gesicht auf. »Jetzt kümmern wir uns um ihn.«

Herr Balci nickt. Er beschließt, sich damit zufriedenzugeben, um nicht durch zu viele Fragen seine angeschlagene Autorität noch weiter aufs Spiel zu setzen. Er ignoriert das vage Gefühl, nicht zum Kern der Angelegenheit vorgedrungen zu sein. Er lächelt Felizia zu, die noch immer seinen Zeigefinger umklammert hält und ihn aufmerksam beobachtet. Vorsichtig befreit er sich aus ihrem Griff. Dann steht er auf. »Wenn das so ist, dann brauchen Sie mich ja nicht mehr. Bestellen Sie ihm einen schönen Gruß von mir, und …«, er zögert, er will noch etwas Abschließendes sagen, etwas, was diesen Satz rund macht, aber ihm fällt nichts ein.

Frau Tarsi sagt: »Ihnen auch einen schönen Tag, Herr Balci. Besuchen Sie uns öfter!« Sie lächelt ihn wieder zuckersüß an.

Herr Balci nickt unbeholfen, dann verabschiedet er sich und verlässt die Wohnung, wie jemand, der aus einer verlorenen Schlacht flieht. Als er draußen auf dem Flur steht, atmet er tief durch. Er geht zum Fahrstuhl. Treppen steigen mag er jetzt nicht. Er denkt: Eigentlich ist es doch gar nicht so schlecht gelaufen. Er denkt: Ich bin hingegangen, habe mich erkundigt und alles in Erfahrung gebracht, was ich wissen musste. Und jetzt gehe ich wieder. Ganz normaler Vorgang. Als der Fahrstuhl kommt, ist Herr Balci der Ansicht, dass er eigentlich alles richtig gemacht hat. Er fährt hinunter in den ersten Stock. Was für ein süßes Baby! Komisch, dass er nichts von der Schwangerschaft bemerkt hat. Na ja, Haydee wohnt seit Jahren nicht mehr im Haus. Er zuckt mit den Achseln. Da kann man eben nicht alles mitbekommen. Als er seine Wohnung betritt, um einen zweiten Kaffee zu trinken, sinniert er noch kurz darüber, wie gut manche Babys es haben, während andere in eine Mülltonne geworfen werden.

Oben, in Hans' Wohnung, hat Herr Tarsi ein Glas Tee getrunken und ein Stück geschälte Birne gegessen. Er hat seine Frau mit gerunzelter Stirn angeschaut und gesagt: »Besuchen Sie uns öfter?«

Frau Tarsi hat die Schultern hochgezogen, als wüsste sie nicht, was er von ihr will. Sie hat gesagt: »Er soll wissen, dass wir keine Angst vor ihm haben.« Dann hat sie Felizia angelächelt und gesagt: »Nicht wahr, mein kleiner Sonnenschein, mein kleiner, kleiner Sonnenschein, nicht wahr?«

Felizia hat auf Herrn Tarsis Birnenstück gezeigt. Herr Tarsi hat langsam den Kopf geschüttelt, als habe er sagen wollen: verrücktes Weib. Aber in Wahrheit hat er seine Frau für ihre Gerissenheit bewundert.

Währenddessen hat Hans in Herrn Wenzels Hinterzimmer gesessen und gewartet. Der Tisch ist für ihn mitgedeckt, aber Hans hat keinen Hunger. Er sitzt da und fragt sich, was Herr Wenzel ihm wohl sagen will. Nach einer Weile steckt der alte Mann den Kopf herein und reicht Hans eine Tageszeitung. Dabei macht er einen bedeutungsvollen Gesichtsausdruck. Die Zeitung ist dort aufgeschlagen, wo Hans lesen soll. Es geht um Eva M., die nun des Mordes angeklagt werden wird, genau wie Herr Lindner es seiner Frau beim Sonntagsfrühstück angekündigt hat. Die Suche nach Marie M. sei eingestellt worden, steht dort, man gehe davon aus, dass das Mädchen tot ist. Hans liest den Artikel zweimal. Dort steht auch, dass Eva M. in ein anderes Gefängnis gebracht werden soll. Er liest den Namen des Gefängnisses. Er kennt den Ort nicht. Es ist eine andere Stadt. Hans legt die Zeitung weg. Er weiß nicht, was er denken soll. Er weiß nicht, was er fühlt.

Endlich kommt Herr Wenzel herein. Der morgendliche Ansturm ist vorbei, nun hat er Zeit. Er setzt sich Hans gegenüber und schenkt Tee in zwei Tassen. Hans schaut ihm zu. Herr Wenzel wirft ihm einen weiteren bedeutungsvollen Blick zu. Dann lehnt er sich in seinem Sessel zurück, nimmt einen kleinen Schluck aus seiner Tasse und sagt: »Hans, erinnerst du dich an das Foto von Eva M., wo sie eine Zeitung auf dem Kopf hat, damit man sie nicht erkennt?«

Hans nickt, und das Bild taucht wieder vor seinem inneren Auge auf. Aber er sieht die Zeitung nicht mehr, sie ist verschwunden, seit er Eva M. in die Augen geschaut hat.

Herr Wenzel beugt sich vor. Er stellt die Tasse ab. Er schaut Hans so intensiv an, dass der noch nervöser wird. Dann sagt Herr Wenzel: »Ich weiß, wer sie ist.« Er lächelt kurz, er ist selbst nervös geworden. Er sagt: »Ich habe sie an ihrer Kleidung wiedererkannt. Sie heißt gar nicht Eva M. Sie heißt Veronika Kelber, sie ist jede Woche ein- oder zweimal bei mir im Laden gewesen.« Er macht eine Pause. Er sagt: »Um Zigaretten zu kaufen. Obwohl sie gar nicht rauchte. Die waren wohl für ihren Mann. Für sich selbst hat sie immer Brause gekauft.« Herr Wenzel lächelt, wie jemand, der sich an etwas Schönes erinnert. Er sagt: »Ahoj-Brause mit Waldmeistergeschmack. Jedes Mal. Die hat sie aufgerissen und sich in den Mund geschüttet, sobald sie aus dem Laden war. Wie ein Kind.« Er räuspert sich. Er sagt: »Ihre Kinder hatte sie immer dabei. Sie hatte wohl niemanden, der auf sie aufpasste, während sie fort war. Und jetzt kommt's!« Er macht wieder eine Pause und schaut Hans an, als wolle er sagen: Ich weiß etwas, was du nicht weißt. Er sagt: »Sie war sogar mit Felizia einmal da, als sie noch ganz klein war, höchstens ein paar Wochen alt. Sie hat sie mir gezeigt und mir ihren Namen gesagt.« Er hebt die Augenbrauen. Er sagt: »Und es war nicht Marie. Das sind Namen, die sich die Polizei ausdenkt. Die tun das immer, wenn sie jemanden schützen wollen.« Herr Wenzel macht eine Pause. Er nimmt einen Schluck Tee. Er sagt: »Aber ich erinnere mich nicht mehr an ihren echten Namen.« Er schaut Hans an, und gleichzeitig ist er in Gedanken. Plötzlich schüttelt er den Kopf. Er sagt: »Sie sah blass und erschöpft aus. Aber sie war glücklich über ihr Baby. Ich wäre nie auf sie gekommen, wenn ich nicht dieses Foto gesehen hätte. Da trägt sie nämlich eine Jacke. Das ist ihre Jacke, die trug sie ganz oft, wenn sie in den Laden kam. Deshalb habe ich sie wiedererkannt.« Herr Wenzel ist fertig, er hat seine Aussage gemacht. Er ist zufrieden, weil er so gut aufgepasst hat, und erleichtert, weil er es jemandem hat erzählen können. Jetzt greift er zur Tasse und trinkt seinen Tee.

Hans hat schweigend zugehört. Vor seinem inneren Auge sieht er eine junge Frau mit drei Kindern, die in Herrn Wenzels Geschäft steht. Er versucht, sie sich glücklich vorzustellen, aber es gelingt ihm nicht. Er sagt: »Woher wissen Sie ihren Namen, Herr Wenzel?«

Herr Wenzel setzt seine Tasse auf die Untertasse. »Sie hat manchmal bei mir anschreiben lassen, meistens am Ende des Monats, wenn sie knapp bei Kasse war. Das habe ich nicht bei jedem gemacht. Aber sie war mir sympathisch.« Er schüttelt wieder den Kopf. »Wie man sich täuschen kann.«

Hans weiß immer noch nicht, was er denken soll. Er fühlt eine vage Trauer, als ob jemand gestorben wäre. Dabei ist es nur ein Deckname. Marie. Ich hatte mich schon an ihn gewöhnt, denkt er. Es gibt keine Felizia Marie. Es gibt nur noch eine Felizia Irgendwas. Nur noch einen falschen Namen, nicht mehr zwei, denkt er bitter. Er macht eine Geste, die Herrn Wenzel und die Zeitung umfasst, und sagt: »Ändert das etwas an der Situation?«

Herr Wenzel schüttelt heftig den Kopf. »Nein, nein, das ändert natürlich nichts. Aber ich dachte, es ist wichtig, dass du Bescheid weißt. Auch darüber.« Er zeigt auf die Zeitung, die auf dem Tisch liegt. Er sagt: »Das bedeutet ja nur, dass Veronika Kelber uns nicht mehr gefährlich werden kann. Sie hat den Mord gestanden, sie wird verurteilt werden, ihr Kind gilt als tot, und Felizia bleibt bei dir.«

Hans nickt. »Ja«, sagt er, »das stimmt alles. Aber es ist nicht richtig.«

Herr Wenzel macht ein fragendes Gesicht.

Hans sagt: »Veronika Kelber ist in Wahrheit keine Mörderin. Aber wir lassen es zu, dass sie als solche verurteilt wird. Das meine ich.«

Herr Wenzel hebt die Hände und ruft: »Mein Gott, Hans! Wenn du nicht gewesen wärest, dann wäre Felizia jetzt tot! Sie hat ihr Kind ausgesetzt, damit es stirbt. Dass sie nicht den Schneid hatte, es selbst zu töten, ist alles.«

Hans sagt: »Wir wissen doch gar nicht, warum sie es getan hat.«

»Spielt das eine Rolle?«, fragt Herr Wenzel aufgebracht.

Darauf hat Hans keine Antwort. Er zuckt mit den Achseln. Er will Felizia behalten, das ist das Einzige, was er mit Sicherheit weiß. Er hat Angst vor der Nähe dieser Wirklichkeit mit ihren wahren Namen, Veronika Kelber, das Gefängnis. Er hat Angst vor der Berührung mit Herrn Wenzels Worten, der Felizia schon einmal in seinem Arm hielt, als sie noch gar nicht Felizia war. Er will das alles nicht in seiner Nähe haben, denn er fühlt, dass Herr Wenzel sich irrt: Alles ändert sich, je mehr sie in Erfahrung bringen. Und er wünschte sich, Herr Wenzel hätte Veronika Kelbers Jacke nicht erkannt und sich nicht erinnert und Felizia nicht in seinem Arm gehalten und nicht ihren wahren Namen gehört.

Er bedankt sich bei Herrn Wenzel und will gehen. Sie erheben sich und verlassen das Hinterzimmer. Hans' Blick fällt auf die altmodische Kasse, die dort auf der Theke steht. Er hat kein Geld mehr, bis zum Ende des Monats sind es noch vier Tage. Das Geld vom Arbeitsamt kommt erst Anfang nächsten Monat. Hans atmet tief ein. Noch ein Problem. Er muss jetzt Herrn Wenzel um Geld bitten.

Doch dann besinnt er sich anders und sagt nichts. Wenn man kein Geld hat, steht man auf der anderen Seite, denkt er.

Die Wahrheit aber ist, dass Hans sich wund fühlt, das Gespräch hat ihm mehr zugesetzt, als er wahrhaben will. Er kann jetzt nicht auch noch seiner Armut ins Antlitz schauen. Er winkt Herrn Wenzel zu, der hinter der Theke geblieben ist, und verlässt den Laden. Er überquert die Straße und betritt das

Haus. Er ruft den Fahrstuhl und fährt hinauf. Als er im Flur angekommen ist, der zu seiner Wohnung führt, bleibt er an einem der großen Fenster stehen und schaut hinunter zu den Mülltonnen. Richtig, ich habe Felizia vor dem Tod bewahrt. Aber sagt das etwas über Veronika Kelber aus? Der Name berührt ihn seltsam, er wirkt so banal angesichts dieser todtraurigen Augen, die ihn anschauen, wenn er die Augen schließt. Wie eine Grobheit des Schicksals, denkt Hans, das einem plötzlich einen Namen hinwirft und sagt: Nun fang irgendetwas damit an. Was ist das für eine Frau, die für ihren Mann Zigaretten kauft?, fragt Hans sich. Ist das normal? Kann es noch normal gewesen sein, wenn anschließend das geschehen ist, was geschehen ist? Muss man nicht alles hinterfragen, sogar das Nebensächlichste? Hans seufzt. Er will nicht darüber nachdenken, er will, dass alles so weitergeht wie bisher. Er wendet sich von der Fensterfront ab und läutet an seiner Wohnungstür.

Frau Tarsi öffnet ihm mit Felizia auf dem Arm. »Endlich!«, ruft sie erleichtert aus. Als Felizia ihn sieht, wird sie sofort weinerlich und reckt ihm die Arme entgegen. Hans zieht seinen Mantel aus und nimmt sie auf den Arm. Hans entschuldigt sich, weil es so lange gedauert hat. Dann setzen sie sich ins Wohnzimmer. Am liebsten würde er nichts sagen, aber er hat keine Wahl. Er erzählt den Tarsis, was Herr Wenzel ihm berichtet hat. Als er fertig ist, sagt er: »Ich weiß nicht, was ich tun soll.« Er lächelt Felizia zu, die mit seinen Fingern spielt. Sie entwickelt sich so schnell, dass Hans sich fragt, ob sie nicht hoch begabt ist. Dann muss er lächeln. Denkt das nicht jeder Vater von seinem Kind? Hat er es nicht auch damals gedacht und sich später schuldig gefühlt, weil er die außergewöhnlichen Fähigkeiten seiner Kinder nicht zur

200

Entfaltung hatte kommen lassen? Jetzt will er alles tun, damit die Zukunft nur noch von Felizia selbst abhängt. Niemand soll ihr Steine in den Weg legen. Damit sie zu dem Menschen werden kann, der sie ist. Auch du nicht, Hans, denkt er, vor allem nicht du. Aber was muss er dafür tun?

Frau Tarsi hat ihn beobachtet. Sie lächelt ihn freundlich an. Sie sagt: »Machen Sie es wie die Propheten: Warten Sie einfach, bis die Eingebung zu Ihnen kommt!« Sie schaut ihn mit großen Augen an. Sie sagt: »Ich bin sicher, Sie werden alles so tun, wie es getan werden muss.« Als sie sieht, dass Hans noch nicht beruhigt ist, wirft sie die Arme in die Höhe und ruft: »Was muss geschehen, damit Sie verstehen?« Sie schaut Hans an und seufzt: »Sie haben doch schon so viel Glück gehabt.« Sie legt ihm eine Hand auf den Unterarm. »Wenn Sie nicht auf Gott vertrauen können, dann vertrauen Sie auf mich. Ich glaube für uns beide.« Sie lächelt ihn an, und er sieht, dass sie es ernst meint.

Herr Tarsi sagt: »Jetzt muss er aber frühstücken.«

Und dann frühstücken sie gemeinsam, und Hans vergisst für eine Weile seine Gedanken. Die Tarsis erzählen von Herrn Balcis Besuch. Zuerst erschrickt Hans, aber dann lachen sie gemeinsam darüber.

Frau Tarsi ruft: »Dieser Herr Balci ist der reinste Blockwart. Das kann nur bedeuten, dass er noch länger in Deutschland lebt als wir!« Dann lacht sie wie über einen guten Witz, und Hans schluckt, bevor er mitlacht. Felizia lacht auch mit, denn sie findet das Lachen an sich sehr lustig. Und da lachen sie alle noch ein wenig länger, man kann mitten im Lachen einen neuen Grund für das Lachen finden, das fällt Hans jetzt zum ersten Mal auf, mitten im Lachen.

Als Felizia müde wird, packen die Tarsis ihr Tablett wieder voll und gehen nach nebenan. Hans legt sich mit ihr auf sein Bett, und bald sind beide eingeschlafen.

Hans träumt. Er steht wieder in dem roten Gebirge, in der Ferne türmt sich wieder der Fudschijama, und vor ihm befindet sich wieder die verschlossene Holztür im Fels. Aber jetzt lässt sie sich öffnen. Da ist ein Fahrstuhl. Er steigt ein und drückt auf E, das steht für Ende, und das erscheint ihm ganz logisch.

Der Fahrstuhl sinkt zuerst langsam und dann immer schneller, bis er scheinbar ungebremst in die Tiefe rast. Hans bekommt Angst, er drückt auf Knöpfe, um den Fahrstuhl anzuhalten. Plötzlich wird er wieder langsam und stoppt. Die Tür schiebt sich zur Seite, doch dahinter ist nackter, grauer Fels. Das rote Gebirge ist von innen gar nicht rot. Hans tastet den Fels ab, aber dort ist keine Fuge, nichts, was auf eine verborgene Tür hinweist. Er ist verloren, nie wieder wird er aus dem Gestein herauskommen. Er gerät in Panik, er versucht, die Felswand mit bloßen Händen aufzukratzen. Davon werden seine Finger blutig. Sein Blut färbt den grauen Stein rot. Es ist dasselbe Rot, das man von außen sieht. Wie kann das sein, denkt Hans. Sein Traum dreht sich jetzt nur noch darum: Wie kann das sein, wie kann das sein, wie kann das sein? Seine Worte sind ein Karussell, und Hans sitzt auf dem Wie, das sich hochbäumt wie ein Pferd. Er fährt und fährt und fährt, immer schneller geht die Fahrt – wie kann das sein wie kann das sein wie kann das sein? Das Karussell beginnt zu kreischen, es geht so schnell, gleich wird es auseinanderbrechen. Jetzt beginnt er zu schreien vor Furcht, als wäre er ein kleiner Junge. Irgendjemand muss das Karussell anhalten! Er schaut sich um. Dort, am Rand des

Karussells, steht ein Mann, er sieht ihn nur schemenhaft, das Karussell ist so schnell, dass Hans sein Gesicht nicht erfassen kann, er konzentriert sich auf den Mann, der dort steht, sein Kopf wirbelt herum, um die rasende Rotation des Karussells auszugleichen, immer wieder. Dann endlich sieht er ihn. Es ist sein Vater. Er steht dort, am Rand des Karussells, und lächelt ihm zu. Hans schreit.

Er erwacht. Es ist später Nachmittag. Die Sonne lugt unter der Wolkendecke hervor, bis zu ihrem Untergang gibt es noch ein paar Minuten lang rötlich goldenes Herbstlicht.

Felizia liegt neben Hans und ruft ihn an. Sie hat sogar nach ihm geschlagen, damit er endlich wach wird.

»Oh, mein kleines Mädchen, das tut mir leid!«, sagt Hans verschlafen. »Du bekommst sofort etwas, sofort!« Mit Felizia im Arm eilt er in die Küche. Er bereitet eine Milch zu, dann setzt er sich mit ihr auf einen Stuhl. Während sie geräuschvoll trinkt, denkt Hans: Deine Mutter ist bald eine Mörderin, du Arme! Dabei habe ich doch uns alle drei gerettet, als ich dich fand. Er seufzt: »Aber ich weiß nicht, was ich jetzt tun soll, damit sie nicht ins Gefängnis gehen muss.« Und damit ich dich nicht verliere, denkt er, aber das will er lieber nicht laut sagen. Felizia trinkt und beobachtet ihn aufmerksam.

Nachdem sie getrunken hat, strahlt sie Hans an, zeigt mit dem Arm hierhin und dorthin und gibt eine Menge Laute von sich. Hans sagt zu allem »Ja« und »Aber gewiss doch« und »Das finde ich auch« und »Was du nicht sagst!«.

So unterhalten sie sich eine ganze Weile. Erst als Felizia ihm das ganze Zimmer erklärt hat, schweigt sie und schaut aus dem Fenster, wo die Unterseite der Wolkendecke von der untergegangenen Sonne angestrahlt wird und rosa leuchtet.

»Sieh nur, Felizia«, sagt Hans, »wie wunderschön die Welt ist!« Nur das Leben, denkt er, das ist hart. Felizia blickt ihn an, als hätte sie verstanden. Und wer, wenn nicht sie, kann das verstehen, denkt Hans. Dann schauen sie gemeinsam aus dem Fenster, bis der Tag zu Ende geht.

Ein kurzer, ereignisloser Tag war das. Aber es war auch ein Tag, der Hans deutlich gemacht hat, dass sie nicht immer bloß in der Wohnung sein können. Er fühlt sich beengt und vermisst die frische Luft. Ausgerechnet er, der es so lange vermieden hat, unter Menschen zu gehen. Aber es geht ja gar nicht mehr um die Menschen, seit er seinen Frieden mit ihnen gemacht hat. Es geht nur noch darum, eine schöne Zeit zu verleben. Wenn er daran denkt, dass sie noch jahrelang so leben müssen, immer in Furcht vor den Balcis und Lindners und überhaupt vor allen, die ihnen nahe kommen, dann weiß er, dass das gar nicht funktionieren wird. Felizia wird hinauswollen, sie wird Freunde haben wollen, und er wird ihr nicht sagen können: Aber erzähl niemandem, wer du wirklich bist, sonst nehmen sie dich mir weg, dann kommst du in ein Waisenhaus oder zu deinen echten Großeltern, willst du das? Nein, das will Hans nicht, dass Felizia ihm sagen muss, dass sie das nicht will. Dass sie auf der Hut sein muss. Er will, dass sie unbeschwert aufwächst, ohne Furcht und in der Wahrheit. Und wie soll das gehen? Er legt Felizia auf eine Decke am Fenster und drückt ihr eine Rassel in die Hand. Während sie ihr Spielzeug beäugt und schüttelt und darauf herumkaut, beobachtet Hans sie. Sein Traum fällt ihm wieder ein. Ob es dieses rote Gebirge wirklich gibt? Und wenn ja, wo? Das lächelnde Gesicht seines Vaters taucht vor seinem inneren Auge auf. Ist das eine Erinnerung? Wenn ja, dann muss sie sehr alt sein, aus einer Zeit, bevor sein Vater aufhörte zu lächeln und nur noch verbissen und ungeduldig war. Er denkt an Hanna und Rolf. Welche Erinnerung sie wohl bewahrt haben? Felizia kaut auf der Rassel herum und beobachtet ihn. Sie sieht ihrer Mutter immer ähnlicher, findet er. Oder ist er immer mehr in der Lage, es zu sehen? Er denkt an Frau Tarsis Worte. Dass Veronika Kelber ihre Tochter geopfert hat. Was gibt es, das so wertvoll ist, dass man sein eigenes Kind dafür opfert?

Plötzlich weiß Hans, was er tun muss. Aber damit er es tun kann, muss er gleich am nächsten Morgen zu Herrn Wenzel gehen und ihn um Geld bitten. Er lässt sich auf dem Boden neben Felizia nieder und kitzelt sie unter den Armen und sagt: »Was wird wohl gleich geschehen? Das errätst du niemals!« Er nimmt sie mit ins Badezimmer, steckt den Stöpsel in den Abfluss der Wanne und lässt warmes Wasser einlaufen.

Hans und Felizia baden. Es ist das erste Mal in ihrem Leben, aber das weiß nur sie allein. Sie wird sich später nicht mehr daran erinnern, dass es hier war, in dieser kleinen Wohnung eines Hartz-IV-Empfängers, der ihr fast genauso viel zu verdanken hat wie sie ihm. Sie wird sich nicht mehr an das seltsame Gefühl auf der Haut erinnern, als sie zum ersten Mal in ihrem Leben die Grenze zwischen Luft und Wasser, zwischen trocken und nass spürte. Sie wird nicht mehr wissen, wie sie auf Hans' ausgestreckten Beinen lag, wie ihre Arme in die warme Flüssigkeit eintauchten, wie Hans einen Waschlappen nahm und ihn über ihrem Bauch auswrang, so dass sie ganz nass wurde. Sie wird nicht mehr wissen, dass sie irgendwann, als die Angst fort war, anfing, vor Freude zu lachen, und gar nicht mehr aufhören konnte, weil sie sich so leicht fühlte in dem vielen Wasser. All das wird sie nicht mehr wissen. Sie wird so oft gebadet haben, dass dieses erste Mal wie unter vielen gleichen Schichten verborgen sein wird. Und doch wird sie vielleicht stets ein wenig von der Freude verspüren, die sie jetzt hat, ein wenig von der Geborgenheit, in der sie lebt, seit sie aus der Dunkelheit einer Mülltonne in das Herbstlicht unterm Fenster gekommen ist, aus der Angst vor dem Tod in das Urelement allen Lebens.

Solche Gedanken hat Hans, als er sie beobachtet und sich mit ihr freut. Wie so oft, wenn Felizia froh ist, spürt er einen Stich in seinem Herzen, weil er daran denken muss, wie er sie gefunden hat. Allein und dem Tod überlassen.

Er stellt sich vor, wie sie plötzlich von ihrer Mutter in diese Mülltonne gelegt oder vielleicht sogar geworfen wurde, wie sie zuerst noch fragend nach oben schaut, weil sie darauf wartet, wieder abgeholt zu werden. Wie sie nach und nach begreift und nicht begreifen kann, dass niemand kommt. Wie sie ruft und immer lauter ruft und immer länger ruft, bis sie kaum noch rufen kann.

Hör auf, Hans!, denkt er und schließt die Augen. Wenn es mich schon so schmerzt, dass ich es kaum ertrage, wie muss es dann für sie sein, denkt er. Er öffnet die Augen wieder, und da ist sie, Felizia Irgendwas, plantschend und so lebendig, wie man nur sein kann, und so vergnügt, als wäre das, was ihr zugestoßen ist, nur ein böser Traum gewesen.

Felizias Haut wird schon schrumpelig an den Fingern, Hans hebt sie hoch und wickelt sie in ein Badetuch ein. Er zieht ihr eine Windel an, einen frischen Body, wirft einen scheuen Seitenblick auf den Wäscheberg, der sich schon wieder neben der Badewanne gebildet hat, und trägt Felizia in die Küche. Er selbst hat sich nur schnell abgetrocknet und seinen Bademantel übergeworfen.

Während er die Milch für Felizia zubereitet, denkt er darüber nach, dass er ihr demnächst vielleicht eine Zukost anbieten muss. »Immer nur Flaschenmilch, das kann doch nicht gut sein«, sagt er zu Felizia, die auf dem Tisch liegt. Sie freut sich über die Flasche, ihre Beine strampeln, ihre Arme wedeln, sie stößt kleine Glückslaute aus. Als sie das Mundstück ansaugt, verstummt sie.

Seit Hans weiß, was zu tun ist, hat er den Eindruck, alles viel deutlicher wahrzunehmen. Seine Liebe zu diesem kleinen Mädchen. Seine Dankbarkeit. Wenn es einen Gott gibt, denkt er, muss er geahnt haben, wie schlimm es um mich steht. Sonst hätte er mir nicht dich geschickt, ein so starkes Gegenmittel.

Nach dem Abendessen kommt Felizia in ihren Schlafsack, Hans legt sich neben sie. Es dauert nicht lange und beide schlafen. Erst mitten in der Nacht wird Hans aufstehen, sich die Zähne putzen, ein T-Shirt anziehen und die Lichter löschen.

Am nächsten Morgen geht er mit Felizia zu den Tarsis. Er will sie dortlassen, um hinunter zu Herrn Wenzel gehen zu können. Frau Tarsi öffnet bereitwillig ihre Arme. Aber Felizia will nicht. Als Hans sie einfach der Nachbarin in die Arme drückt, fängt Felizia an, laut zu weinen, so dass er sie wieder nehmen muss.

»Was machen wir denn da?«, fragt Hans ratlos.

»Kommen Sie erst einmal herein«, befiehlt Frau Tarsi, und Hans gehorcht. Anschließend sitzen sie lange im Wohnzimmer auf dem Boden und spielen mit Felizia. Dann endlich darf Hans gehen. Das ist neu, und Hans fragt sich wieder einmal, wie viel sie bemerkt von den Dingen, die in ihm vorgehen. Er eilt zum Fahrstuhl, ruft ihn, fährt hinunter, erinnert sich kurz und schreckhaft an seinen Traum vom Vortag. Er strebt aus dem Haus, vergisst, auf das kleine Sichtfenster an seinem Briefkasten zu schauen, und überquert die Straße. Als er den Laden betritt, bimmelt es über ihm. Im nächsten Augenblick erscheint Herr Wenzel, der im Hinterzimmer Zeitung gelesen hat.

Er gibt Hans das Geld. Er zieht die Augenbrauen hoch, als Hans ihn fragt, aber es ist nur eine automatische Bewegung, die immer noch ausgeführt wird, obwohl es längst eine neue Devise gibt im Leben dieses alten Mannes, der stets festgehalten hat und der jetzt erst damit beginnt loszulassen. Herr Wenzel drückt ein paar Tasten auf seiner Kasse, sie springt mit einem hellen Klingeln auf, Herr Wenzel greift hinein und zieht einen braunen Schein hervor.

»Was hast du vor?«, fragt er Hans.

Hans schaut ihn an, als wüsste er nicht, was er sagen soll. Und so ist es auch. Er weiß zu gut, was Herr Wenzel über Veronika Kelber denkt. Deshalb sagt er: »Ich erzähle es Ihnen hinterher.«

Und wieder läuft ein Automatismus in Herrn Wenzels Kopf ab, diesmal ist es einer, der sprechen will, er will sagen: Ich habe dir das Geld gegeben, nun schuldest du mir eine Antwort. Aber Herr Wenzel sagt nichts, er wartet einen Augenblick, gerade lange genug, um ein wenig Raum zu schaffen in seinem Kopf.

Dann nickt er, und Hans verlässt das Geschäft. Er geht zu den Tarsis. Felizia freut sich über sein Erscheinen, als wäre er eine Ewigkeit fort gewesen. Er muss sie sofort auf den Arm nehmen und darf sie nicht mehr loslassen. Sie setzen sich ins Wohnzimmer auf die Sitzkissen. Herr Tarsi ist unterwegs. Er trifft sich mit einigen Exiliranern zum Debattieren.

»Das ist eine uralte persische Unsitte«, sagt Frau Tarsi und lächelt. Sie sagt: »Nun erzählen Sie mir aber, was los ist.« Sie hat bemerkt, dass Hans aufgeregt ist.

Hans schaut sie an, er sagt: »Ich muss mit Felizias Mutter sprechen.«

Frau Tarsi hält kurz die Luft an. Dann atmet sie lange aus. Sie sagt: »Das ist eine gute Entscheidung. Was wollen Sie ihr sagen?«

Hans zuckt mit den Schultern. »Das weiß ich noch nicht. Aber ich muss sie sehen.«

Frau Tarsi sagt: »Sie ist noch nicht verurteilt, es wird nicht leicht, sie zu besuchen. Glauben Sie mir, ich habe Ahnung davon.«

Sie erzählt ihm, wie sie in ihrer Zeit bei der Ausländerbehörde Menschen beistehen musste, die ihre inhaftierten Angehörigen besuchen wollten. »Viele sprachen kein Wort Deutsch, stellen Sie sich das vor! Die waren verloren ohne unsere Hilfe.« Sie schaut ihn prüfend an: »Das wird auch für Sie nicht leicht. Sie benötigen einen Sprechschein, und den muss Ihnen der Ermittlungsrichter ausstellen. Sie müssen ihn beantragen. Und Felizias Mutter kennt Sie nicht. Es kann sein, dass sie Sie nicht sehen will. Es kann sein, dass sie keine Besuchszeit mehr übrig hat. Sind Sie ganz sicher, dass Sie es trotzdem versuchen wollen?«

Hans überlegt. Er hat Angst vor Behörden, Behörden scheinen immer nur nach einer Schwachstelle zu suchen, die sie ausnutzen können, um etwas nicht zu erlauben oder in ihren Besitz zu bringen. Behörden fühlen sich für Hans an wie Netze, die ausgelegt werden, um alles zu fangen, was ihnen nicht durch die Maschen geht. Aber er hat keine andere Wahl. Er nickt, er sagt: »Ich muss es tun.«

Frau Tarsi ruft: »Dann helfe ich Ihnen! Das ist doch selbstverständlich!« Sie steht auf und kommt kurze Zeit später mit einem Telefon und einem Tablet-Computer zurück. Hans kennt solche Apparate nur aus Schaufenstern, aber Frau Tarsi scheint sehr geübt im Umgang mit ihnen zu sein. Nach kurzer Zeit hat sie eine Telefonnummer herausgefunden. Sie tippt sie ins Telefon ein und wartet. Sie schaut Hans verschmitzt an und sagt: »Mal sehen, ob wir Glück haben.« Hans versteht nicht, aber er hat keine Zeit nachzufragen, denn plötzlich ruft Frau Tarsi: »Ja, grüß dich, Heike, das ist ja eine Überraschung, dass du noch da arbeitest!« Dann führt sie eine Viertelstunde lang ein Gespräch über Kinder, Kindeskinder und Ehemänner, über Gesundheit und Krankheiten und darüber, dass man sich unbedingt einmal wiedersehen will. Dann sagt sie: »Jetzt habe ich fast vergessen, weshalb ich angerufen habe.« Frau Tarsi lacht, und Heike lacht offenbar auch. Dann sagt Frau Tarsi: »Du hast doch von dieser Veronika Kelber gehört, die, die in den Medien Eva M. genannt wird, nicht wahr?« Sie lauscht. Sie sagt: »Na, den weiß ich, weil ein guter Freund von mir«, hier lächelt sie Hans zu, als ob sie sagen will: Dieses Detail ist wahr, »der kennt die Veronika Kelber, und er möchte sie besuchen. Da reicht doch ein formloser Antrag, oder?« Sie lauscht. Sie sagt: »Ach so! Wo finde ich dieses Formular?« Sie lauscht. Sie sagt: »Wunderbar! Dann fülle ich das mit ihm aus und sende es direkt an dich, ja?« Sie lauscht. Sie sagt: »Du bist ein Schatz, Heike.« Dann verabschiedet sie sich fünf Minuten lang, indem sie noch einmal auf den ersten Teil des Gesprächs zurückkommt. Als sie auflegt, hat Hans den Eindruck, dass sie eine Freundin angerufen und bloß nebenbei sein Anliegen geklärt hat. Frau Tarsi grinst Hans triumphierend an. Sie sagt: »So, und jetzt füllen wir ein hübsches Formular für den Ermittlungsrichter aus, und morgen, wenn alles gut geht, haben Sie den Sprechschein.«

Er muss Frau Tarsi seinen Personalausweis geben, dann macht sie sich ans Werk, sie geht in ein anderes Zimmer, während Hans im Wohnzimmer bleibt und mit Felizia spielt. Als Frau Tarsi zurückkommt, hält sie ein Formular in der Hand. Sie hat es aus dem Internet heruntergeladen. Es ist ein Besuchsantrag. Name, Vorname, Geburtsdatum der inhaftierten Person müssen angegeben werden.

»Was jetzt?«, fragt Hans. »Sie ist vierundzwanzig Jahre alt. Mehr wissen wir nicht.«

Frau Tarsi überlegt. Nach einer Weile sagt sie: »Vielleicht ist sie auf Facebook. Die jungen Leute sind fast alle dort. Ich kenne das von meiner Tochter. Und viele geben ihren Geburtstag an, damit sie Glückwünsche erhalten.«

Hans kennt sich nicht aus mit Facebook. Die Vorstellung, der ganzen Welt sein Geburtsdatum zu verraten, kommt ihm abwegig vor.

Frau Tarsi lächelt ihn an. »Sie sind ja von vorgestern!«, ruft sie. Dann nimmt sie ihren Tablet-Computer. Sie suchen Veronika Kelber im Internet, während Felizia sie beobachtet. Es gibt fünf Veronika Kelbers auf Facebook. Bei dreien gibt es kein Foto und auch sonst keine Angaben. Die vierte Veronika Kelber ist eine Amerikanerin. Die fünfte hat kein Foto, gewährt aber Einblick in ein paar persönliche Daten. Dort stehen auch ein Geburtstag und ein Geburtsort. Der Ort liegt nördlich der Stadt, es ist ein kleines Dorf, höchstens eine halbe Stunde mit dem Auto entfernt.

Hans rechnet nach. »Diese Veronika Kelber ist sechsundzwanzig Jahre alt. Das passt nicht.«

Aber Frau Tarsi sagt: »Wenn die Polizei Namen fälscht, dann fälscht sie vielleicht auch Geburtstage.«

Hans zuckt mit den Schultern. Vielleicht. Sie haben keine andere Wahl. Frau Tarsi schreibt das Geburtsdatum aus dem Internet in das Formular. Hans' Name, Vorname und Geburtsdatum hat sie schon eingetragen. Doch es gibt ein weiteres Feld, es heißt ›Verwandtschaftsverhältnis‹.

Hans überlegt. Er sagt: »Schreiben Sie: Freund!«

Das Formular ist ausgefüllt. Hans unterschreibt.

»Das war's!«, ruft Frau Tarsi aus. »Wenn wir Glück haben und Veronika Kelber Sie sehen möchte, dann kann es sein, dass Sie den Sprechschein schon morgen am Amtsgericht abholen können.«

»Und wenn sie nicht will?«, fragt Hans.

Frau Tarsi zuckt mit den Achseln. »Darüber machen wir uns Gedanken, wenn es so weit ist.«

An diesem Tag wird Frau Tarsi den Brief einwerfen. Gleich neben dem Lotto-Toto-Geschäft von Herrn Wenzel steht ein Briefkasten. Herr Wenzel, der sie durch sein Schaufenster gesehen hat, kommt heraus und begrüßt sie.

Er sagt: »Sagen Sie, Frau Tarsi, was hat Hans denn jetzt vor?«
Frau Tarsi erzählt es ihm.

Herr Wenzel ruft: »Aber das darf er nicht tun!« Der alte Mann ist ganz außer sich.

Frau Tarsi schaut ihn mit großen Augen an. »Warum darf er das nicht, Herr Wenzel?«

»Weil … weil …« Herr Wenzel weiß keine schnelle Antwort. Er steht da und schnappt nach Luft. Er setzt sich auf den Sims seines Schaufensters. Dort sitzen sonst häufig die Kinder aus der Umgebung. Zuerst kaufen sie Süßigkeiten oder Sammelbilder, und anschließend unterhalten sie sich, essen ihre Süßigkeiten auf oder tauschen ihre Bildchen.

Jetzt sitzt Herr Wenzel da und sieht aus wie ein verstörtes Kind, findet Frau Tarsi. Sie setzt sich neben ihn. Sie sagt: »Lieber Herr Wenzel. Was würden Sie tun?«

Herr Wenzel hat ein Stofftaschentuch aus der Innentasche seines Jacketts gezogen. Er schnäuzt sich die Nase. Seine Augen sind feucht. Nach einer Weile schüttelt er den Kopf. Er sagt: »Vielleicht ist mein Herz zu klein.« Dabei schaut er auf den Boden und sieht so unglücklich aus, dass Frau Tarsi den Arm um ihn legt und ihn an sich drückt.

Sie sagt: »Das glaube ich gar nicht, Herr Wenzel. Wissen Sie, was ich glaube?«

Herr Wenzel schaut sie schüchtern an und schüttelt den Kopf.

Frau Tarsi sagt: »Ich glaube, Sie wachsen noch.« Sie grinst ihn an.

Herr Wenzel schaut zuerst überrascht, dann lächelt er und sagt: »Sie haben recht. Seit Hans Felizia gefunden hat, ist vieles in Bewegung geraten. Ich habe plötzlich gar keine Lust mehr,

213

Tag für Tag in meinem Laden zu stehen. Jede Gelegenheit nutze ich, um ihn zu schließen.« Er seufzt. »Dabei war der Laden meine Rettung, als Ingrid starb. Ohne den Laden wäre ich vor die Hunde gegangen wie ...«, er zögert.

Frau Tarsi sagt: »Wie Hans.« Sie nickt. Sie sagt: »Es geht schneller, als man denkt.«

Herr Wenzel sagt: »Aber Männer leben näher am Abgrund. Ihr Frauen habt eine Kraft, die uns fehlt.«

Frau Tarsi schüttelt den Kopf. Sie sagt: »Nein, Herr Wenzel, Frauen gehen auch vor die Hunde. Es sieht nur anders aus.«

Herr Wenzel zögert. Er sagt: »Dann glauben Sie also, dass Veronika Kelber vor die Hunde gegangen ist?«

Frau Tarsi nickt. »Oh ja, das glaube ich. Aber sie musste funktionieren.« Sie reißt die Augen auf und ruft: »Sie hatte drei Kinder, Herr Wenzel, drei Kinder! Sie musste Tag und Nacht funktionieren, und dabei ging sie doch gerade vor die Hunde!« Sie seufzt. »Ich glaube, sie hat einfach weiterfunktioniert. Sie hat ein Kind weggeworfen, weil sie am Funktionieren verrückt geworden ist. Ein Kind weniger, nicht irgendein Kind, sondern das Kind, das sie am meisten in Anspruch nahm.« Sie schaut Herrn Wenzel intensiv an. Sie sagt: »So hat sie zwei ihrer Kinder gerettet.«

Herr Wenzel starrt sie verblüfft an.

Frau Tarsi lässt ihn los. Sie steht auf. Sie sagt: »Seien Sie nicht traurig, Herr Wenzel. Ich habe großes Vertrauen in Hans. Er wird die richtige Entscheidung treffen.« Sie schaut auf ihre Armbanduhr. Sie ruft: »Huch! Schon so spät. Ich muss kochen. Kommen Sie doch in einer Stunde zum Essen!« Sie lächelt Herrn Wenzel an und geht. Über die Straße. Durch den Haupteingang. In einem unscheinbaren Fahrzeug, das etwas weiter rechts am Straßenrand zwischen anderen Autos geparkt ist, sitzen zwei Kriminalpolizisten und schauen herüber. Sie haben alles gesehen, aber sie haben nichts verstanden.

Es dauert zwei Tage, bis sie Post vom Amtsgericht bekommen. In diesen zwei Tagen wundert Herr Balci sich, dass er Haydee kein einziges Mal zu Gesicht bekommen hat. Er fragt sich, ob sie Felizia inzwischen abgeholt hat oder ob sie immer noch bei ihrer Großmutter untergebracht ist. Ein so kleines Kind, denkt er kritisch und ratlos.

In diesen zwei Tagen hat die Kriminalpolizei einen neuen Hinweis bekommen. Er stammt von der Mutter eines Jugendlichen namens Arthur. Herr Lindner sucht jetzt nach einem Obdachlosen mit langem, ungepflegtem Haar und einem Rauschebart, der mit einem Baby unterwegs ist. Zu Hause spricht er nicht darüber, denn die Staatsanwaltschaft will Veronika Kelber endlich verurteilen und Herr Lindner weiß, wie seine Frau darüber denkt. Insgeheim ist er ihrer Meinung, aber die Sonderkommission, in der er arbeitet, hat eine klare Vorgabe vom Innenministerium erhalten, daran müssen sich alle halten. Wo käme man denn hin, würde man alles immer in Frage stellen?

In diesen zwei Tagen ist das Wetter nicht gut, es stürmt und regnet, manchmal ist es bereits empfindlich kalt. Über Nacht sind die meisten Blätter braun und rot und gelb geworden, aber das Leuchten bleibt aus, weil die Sonne fehlt. Hans steht oft mit Felizia am Fenster und erzählt ihr von den Dingen, die man sehen kann. Er würde gerne hinausgehen mit ihr, aber seine Angst, entdeckt zu werden, ist zu groß.

In diesen zwei Nächten hat Felizia nachts lange geweint, Hans hat sie auf dem Arm gehalten und gewartet, bis sie sich wieder beruhigte. In dieser Zeit hat er gebangt um den Schlaf der Nachbarn oben und unten. Und um Felizia selbst, denn er ist sich nun ganz sicher, dass etwas in ihr in Bewegung geraten ist, dass sie sich erinnert oder dass sie spürt, was bevorsteht.

Er hat versucht, sich nichts vorzustellen, sich zu entspannen und nur für Felizia da zu sein. Aber es war schwer. Er hat wieder gemeinsam mit Felizia in der Mülltonne gelegen und auf ihre Mutter gewartet. Gemeinsam mit Felizia ist er wieder verzweifelt, und sein Herz hat geschrien und geweint. Gemeinsam mit Felizia ist er irgendwann erschöpft wieder eingeschlafen und hat geträumt. Er hat wieder genau gewusst, wo er liegt und träumt, er hat sich beim Schlafen zugeschaut, und als er sah, dass alles gut war, hat er sich abgewandt und ist zum Träumen gegangen. Über einen langen, geraden Feldweg ist er zum Träumen gegangen. Dort hinten am Horizont wartete sein Traum auf ihn, er musste nur immer weitergehen, dann würde er eines Tages ankommen. Zwei Nächte lang träumte er davon, dass er auf dem Weg zu seinem Traum ist, manchmal sah er linker Hand das rote Gebirge und rechter Hand den Fudschijama, jedes Mal hat er gewusst, dass er weder dahin noch dorthin will. Sein Traum liegt in einer anderen Richtung. Aber er ist nicht angekommen.

In diesen zwei Tagen ist Herr Wenzel zu ihm gekommen und hat ihm gesagt, dass er seine Meinung geändert hat. Er hat gesagt: »Ich bin einverstanden.« Er hat gesagt: »Ich vertraue auf dein Urteil.« Sie haben gemeinsam zu Mittag gegessen, am ersten Tag bei den Tarsis, und diesmal fühlte es sich schon wirklich wie eine Familie an. Herr Wenzel hat einfach den ganzen Tag lang sein Geschäft geschlossen gelassen, und nach dem Essen sind er und Hans noch kurz spazieren gegangen, weil Felizia schlief und es zuließ. Aber wenn sie wach war, durfte niemand mehr sie auf den Arm nehmen außer Hans. So groß ist der Schatten, der über Felizia hängt, dass er sie jetzt schon erreicht hat, obwohl sie so schnell wie möglich wächst und obwohl sie so fröhlich ist, wie sie nur sein kann. Frau Tarsi hat sie mitleidig angeschaut und gesagt: »Wenn sie groß ist, wird sie sich ein Glück schmieden, mit Gottes Hilfe. Aber jetzt kann sie nichts tun.«

Am zweiten Tag haben Hans und Herr Wenzel in Hans' Wohnung gekocht. Herr Wenzel hat das Gemüse geschält und klein geschnitten, und Hans hat eine Ratatouille mit Reis zubereitet, eines seiner früheren Gerichte. Während sie am Tisch gesessen und die letzten Reste verspeist haben, hat Hans gesagt: »Die Kinder liebten es nicht besonders, aber wenn es nichts anderes gab, aßen sie auch einmal etwas Gesundes.«

Dann ist Herr Wenzel gegangen, weil der Laden ihn plötzlich zu sich rief, der Laden mit seinen alten Gewohnheiten, mit seinen Regeln und seiner Disziplin. »In meinem Alter muss man sich langsam lösen«, hat Herr Wenzel gesagt und ist zum Fahrstuhl gegangen. Hans hat sich Kaffee gekocht.

Am Nachmittag des zweiten Tages ist der Brief per Einschreiben gekommen. Der Postbote hat an der Tür geläutet, Hans hat die schlafende Felizia bei den Tarsis in die pinkfarbene Wiege gelegt und ist hinuntergefahren. Er hat den Empfang mit seiner Unterschrift bestätigt und einen dünnen Umschlag entgegengenommen. Er ist mit dem Brief in der Hand stehen geblieben und hat dem Postboten geistesabwesend dabei zugeschaut, wie dieser die übrige Post in die verschiedenen Briefkästen steckte.

Jetzt steht er immer noch dort, im Eingangsbereich seines Wohnhauses. Der Postbote ist längst fort, Hans hält den Umschlag in der Hand und beobachtet, wie sie zittert. Man sieht es kaum, aber man fühlt es, wenn man derjenige ist, dem diese Hand gehört. Hans hört seinem Herzen dabei zu, wie es viel zu schnell schlägt. Er ignoriert seine Gedanken, die ihm alles Mögliche erzählen, damit er gewappnet ist, falls es nichts wird. Er geht langsam zum Fahrstuhl und fährt in den fünften Stock. Als er oben ist, läutet er bei den Tarsis. Herr Tarsi öffnet die Tür. Er sieht den Umschlag, den Hans in der Hand hält. Er versteht. Er nickt Hans zu. Sie gehen in die Küche, wo Frau Tarsi einen Tee kocht. Herr Tarsi sagt: »Der Brief ist da!«

Frau Tarsi wirft Hans einen kurzen Blick zu. Dann sagt sie: »Öffnen Sie ihn, na los!«

Hans öffnet den Umschlag. Es ist ein Anschreiben. Der Ermittlungsrichter, ein Herr Doktor Werner Breuer, klärt Hans darüber auf, dass Veronika Kelber den Grund für seinen Besuch wissen möchte, bevor sie eine Entscheidung trifft. Herr Doktor Werner Breuer bittet um ein formloses Schreiben, das er nach Prüfung an die Inhaftierte weiterleiten wird. Hans hat den Brief vorgelesen. Jetzt schaut er die Tarsis ratlos an.

Aber Frau Tarsi freut sich. Sie ruft: »Das ist großartig! Sie hat nicht Nein gesagt. Jetzt haben Sie eine Chance, ihr eine erste Botschaft zukommen zu lassen. Strengen Sie Ihren Kopf an!« Sie gießt den Tee auf. Dann bereitet sie eine Flasche für Felizia zu. Hans holt Felizia aus dem Schlafzimmer und setzt sich mit ihr an den Tisch. Während er ihr mit der einen Hand die Flasche gibt, trinkt er mit der anderen seinen Tee. Die Tarsis setzen sich zu ihnen, und jetzt trinken sie alle vier. Hans' Blick fällt auf die vielen Lebensmittel, die auf der Anrichte liegen, Äpfel, Bananen, Trauben, Himbeeren, Ananas, Fladenbrot, Zucchini, Karotten, Paprika, Fenchel, Käse, Marmeladengläser, deren Inhalte rot, gelblich, orange und grünlich schimmern. Hans hat den Eindruck, dass die Tarsis jeden Tag feiern.

Frau Tarsi reißt die Augen auf. Sie ruft: »Natürlich! Jeder Tag ist der erste vom Rest des Lebens. Das muss man feiern!« Sie lächelt Hans an, der daran denkt, wie wenig er selbst auf das Essen geachtet hat seit damals. Jahrelang hat er fast ausschließlich billige Fertiggerichte gegessen, die schlecht schmeckten, aber den Bauch füllten. Er hat sie aufgerissen und in sich hineingestopft, um den Körper am Leben zu halten. Mehr nicht. Mit Felizia hat sich das ein wenig geändert, immerhin. Er denkt an Veronika Kelber. Vor seinem inneren Auge sieht er, wie sie aus Herrn Wenzels Laden kommt und die Brause aufreißt, um sie in sich hineinzuschütten. Wie ein Kind, hat Herr Wenzel gesagt. Erneut hat Hans das Gefühl, dass sie wohl eine Menge gemeinsam haben, er und Veronika Kelber.

Plötzlich weiß er, welchen Besuchsgrund er angeben will. Er erklärt es den Tarsis. Frau Tarsi eilt davon. Felizia ist satt und zufrieden. Jetzt sitzt sie auf Hans' Schoß, Hans hat seine Hand um ihren Bauch gelegt, und Herr Tarsi macht Quatsch mit ihr. Eine Viertelstunde später kommt Frau Tarsi mit einem bedruckten Blatt wieder. Sie hält es hoch wie ein Herold und liest laut:

219

»Sehr geehrter Herr Doktor Breuer, liebe Frau Kelber,
ich danke Ihnen sehr, dass Sie meinen Antrag nicht gleich
abgelehnt haben, und ich versichere Ihnen, dass mein Besuch
für Sie mit keinerlei Unannehmlichkeiten verbunden sein
wird. Im Gegenteil. In Wahrheit geht es um eine Kleinigkeit,
die unwichtig erscheint, aber in Ihrer Lage vielleicht eine
Bedeutung erhält, die andere übersehen könnten. Ich möchte
Ihnen, Frau Kelber, Ihre Lieblingsbrause von Ahoj mit Wald-
meistergeschmack bringen, die ich zum Glück gegenüber vom
Wenzel gefunden habe. Ich tue dies, um wenigstens etwas aus
Ihrem früheren Leben herüberzuretten in die missliche Lage,
in der Sie sich derzeit befinden und die Sie, mit Gottes Hilfe
und meiner kleinen Unterstützung, hoffentlich überwinden.

Mit freundschaftlichen Grüßen, da müssen Sie dann unterschrei-
ben. Nun, wie finden Sie es?« Hans findet es sehr gelungen. Er
bedankt sich bei Frau Tarsi. Frau Tarsi strahlt ihn stolz an. Herr
Tarsi klatscht dreimal in die Hände und drückt seiner Frau einen
Kuss auf die Stirn.

Sie sagt: »Ich habe es nicht verlernt, das Schriftdeutsch! Was
glauben Sie, wie hart es war, das zu lernen! Wenn schon die
Deutschen sich damit schwertun!«

»Aber Sie sind doch Deutsche«, sagt Hans.

Sie schlägt sich theatralisch die flache Hand vor die Stirn:
»Stimmt ja! Dass ich das immer noch vergesse!«

Felizia lacht und patscht sich mit der Hand zwischen die
Augen.

»Vergisst du das auch?«, ruft Frau Tarsi mit gespielter Überraschung. Sie beugt sich zu Felizia und kitzelt sie und ruft
immer wieder: »Vergisst du das auch?« Und Felizia kichert

und kichert und kichert so laut, dass die Erwachsenen lachen müssen.

Der zweite Brief geht noch an diesem Tag ab, Frau Tarsi ist wieder die Botin. Herr Wenzel hat sie gesehen, er kommt wieder heraus, und Frau Tarsi erzählt ihm, was geschehen ist. Sie sitzen wieder auf dem Schaufenstersims und fühlen beide, dass schon diese eine Wiederholung etwas Neues entstehen lässt, und dieses Neue ist ein Gefühl alter Vertrautheit. Sie wehren sich nicht dagegen, Frau Tarsi, weil sie sich noch nie gegen Gefühle gewehrt hat, und Herr Wenzel, weil er es genießt. Sie schauen zum Himmel. Ein lockeres Wolkenfeld zieht eilig über sie hinweg, dort oben muss ein ziemlicher Wind wehen. Ab und zu lugt die Sonne hervor. Die Landschaft nimmt ein Wechselbad aus Licht und Schatten. Mal blitzen die Fensterscheiben des Wohnhauses gegenüber, mal sind sie graue Spiegel. Die Farben der vorbeifahrenden Autos leuchten oder wirken ganz matt, die Menschen baden im Licht und in der Wärme, und im nächsten Moment frösteln sie und warten auf die Rückkehr der Sonne.

Herr Wenzel und Frau Tarsi sprechen diesmal nicht viel miteinander. Sie kommentieren das Wetter, Frau Tarsi staunt über den Herbst, als würde sie ihn zum ersten Mal erleben. Sie nennt ihn eine Mischung aus Sommer und Winter. Herr Wenzel nickt und fragt sich, was denn dann der Frühling ist. »Eine Mischung aus Winter und Sommer«, sagt Frau Tarsi, und wieder nickt Herr Wenzel. Nach einer Weile verabschiedet Frau Tarsi sich. Während sie die Straße überquert, geht Herr Wenzel zurück in seinen Laden. Kurze Zeit später erhalten die beiden Kriminalbeamten, die diese Szene beobachtet haben, die Anweisung, ihren Posten zu verlassen, weil die Observierung des Wohnhauses beendet ist und sie nun bei der Suche nach dem unbekannten Obdachlosen gebraucht werden. Herr Lindner klärt sie telefonisch darüber auf, dass man in der Zentrale mit Hilfe eines Jugendlichen ein Phantombild erstellt hat. Die beiden Beamten machen sich auf den Weg in die Zentrale, und wenn sie dort ankommen, wird man ihnen das Bild eines Mannes in die Hand drücken, der aussieht wie Karl Marx.

Wieder vergehen zwei Tage, an denen das Leben weitergeht. An diesen zwei Tagen kann Hans Felizia nur schlafend zu den Tarsis bringen, weil sie dort wach nicht mehr zur Ruhe kommt. In beiden Nächten weint sie. An beiden Tagen essen sie gemeinsam mit Herrn Wenzel in Hans' Wohnung. Der Brief kommt wieder am Nachmittag. Hans steht allein in seinem Wohnzimmer, Felizia schläft. Er setzt sich auf seinen Stuhl. Er legt den Brief auf den Tisch und schaut ihn an. Er schaut aus dem Fenster. Die Sonne scheint, ab und zu ziehen hoch oben Eiswolken vorbei, sie sehen aus wie die Federn eines gigantischen Vogels. Hans schaut den Brief an. Er fühlt sich wohl so ganz kurz vor der Entscheidung. Er müsste gar nicht wissen, wie sie lautet, könnte immer hier sitzen und wissen, dass sie gefallen ist. Er könnte ein Haus an einer Weggabelung bauen und dort sitzen und aus dem Fenster auf die Gabelung schauen und immer wissen, dass er nur einen von beiden Wegen gehen kann. Aber er muss nicht, er fühlt sich hier geborgen, hier ist ein sicheres Ende, alles Weitere wird alles Weitere für immer verändern. Hans seufzt. »Es muss sein, alter Knabe. Keine Angst!« Er nimmt den Brief und öffnet ihn. Es ist ein Sprechschein. Er ist vier Wochen lang gültig.

Hans muss nun einen Besuchstermin im Gefängnis beantragen. Er darf nicht über das anhängige Verfahren sprechen, er darf maximal zehn Beutel Waldmeisterbrause mitbringen, aber sonst nichts. Mit freundlichen Grüßen, Doktor Werner Breuer, Ermittlungsrichter, gezeichnet i. A.

Hans sitzt da und hält den Sprechschein in der Hand. Er hat die Gabelung verlassen, weil einer der beiden Wege Hans gewählt hat, er hat sich ihm unter die Füße geschoben, und schon geht Hans in eine Richtung, und alles ist anders.

»Ich werde mit Veronika Kelber sprechen«, sagt Hans in den Raum hinein. »Mit Felizias Mutter«, sagt er. »Ich werde Felizias zweiten Namen erfahren«, er spricht laut, um sich Mut zu machen. Denn er weiß, dass er noch viel mehr erfahren wird. Er steht auf. Er sagt: »Veronika Kelber will mich sprechen. Das ist schon eine Botschaft.« Ja, das ist es, denn es bedeutet, dass ihr nicht alles gleichgültig ist und dass Hans die verwahrloste, grobe, gewissenlose Veronika Kelber in den Mülleimer seiner Fantasie werfen kann, weil es sie nicht gibt. Nein, denkt Hans erschrocken, nicht in den Mülleimer, nichts Lebendes gehört da hinein, nicht einmal der Irrtum.

Er nimmt sein schlafendes Kind auf den Arm und geht nach nebenan zu den Tarsis. Frau Tarsi ist in Hochstimmung, vorsichtig nimmt sie Hans Felizia ab und bringt sie ins Schlafzimmer. Herr Tarsi klopft Hans immer wieder auf die Schulter. Er grinst über das ganze Gesicht, er denkt, wie hat dieser Hans sich verändert, er kann gar nicht sagen, wie glücklich ihn das macht, es fühlt sich an, als wäre in Hans die Hoffnung der ganzen Menschheit gebündelt, als wäre er eine Figur, die für etwas steht, für die innere Schönheit des Menschen vielleicht, für seine Zartheit und Güte, für alles, was kostbar ist. Herr Tarsi bekommt feuchte Augen, als er das alles fühlt, und Hans wird verlegen. Frau Tarsi kommt zurück und umarmt Hans, und diesmal ist sie wirklich eine kleine Frau, die einen viel größeren Mann umarmt, keinen großen Jungen, der sich am liebsten auf ihrem Schoß zusammenrollen würde.

Herr Tarsi kann wieder sprechen, er ruft: »Das müssen wir mit persischem Wein feiern!«

Frau Tarsi eilt sofort zum Küchenschrank und holt eine Flasche südafrikanischen Shiraz heraus.

Herr Tarsi entkorkt die Flasche und sagt: »Alle Weine sind persisch, egal woher sie kommen. Aber Shiraz ist der persischste von allen!« Er schenkt den Wein in drei türkische Teegläser ein. Dann stoßen sie an und trinken.

Noch am selben Tag ruft Hans in der Justizvollzugsanstalt an. Eine ältliche Frauenstimme klärt ihn sachlich darüber auf, dass er eine schriftliche Voranmeldung mit seinen persönlichen Daten, Name, Vorname, Geburtsdatum, Wohnort, schicken muss, damit der zuständige Beamte eine Kartei anlegen kann. Eine Kopie des Sprechscheins muss beiliegen. Sobald dies geschehen ist, muss Hans einen schriftlichen Terminantrag einreichen, gerne auch per Fax. Nach Eintreffen dieses Antrags kann bis zu einer Woche vergehen, bevor der Besuchstermin feststeht. An Wochenenden und Feiertagen kann Hans Veronika Kelber nicht besuchen. Hans sagt Ja zu allem und bedankt sich. Dann endet das erste Behördengespräch, das er seit langer Zeit geführt hat. Seit wann? »Seit einer Ewigkeit!«, ruft Hans und fühlt sich gut, sehr gut sogar, nicht weil er ein Behördengespräch hat führen können, sondern weil sich im Moment alles so ganz und so heil anfühlt. Als wäre er nie ein behauster Obdachloser gewesen, als hätte Felizia nie in einer Mülltonne gelegen, als säße Veronika Kelber gar nicht in einem Frauengefängnis eine Zugstunde von hier entfernt ein, weil sie des Mordes an ihrer Tochter angeklagt ist. Als hätten Karin und Hanna und Rolf ihn nicht alleingelassen.

Doch so ist es nicht. Alles fühlt sich heil und ganz an, obwohl all dies geschehen ist, und das ist fast noch besser, nein, es ist ganz bestimmt besser, denkt Hans, denn es bedeutet, dass das Heile und Ganze nicht davon abhängig ist, was im Leben passiert.

Am selben Tag erledigt er alles, was die Dame von der Justizvollzugsanstalt von ihm verlangt hat. Die Tarsis haben ein Faxgerät, damit senden sie die Unterlagen. Gleich am nächsten Tag kommt, ebenfalls per Fax, die Aufforderung, einen Termin anzufordern. Mit Hilfe von Frau Tarsi schickt Hans ein weiteres Fax.

Vier Tage vergehen. Am Samstag kommt Haydee mit ihrer Familie, sie essen wieder alle zusammen bei den Tarsis zu Abend. Diesmal fühlt Hans sich ganz anders, er genießt das Essen und die Gespräche, und als Haydee und Uli in eine Diskussion über Erziehung geraten, unterbricht Hans die beiden und sagt: »Es gibt gar keine Erziehung.« Alle schauen ihn an, aber Hans wird nicht unsicher. Er lächelt Haydee und Uli zu und sagt: »Ich habe früher immer gedacht, ich hätte meine Kinder. Heute weiß ich, dass es umgekehrt ist: Die Kinder haben uns. Ich glaube, alles, was wir tun können, ist, sie zu begleiten.« Er zuckt mit den Schultern und macht eine bedauernde Miene. »Mehr nicht.«

Frau Tarsi lächelt Hans glücklich an. Sie fühlt, dass dies ein besonderer Moment ist. Haydee und Uli können nicht mehr weiterdiskutieren, sie sitzen ratlos nebeneinander und denken über Hans' Worte nach.

Herr Wenzel nickt. Dann sagt er: »Hans, du bist ein Philosoph.«

Hans lächelt. »Nein«, sagt er. »Ich habe nur eine zweite Chance bekommen.«

Am Sonntag beginnt der Oktober, und Hans atmet auf. Endlich wird das Geld vom Arbeitsamt kommen, vielleicht kann er Herrn Wenzel sogar die fünfzig Euro zurückgeben.

Am Montagmorgen versammeln sich alle Mitarbeiter der Sonderkommission ›Marie‹ im Konferenzraum der Zentrale der Kriminalpolizei und treffen die Entscheidung, ihre Suche nach dem unbekannten Obdachlosen nicht öffentlich zu machen, obwohl ihnen bewusst ist, dass dieser Schritt womöglich eine große Hilfe wäre. Aber es gilt, im komplexen Machtgefüge der Institutionen, Ämter und Behörden keine Missstimmigkeiten aufkommen zu lassen. Der Innenminister hat nämlich sehr deutlich gemacht, dass er endlich ein Ergebnis erwartet, damit er sich wieder anderen Dingen zuwenden kann. Er hat gesagt: »Die Leute wollen das!«

Einige stöhnen darüber. Auch Herr Lindner denkt sich seinen Teil. Aber der Leiter der SoKo ›Marie‹, ein älterer Kriminalbeamter mit viel Erfahrung und wenig Illusionen, weiß, dass die Gewaltenteilung in der Demokratie eine relative Angelegenheit ist.

Daraufhin einigen sich an anderer Stelle, im Landgericht im vierten Stock, Zimmer 407, der Ermittlungsrichter, Herr Doktor Werner Breuer, und der Staatsanwalt mit dem Pflichtverteidiger auf einen Termin für den Prozessbeginn: am Vierzehnten dieses Monats, also in zwei Wochen.

Herr Doktor Breuer macht seinen Besuchern klar, dass die Rekonstruktion des Tatherganges von entscheidender Bedeutung für die Frage sein wird, ob Veronika Kelber wegen vorsätzlichen Mordes oder Totschlags im Affekt verurteilt wird.

Er sagt: »Die Leiche fehlt ja leider, weshalb wir hinsichtlich des Tatherganges auf Aussagen und Indizien angewiesen sind.« Er seufzt. Er sagt: »Ich weise Sie hiermit darauf hin, dass die Anwendung von Paragraf 213 StGb in diesem Fall keine Selbstverständlichkeit ist, da das Opfer zum Zeitpunkt der Tat bereits drei Monate alt war, so dass der Mutter kein psychischer Ausnahmezustand wegen der Geburt zugutegehalten werden kann. Ob die Androhung des Ehemannes, sie zu verlassen, als solcher zu werten ist, muss erst noch geklärt werden.«

Der Staatsanwalt und der Pflichtverteidiger nicken. Dieser Teil des Gesprächs muss geführt worden sein, obwohl er für alle selbstverständlich ist.

Herr Doktor Breuer macht eine Pause. Er sagt: »Wenn wir nicht klären können, ob die Angeklagte ihr Kind im Affekt in die Mülltonne geworfen hat oder ob sie es vorsätzlich getan hat, um sie dort sterben zu lassen, oder ob das Opfer zuvor von seiner Mutter getötet und dann erst in die Mülltonne geworfen wurde – und ich sehe derzeit keine Möglichkeit, hier Klarheit zu schaffen –, dann wird es keine Verurteilung wegen Mordes geben können.«

Herr Doktor Breuer erinnert die beiden Herren an das

Urteil vom 12. Dezember 2001 des dritten Senats des Bundes-
gerichtshofs in Sachen Strafrecht, Aktenzeichen 303, wo ein
ähnlicher Zweifel zunächst zur Verurteilung wegen Mordes
am Landgericht Lübeck führte, anschließend aber erfolgreich
Rechtsmittel eingelegt werden konnte.

»Eine solche Peinlichkeit will ich uns allen ersparen«, sagt er.
Der Pflichtverteidiger und der Staatsanwalt nicken, sie kennen
den Fall eines Mannes, der seine Ehefrau ermordete und die
Leiche anschließend verschwinden ließ, sehr gut. Es ist nicht
gerade ein Präzedenzfall für diesen hier, aber sie verstehen,
was der Ermittlungsrichter sagen will. Der Pflichtverteidiger
kündigt an, er werde auf jeden Fall auf Totschlag im minder
schweren Fall plädieren.

Der Staatsanwalt fragt den Pflichtverteidiger, wie er denn
die Tatsache, dass Veronika Kelber ihrem Mann gedroht hat,
das Kind zu töten, falls er sie verlasse, noch als Totschlag
werten wolle. Hier unterbricht Herr Doktor Breuer das Gespräch, indem er sagt: »Um das zu klären, machen wir ja den
Prozess.«

Die drei Männer einigen sich noch auf die Hinzuziehung
eines psychologischen Gutachters. Herr Doktor Breuer schlägt
eine Person vor, der Staatsanwalt und der Pflichtverteidiger
sind einverstanden. Dann verabschieden sie sich, und jeder
kehrt zurück an seinen Arbeitsplatz.

Am Montag um halb zwölf ist Felizia gerade eingeschlafen. Hans
bittet Frau Tarsi herüber, damit er zur Bank gehen kann. Als er
dort ankommt, lässt er sich einen Kontoauszug drucken. Aber
das Geld ist nicht auf dem Konto. Hans verlässt den Vorraum,
in dem der Geldautomat und der Kontoauszugsdrucker stehen,

und betritt die Bank. Er wendet sich an eine ältere Frau, die im Kundenbereich hinter einem großen Schreibtisch sitzt. Auf dem Computer schaut sie sich Hans' Konto an. Dann lächelt sie und erklärt ihm, dass das Geld womöglich deshalb noch nicht eingegangen ist, weil der Erste des Monats ein Sonntag war. Daran hat Hans nicht gedacht. Er bedankt sich und verlässt die Bank. Morgen will er noch einmal herkommen, dann wird das Geld wohl endlich da sein.

Am Dienstagmorgen kommt ein Brief von der Justizvollzugsanstalt. Der Termin ist am Donnerstag um drei Uhr nachmittags. Das ist in zwei Tagen. Hans verlässt das Gebäude, überquert die Straße, betritt das Lotto-Toto-Geschäft, die Tür bimmelt. Er zeigt Herrn Wenzel das Schreiben.

Herr Wenzel geht zu dem Süßwarenregal und nimmt aus einer Schachtel zehn Tüten Ahoj-Brause mit Waldmeistergeschmack. Er sagt: »Bestell ihr schöne Grüße von mir«, und lächelt Hans an.

Hans nimmt die Brausetüten und kehrt nach Hause zurück. Noch am selben Tag kauft Frau Tarsi im Internet eine Hin- und Rückfahrt mit dem Zug. Es gibt ein Sparangebot für einundzwanzig Euro, das nimmt sie und weigert sich, von Hans Geld zu nehmen. »Das ist mein kleiner Beitrag zum Gelingen«, sagt sie stolz, und Hans denkt, dass ›klein‹ bei dieser Frau nur auf ihre Körpermaße zutrifft. Auf sonst nichts. Frau Tarsi druckt den Fahrschein aus und gibt ihn Hans. Die Fahrt wird eine Stunde und zehn Minuten dauern, Hans wird mit dem Regionalexpress bis in die nächste größere Stadt im Norden fahren und dort in eine Regiobahn umsteigen, die ihn an sein Ziel bringen wird. Abfahrt ist um 13.02 Uhr, Ankunft um 14.12 Uhr.

Laut Google Maps muss Hans dann noch zweiundzwanzig Minuten vom Bahnhof bis zur Justizvollzugsanstalt gehen.

»So müssen Sie sich nicht beeilen«, sagt Frau Tarsi. Die Wegbeschreibung hat sie ebenfalls ausgedruckt.

Hans ist aufgeregt. Er putzt die Wohnung, er bezieht sein Bett neu, er rasiert sich, er staubt ab, er spült, er bringt den Müll hinunter, er leiht sich von Herrn Wenzel einen guten Mantel. Den ganzen Mittwoch ist er damit beschäftigt, sein Leben auf Hochglanz zu bringen. Er will mit dem Gefühl zu Veronika Kelber reisen, dass alles im Gleichgewicht ist. Eine saubere Wohnung, denkt er, ist ein guter Rückhalt für alles, was man draußen erledigen muss.

Am Mittwochabend, als Felizia schon eingeschlafen ist, fällt ihm plötzlich etwas ein. Er eilt zu den Tarsis. Herr Tarsi öffnet die Tür. Ohne einzutreten, sagt Hans: »Wie soll ich Veronika Kelber denn beweisen, dass ich die Wahrheit sage?« Herr Tarsi versteht nicht. Hans sagt: »Wie soll ich ihr beweisen, dass ich ihre Tochter wirklich habe? Ich könnte doch auch ein Verrückter sein, der das einfach behauptet!«

Herr Tarsi überlegt kurz. Dann hebt er den Zeigefinger und sagt: »Ah!« Er verschwindet in der Wohnung und kehrt kurze Zeit später mit einem Fotoapparat zurück. Er drückt ihn Hans in die Hand und sagt: »Morgen machen Sie ein paar schöne Fotos von Felizia. Dann bringen Sie mir den Apparat, und ich lasse Abzüge in einem Kopierladen machen. Das geht ganz schnell.«

Hans versteht nichts von Digitalkameras, aber er ist erleichtert.

In dieser Nacht schläft Hans sehr unruhig. Er hat wirre Träume, von denen er aufwacht, ohne sich erinnern zu können. Sie vergehen wie Rauch in der Luft, wenn er nach ihnen greift, entschwinden sie noch schneller. Felizia dagegen schläft zum ersten Mal durch. Sie wacht nicht wie üblich auf. Sie weint nicht im Schlaf. Ganz still liegt sie neben Hans, ganz regelmäßig geht ihr Atem. Endlich, gegen Morgen, schläft auch Hans ein. Als der Wecker klingelt, ist er todmüde. »Scheißwecker«, murmelt er und will ihn ausschalten. Aber Felizia wird wach, und jetzt hat sie sehr viel Hunger. Sie schreit laut, und Hans eilt mit ihr in die Küche. Während sie auf seinem Schoß ihre Milch trinkt, wird Hans bewusst, dass heute der Tag ist, an dem er Veronika Kelber treffen wird. Er beugt sich nach vorn, damit er Felizia in die Augen schauen kann. »Weißt du was«, sagt er zu ihr, »heute werde ich deine Mama sehen.« Felizia trinkt und schaut ihn an. Es ist nicht wichtig, ob du mich verstehst, denkt Hans. Wichtig ist nur, dass ich es dir gesagt habe. Er gibt ihr einen Kuss auf den Kopf und lässt sie weitertrinken.

Um die Mittagszeit kommen die Tarsis und Herr Wenzel zum gemeinsamen Essen. Die Stimmung ist festlich, aber es liegt zugleich eine Spannung in der Luft, an der alle teilhaben, die von allen gemeinsam erzeugt wird. Sie kochen diesmal ein europäisches Gericht, eine von Hans' früheren Standardmahlzeiten für Hanna und Rolf: Spaghetti bolognese. Frau Tarsi hat frisches Hackfleisch mitgebracht. Es gibt nicht viel zu tun, das meiste macht Hans. Während er kocht, macht Frau Tarsi Fotos. Zuerst von Felizia allein, dann, während die Nudeln kochen, muss Hans sich mit ihr ablichten lassen. Als sie fertig ist, nimmt Herr Tarsi die Speicherkarte aus der Kamera und verlässt die

Wohnung. Als die Spaghetti al dente sind, kommt er zurück. Die Fotos sind schön geworden. Hans wählt zwei aus, auf denen er mit Felizia zu sehen ist. Bevor sie mit dem Essen beginnen, machen sie noch mehr Fotos. Als die Spaghetti fast kalt sind, stellt Herr Tarsi die Kamera aufs Fensterbrett, und sie machen per Selbstauslöser ein Foto von allen: Felizia mit Hans, den Tarsis und Herrn Wenzel. Zur Erinnerung an diese besondere Zeit in ihrem Leben.

Dann essen sie und anschließend gibt Hans Felizia die Flasche, damit sie satt und zufrieden einschläft. Als es so weit ist, tragen sie sie hinüber zu den Tarsis, Hans legt sie in die pinkfarbene Wiege. Er packt die zehn Brausetüten, die Herr Wenzel ihm mitgegeben hat, in eine kleine Plastiktüte, er zieht Herrn Wenzels Mantel an, er steckt den Fahrschein, die Wegbeschreibung, die beiden Fotos in die Manteltasche und sein Portemonnaie in die Innentasche. Er verabschiedet sich von Herrn Wenzel. Sie stehen voreinander und wissen einen Moment lang nicht, was sie tun sollen. Dann umarmen sie einander, und Herr Wenzel sagt leise: »Ich wünsche dir viel, viel Glück, Hans. Viel, viel Glück.«

Anschließend umarmt er Frau Tarsi. Sie kann gar nichts sagen, so gerührt ist sie und so sehr hofft sie, dass sich alles zum Guten wenden wird. Er geht mit Herrn Tarsi zum Fahrstuhl, Frau Tarsi und Herr Wenzel winken ihnen noch einmal zu, dann sind sie um die Ecke gegangen. Sie fahren in den Keller und steigen in das Auto der Tarsis. Herr Tarsi lenkt den Wagen geschickt durch die Enge der Tiefgarage, er fährt die Rampe hinauf, biegt in die große Straße ein, Richtung Süden. Der Himmel ist trüb, die Sonne ein großer, gelber Klecks, es ist kühl, und es soll noch kühler werden, sagt das Autoradio. Hans sitzt auf dem Beifahrersitz und schaut hinaus. Er hat fast sein ganzes Leben in dieser Stadt verbracht, und doch erscheint sie ihm heute völlig anders. Als wären die Gebäude, die Straßen und sogar die Menschen nur eine Kulisse für seine Geschichte. Es ist das erste Mal, das Hans sich im Zentrum des Lebens fühlt. Es kommt ihm beinahe unwirklich vor.

Nach zwanzig Minuten sind sie am Hauptbahnhof. Herr Tarsi parkt das Auto, dann steigen sie aus und bahnen sich einen Weg durch die vielen Menschen, die in alle Richtungen eilen. So lange ist Hans nicht mehr mit dem Zug gefahren, aber jetzt zählt nur, dass er es tun wird. In dem großen Kopfbahnhof ist es laut, Menschenstimmen mischen sich zu einem Geräuschpegel, der nur von den verschiedenen Lautsprecherstimmen noch übertönt wird.

Hans und Herr Tarsi gehen zu Gleis 14. Es ist noch ein wenig Zeit, der Zug ist noch nicht angekommen. Sie stehen gemeinsam auf dem Bahnsteig und schauen sich um wie kleine Jungen. Auch Herr Tarsi war schon lange nicht mehr hier. Auf dem Gleis gegenüber kommt ein ICE an. Er rollt langsam herein, dann bleibt er mit lauten Bremsgeräuschen stehen. Die Türen springen auf, Hunderte von Menschen steigen aus und machen sich sofort auf den Weg zum Ausgang des Bahnhofs, zur großen Halle. Die Geräusche ihrer Rollkoffer, ihrer Schuhabsätze, ihrer Begrüßungen, das Rascheln ihrer Kleider – alles das ergibt eine besondere Atmosphäre, der sich die beiden Männer nicht entziehen können. Fast zehn Minuten lang dauert dieses Aussteigen, so viele Reisende sind mit diesem Zug angekommen. Dann kündigt eine Frauenstimme aus dem Lautsprecher die Ankunft des Regionalexpresses auf Gleis 14 an. Die beiden Männer drehen sich um und schauen dem Zug entgegen. Noch ist er nicht in Sicht. Nach ein paar Minuten sehen sie weit hinten, im Gewirr der verschwimmenden Gleise, Masten und Oberleitungen, ein kleines, rotes Quadrat. Das ist die Lokomotive. Sie wird immer größer, während sie von Weiche zu Weiche fährt. Jetzt sieht man auch die Waggons, die sich hinter ihr schlängeln. Im nächsten Moment ist der Zug auf der Zielgeraden angelangt. Dann fährt die Lok an den beiden Männern vorbei und hält ganz vorne am Gleisblock. Hans und Herr Tarsi schauen einander an. Sie umarmen sich.

Herr Tarsi sagt: »Darf ich heute den Flur für Sie putzen? Es wäre mir eine Ehre.« Er meint es ganz ernst, aber Hans erschrickt, weil er es schon wieder vergessen hat. Dann lachen die beiden Männer und verabschieden sich.

Hans steigt in den Zug. Er setzt sich in einem offenen Abteil auf eine dunkelrote Sitzbank, ans Fenster, in Fahrtrichtung. Er knöpft den Mantel auf. Er lehnt sich zurück. Er wartet auf die Abfahrt. Immer deutlicher wird ihm jetzt die Unvermeidlichkeit dessen, was er entschieden hat. Immer klarer sieht er, dass es kein Zurückweichen mehr geben kann, keine andere Entscheidung. Hans fährt zu Veronika Kelber, und wenn der Zug nicht entgleist, wenn Hans nicht stirbt in der nächsten Stunde und zehn Minuten, wenn nicht ein Blitz aus heiterem Himmel einschlägt und allem ein Ende bereitet, dann gibt es nichts, was dies verhindern kann: Hans fährt zu Veronika Kelber.

Menschen kommen herein. Manche reden laut, andere sind schweigsam. Ein junges Pärchen setzt sich Hans gegenüber. Sie werfen ihm ein paar scheue Blicke zu, dann beschließen sie, ihn zu ignorieren und setzen ein Gespräch fort, das sie irgendwo begonnen haben, vielleicht auf dem Bahnsteig, vielleicht auf dem Weg zum Bahnhof. Mit einem lauten Knall schließen sich die Türen des Zuges. Ein Pfeifen ertönt. Der Waggon erzittert, als der Zug sich schwerfällig in Bewegung setzt.

Es ist lange her, seit Hans das letzte Mal von hier aus nach Norden gefahren ist. Damals war Bonn noch die Hauptstadt, und Deutschland war geteilt. Hans war jung, und Karin saß vor ihm mit übereinandergeschlagenen nackten Beinen, die unter ihrem kurzen Rock hervorkamen und so perfekt, so makellos und so schön waren, dass Hans sich vergeblich bemühte, nicht ständig hinzuschauen. Karin schien es zu gefallen, dass er sich kaum beherrschen konnte. Sie lächelte ihn geheimnisvoll an, und dann sprachen sie über Politik und soziale Ungerechtigkeit, über Ethik und Moral, über Positionen und Kader, über Altnazis und Spießbürger, über Schmidt und Strauß und Brandt und Wehner und den jungen Kohl, die in ihren Augen alle gleich waren, weil sie alle nur Macht wollten, die ganze Fahrt lang redeten sie sich die Köpfe heiß, und ihre beiden Begleiter, ein Mann und eine Frau, die sich schon gefunden hatten, machten eifrig mit. Und obwohl Hans alles, was er sagte, wirklich dachte und fühlte, half nichts gegen Karins Lächeln, gegen ihre grünen Augen, gegen den Schwung ihrer Lippen und ihre unglaublichen Beine. Als sie in Bonn ankamen, war Hans ganz erschöpft. Von der Demo bekam er kaum noch etwas mit, weil es viel zu voll war, weil er ständig Acht geben musste, Karin nicht im Gewühl zu verlieren, und weil sich in ihm alles nur um dieses Gefühl drehte, das er dort entdeckt hatte, dieses Gefühl, das immer größer und größer wurde und alles andere an die Wand drückte, bis er am Abend, als sie wieder zurückfuhren, nur noch die Augen schließen und so tun konnte, als schlafe er, während die anderen drei weiterdebattierten.

Hans muss lächeln. Was für eine verrückte Zeit war das damals, als sie glaubten, sie könnten das Land oder sogar die ganze Welt verändern, »eine ganze Generation mit einer neuen Erklärung«. Und dann bekam er nicht einmal sein eigenes Leben in den Griff. Aber vielleicht, denkt er, musste alles genau so kommen, damit es mir jetzt gelingt. Wer weiß schon, wozu das Scheitern da ist. Vielleicht ist das Scheitern nur der Beginn einer neuen Fähigkeit, so wie kleine Kinder immer wieder hinfallen, bis sie endlich gehen können. Wenn es so ist, denkt Hans, ist es eigentlich nur wichtig, nicht zu verzweifeln und nicht aufzugeben. Wie ich es lange getan habe, denkt er noch, und dann kehrt er zurück aus der Vergangenheit und schaut wieder aus dem Fenster.

Der Zug hat den Bahnhof Richtung Westen verlassen und fährt an fensterlosen Häuserfronten vorbei, an lang gezogenen Bürobauten, Großbaustellen. Ein weißes Einkaufszentrum gleitet vorüber, die Häuser weichen zurück, vereinzelt stehende Altbauten, neue Wohngebäude, ein vielgleisiger Parkplatz für Züge, der jetzt, mitten am Tag, fast leer ist, ein Sportplatz, eine Lärmschutzmauer mit silbrig glänzender Oberfläche, dahinter eine Eigenheimsiedlung, im Hintergrund die Betontürme einer Trabantenstadt. Wieder Lärmschutzmauern links und rechts, und dann, ganz plötzlich, als sie unter einer Autobahn hindurchfahren, Felder auf beiden Seiten, Lärmschutzmauern, Felder, in der Ferne ein Waldstück, ein erstes Dorf. Und immer wieder Lärmschutzmauern, die die Sicht auf die Landschaft verstellen.

Nach einer Viertelstunde hat der Zug eine lange Kurve beschrieben. Er fährt jetzt nach Norden und lässt die Stadt hinter sich. Hier, auf dem Land, ist der Herbst schon zum Alleinherrscher geworden. Die Felder stehen kahl, die Laubwälder sind nicht mehr grün, manche haben durch den Wind der letzten Tage schon ihre Blätter verloren. Überall liegt welkes Laub. Unaufhaltsam endet der Sommer, werden die Tage kürzer, wandelt sich die Landschaft. Nur die Fichten und die Tannen stehen unbewegt und grün wie immer. Hier und da ragen die Türme kleiner Kirchen in den Himmel, kleine spitzgiebelige Häuser drängen sich um sie, dann wieder Felder, sanfte Hügel, Nadelholzwälder, manche kahl bis unter die Wipfel, als stünden sie auf Stelzen.

Hans ist müde. Das Schaukeln des Zuges lullt ihn ein, die Landschaft, durch die sie fahren, wird eintönig. Er döst vor sich hin. Er träumt. Er hat die Tür im roten Gebirge geöffnet und ist in den Fels hineingegangen. Das Gebirge ist hohl, er steht in einer unendlich hohen Halle und sieht die Unterseite der Gipfel und Täler über sich wie das Negativ eines Reliefs. Er wirft einen Stein gegen die Felswand. Da zerfällt das ganze Gebirge zu Staub, und als er sich legt, steht Hans auf einer weißen Ebene. Über ihm scheint gleißend hell die Sonne, in der Ferne flimmert wie eine Fata Morgana sein früheres Zuhause, die Nummer 30. Ganz allein steht es da, als wären die Häuser links und rechts abgeschnitten. Hans geht darauf zu, und nachdem er eine lange Zeit gegangen ist, steht er endlich vor der Tür. Sie flimmert auch jetzt noch, aber von innen ertönt Kindergeschrei, er hört die Stimme einer Frau, Karins Stimme. Er hebt den Zeigefinger, um auf den Klingelknopf der Tür zu drücken. Als er aufwacht, steht der Zug. Ganz benommen schaut er aus dem Fenster und liest das Ortsschild. Mit einem Schreck stellt er fest, dass er hier umsteigen muss. Er ergreift die Plastiktüte mit der Brause, er rappelt sich hastig hoch und eilt aus dem Abteil, fast springt er hinaus auf den Bahnsteig. Im nächsten Augenblick schließen sich krachend die Türen, das Pfeifen ertönt, und der Zug setzt sich erneut in Bewegung.

Hans lehnt sich erschöpft gegen einen Stahlträger. Er atmet tief ein und bläst beim Ausatmen die Backen auf. Das war knapp, denkt er und denkt: du alter Narr, obwohl er das nicht mehr denken wollte.

Hans muss den Bahnsteig wechseln. Das Gleis, auf dem der Zug gehalten hat, ist auf beiden Seiten von hohen Lärmschutzwänden umgeben. Hans wundert sich darüber. Er weiß nicht, dass dies die ICE-Strecke ist, dass die weißen Züge hier mit fast zweihundert Stundenkilometern durchfahren. Er geht zu einer Treppe, steigt hinab und steht an einer Straße. Ein Schild führt ihn an Fahrradständern vorbei zu einer anderen Brücke. Gleis 5. Hier muss er hinauf. Jetzt erst sieht er das alte Bahnhofsgebäude, ein hohes, rechteckiges Gebäude, das mindestens hundert Jahre alt ist, die Halbbogenfenster im Erdgeschoss sind zugemauert, die Eingangstür ist verrammelt. Niemand braucht dieses Gebäude. Über eine Rampe begibt Hans sich zu Gleis 5. In zehn Minuten kommt der Anschlusszug. Hans schaut sich um. Ein Park, mehrgeschossige Wohnhäuser, dahinter alte Häuser. Ein Dorf, das zum Vorort degradiert worden ist. Auf dem Bahnsteig stehen ein paar Schüler und Erwachsene, Menschen, die aussehen, als gehörten sie in diese Gegend. Jetzt ist nicht viel Verkehr, aber heute Abend, wenn sie alle von der Arbeit nach Hause kommen, ist hier bestimmt was los, denkt Hans. Er steht herum, beobachtet einen Vater, der seinen geistig behinderten Sohn davon abhält, zu einer Gruppe Mädchen zu laufen. Der Vater baut sich mit ausgebreiteten Armen vor dem Jungen auf, der immer wieder versucht, an ihm vorbeizukommen. Der Junge ist zwar kleiner als sein Vater, aber so massig, dass Hans sich wundert, warum er ihn nicht einfach umrennt. Aber es ist ja sein Vater, denkt er dann, man rennt seinen eigenen Vater nicht einfach um. Eher läuft man vor ihm davon. Hans sieht, dass der Junge nichts sehnlicher wünscht, als zu den Mädchen zu gehen, er sieht, dass der Junge weint, weil der Vater ihn nicht lässt, er sieht, dass der Vater nichts sehnlicher wünscht, als dass der Junge endlich aufgibt. So sind sie beide gefangen in ihrem gemeinsamen Leid. Hans fühlt dieses Leid plötzlich wie einen Schmerz in sich, wie einen Sturz in die Trauer. Dann vergeht das Gefühl, obwohl Hans versucht, es festzuhalten, denn es erscheint ihm wie etwas Kostbares. Noch nie hat er so viel Mitgefühl mit fremden Menschen gehabt.

Der Zug kommt. Hans wusste nicht, was eine Regiobahn ist, er dachte, es sei ein neues Wort für einen alten Zug. Doch es ist eine Art blau-weiß lackierte Straßenbahn, genauso modern und genauso kurz. Die wenigen Menschen, die gewartet haben, steigen schnell ein, Hans fällt fast hinein, denn der Boden des Zugs ist niedriger als der Bahnsteig. Abfahrt. Es geht jetzt in die entgegengesetzte Richtung, aber bald beschreibt der Zug eine Kurve nach Osten. Die Gegend ist dicht besiedelt, schon nach fünf Minuten macht der Zug zum ersten Mal Halt. Auch hier dieselbe Mischung aus alten Häusern und Wohnblocks.

Dann geht es weiter, flaches Land, Birkenallee, Fichtenhain, abgeerntete Felder. Plötzlich Menschenleere. Ein Bach schlängelt sich durch ein flaches Tal. Ein Kirchturm in der Ferne, Hochspannungsleitungen bis zum Horizont, ein mächtiger Baum, der ganz allein auf der Flur steht. Bauernhöfe. Wieder ein Halt, wieder ein Dorf. Weiter geht's, Dorfanger, links mittelständische Betriebe, große Kanalisationsrohre aus Beton stehen herum, rechts der Bach ist zum kleinen Fluss geworden, der enge Kurven zieht, Hainbuchen stehen vereinzelt, um das Ufer zu befestigen, dahinter verstreut Bauernhäuser. Dann wieder große, kahle Felder, abgeschnittene Wälder. Flurbereinigte Landschaft. Nächstes Dorf, nächster Halt. Und weiter. Hochspannungsleitung, Dorfanger, Kirchturm, alte Wohnhäuser und ausgebaute Bauernhäuser. So idyllisch ist es hier, dass Hans das Gefühl hat, er fahre durch einen Themenpark: ›Glücklich sein in Deutschland‹.

Früher hätte er bloß das Spießbürgerliche, das Kleingeistige gesehen. Aber jetzt bewundert er diejenigen, denen es gelingt hierzubleiben. Der nächste Halt ist die Endstation, die Ansage kommt auf Deutsch und auf Englisch. Sie fahren am Ortsschild vorbei, ein Parkplatz rechts, links alte Häuser. Ankunft. Der Bahnhof ist ein hohes, rechteckiges und weiß getünchtes Gebäude. Nur zwei Bahnsteige sind in Betrieb, ein drittes Gleis ist rostig und von Pflanzen überwuchert. Dahinter erstreckt sich eine Art Waldgebiet mit alten Bauern- und Wohnhäusern. Der Ausgang ist auf der anderen Seite. Hans durchquert das Bahnhofsgebäude. Der Wartesaal ist winzig, eine Ledercouch und drei Stühle stehen hier, ein niedriger Tisch, an der Wand drei Regale voller Bücher. Einen solchen Bahnhof hat Hans noch nie gesehen. Er durchquert den Wartesaal, niemand wartet darin, und tritt auf der anderen Seite hinaus auf die Straße. Er kramt die Wegbeschreibung hervor, die Frau Tarsi ihm mitgegeben hat. Aber es gelingt ihm nicht, sich zu orientieren, die Straße, die hinter dem Bahnhof verläuft, trägt kein Namensschild, die Zeichnung ist zu ungenau. Auf der anderen Straßenseite hängt ein Schild, das nach links weist. Darauf steht ›Agentur für Arbeit. Jobcenter‹. Dorthin will Hans bestimmt nicht. Er fragt eine Passantin. Sie zeigt in die entgegengesetzte Himmelsrichtung und beschreibt ihm den Weg. Hans bedankt sich, er steckt die Wegbeschreibung in seine Manteltasche und geht geradewegs vom Bahnhof weg. Genau in der Flucht steht eine große, weiße Kirche. Rechts liegt ein Gewerbegebiet mit einem Supermarkt und einer Tankstelle für Lkws. Links in einiger Entfernung ein großes Silo. Hans geht über eine Brücke, unter der ein kleiner Bach hindurchfließt. Nach zweihundert Metern geht er über eine größere Brücke, unter der ein breiter Kanal mit träge fließendem Wasser verläuft. Hans schaut nach links. Dort stehen das große Silo und über dem Kanal ein kleines Wehr. Er geht weiter. Die Kirche rückt näher, sie ist erstaunlich groß. Daneben erstreckt sich ein langes, weißes Gebäude, das aus derselben Epoche stammt wie die Kirche. Es muss sich um ein Kloster handeln. Bevor Hans es erreicht, biegt er rechts ab in eine kleine Straße. Sie führt an einem Supermarkt vorbei und beschreibt eine Linkskurve. Jetzt sieht Hans die Kirche von der anderen Seite. Die Straße wird eng, rechts eine moderne Häuserfront, die vollständig eingerüstet ist, links alte Häuschen. Er kommt an eine Kreuzung. Hier biegt er rechts ab und gelangt auf eine Art Hauptstraße. Sie gehört nicht zum historischen Kern, denn ein Schild mit der entsprechenden Aufschrift weist nach links. Aber auch hier gibt es keine moderne Architektur, nur Häuser, die mindestens zweihundert Jahre alt sind. Sie stehen nicht dicht gedrängt, sondern säumen die Straße im Abstand von mehreren Metern, dazwischen befinden sich Gartentore oder Garagenzufahrten. Hans sieht ein Rahmengeschäft, einen Optiker, einen Feinbäcker, einen winzigen Supermarkt, eine Pizzeria in einem renovierten Bauernhof, der noch viel älter aussieht. Die Hauptstraße gabelt sich, das hatte die Passantin vorausgesagt. Hans nimmt die linke Straße. Sie führt durch eine seltsame Mischung aus herrschaftlichen Villen aus der Jahrhundertwende, umgeben von großen Gärten mit altem Baumbestand, und modernen Bauten. Vor einem spitzgiebeligen, gelben Gebäude, das weit zurückgesetzt von der Straße liegt, bleibt Hans kurz stehen. Es ist auffallend hoch, die beiden Arkadenbogen an seiner Front wirken viel zu wuchtig. Als er sich dem Gebäude nähert, stellt er fest, dass es ein Vermessungsamt ist. Gleich daneben steht ein moderner Flachbau aus Glasbeton, das Landratsamt. Genau gegenüber fällt ihm ein altes Bürgerhaus mit einem wunderschönen Erker aus Holz auf, vor langer Zeit muss es einmal ein stattliches Familienhaus gewesen sein. Heute ist ein Geschäft für Kfz-Schilder darin untergebracht. Hans geht weiter. Er überquert einen Kreisverkehr mit einem rostigen Kunstwerk in der Mitte. Dahinter ändert sich die Gegend, rechts liegt ein Gewerbegebiet mit einem großen Supermarkt und einem Parkplatz für mindestens hundert Autos. Links eine Art Park. Aber dahinter sieht Hans eine Anzahl von niedrigen und hohen Häusern, die alle im selben Stil erbaut sind, alle weiß getüncht, alle mit roten Giebeldächern, alle mit hohen Sprossenfenstern. Alle hundert Jahre alt. Das ist die Justizvollzugsanstalt.

Er geht weiter geradeaus, jetzt sieht er über eine halbhohe

Mauer hinweg die ersten Gebäude der Justizvollzugsanstalt, es sind die Mehrfamilienwohnhäuser der Beamten, die hier arbeiten. Er erreicht das Pförtnerhaus. Zwei gepflasterte Auffahrten liegen vor ihm, in ihrer Mitte erstreckt sich eine rechteckige Rasenfläche genau mittig hin zu einem breiten, gedrungenen Gebäude. Eine niedrige, höchstens kniehohe Hecke umrahmt den Rasen. Die Hecke ist sehr akkurat geschnitten. Dort, wo der Rasen endet, stehen drei weiße Fahnenmasten nebeneinander. Dahinter verläuft eine schmale Querstraße, und dahinter bildet ein hoher Torbogen, der aussieht, als wären früher Kutschen hindurchgefahren, den Mittelpunkt des Gebäudes. Ein graues, zweiflügeliges und etwa drei Meter hohes Sprossentor verschließt den Bogen. Wer auch immer dieses Ensemble inszeniert hat, er war ein Liebhaber der Symmetrie. Einzig der Wein, der die weiße Fassade zur Hälfte überwuchert hat und dessen Blätter jetzt, im Herbst, leuchtend rot geworden sind, durchbricht die Strenge der Linien. Links und rechts in der Fassade sind je zwei hohe Sprossenfenster eingelassen. Genau über dem Torbogen befindet sich der Quergiebel. Seine beiden Fenster sind kleiner, und die vier Dachfenster links und rechts wirken, verglichen mit den Fenstern im Erdgeschoss, winzig. Man könnte meinen, es wäre ein umgebautes Bauernhaus, denkt Hans, denn er hat auf dem Fußweg hierher ähnliche Häuser gesehen. Dann bemerkt er, dass die Fenster im Erdgeschoss, im Giebel und im Dach vergittert sind. Links und rechts des Gebäudes zieht sich eine hohe, graue Mauer entlang, auf ihrer Krone liegen genau die gleichen roten Dachziegel, mit denen das Haus gedeckt ist. Rechts hinter der hohen Mauer sieht man den schlanken Turm einer Kirche.

»Genug geschaut«, sagt Hans zu sich selbst und geht über die linke Auffahrt auf das Gebäude zu. Er ist nervös, plötzlich macht ihm die Vorstellung, ein Gefängnis zu betreten, Angst. Als könnte irgendjemand entscheiden, dass er, Hans, dortbleiben muss, als könnten die Beamten, die hier arbeiten, an seiner Furcht ablesen, dass er schuldig ist. Hans kennt dieses Gefühl, er hat es immer, wenn die Polizei ihm zu nahe kommt. Als er jung war und an die Revolution glaubte und für sie mit Tausenden Gleichgesinnten auf die Straße ging, begleitete ihn stets die dunkle Ahnung, in Wahrheit ein Krimineller zu sein, der gegen die rechte Ordnung verstößt. Vielleicht weil ich mich um die falsche Revolution gekümmert habe, denkt Hans. Er hat das Tor erreicht. Rechts steht auf einer breiten Messingplakette ›Justizvollzugsanstalt‹. Links vom Tor befindet sich ein weißer Klingelknopf. Hans will ihn gerade drücken, als ein lautes Piepen ertönt, gefolgt von einem mechanischen »Klack!«. An der Tür steht ›Bitte kräftig drücken‹, Hans stemmt sich gegen sie, sie schwingt auf, und er betritt das Innere des Gebäudes. Dort sieht es ganz anders aus, als er erwartet hatte. Eine breite Treppe führt ein paar Stufen hinauf auf eine Art Plattform, eine weitere Treppe führt auf der anderen Seite wieder hinunter, dahinter befindet sich ein identisches Tor, und dahinter führt ein Weg unter freiem Himmel zum nächsten Gebäude. Rechts von ihm sitzt ein Mann, der genauso glatzköpfig ist wie Hans, hinter grünlich schimmerndem Panzerglas. Das muss der Pförtner sein. Er sitzt so hoch, dass er auf Hans herabschauen kann. Hans muss die Treppe hochgehen, dann steht er vor ihm. Er sagt unsicher: »Guten Tag, ich habe einen Besuchstermin.« Er stockt. Er sagt: »Mit Veronika Kelber, sie sitzt hier in Untersuchungshaft.«

Die Stimme des Mannes ertönt aus einem Lautsprecher, als
er sagt: »Legen Sie bitte Ihren Sprechschein und Ihren Personalausweis hier hinein.« Er meint die Schiebemulde, die sich
zwischen ihnen befindet. Hans kramt sein Portemonnaie hervor und zieht seinen Personalausweis heraus, dann legt er ihn
zusammen mit dem Sprechschein in die Mulde. Der Pförtner
zieht die Lade zu sich, wobei die Öffnung, die sich auf Hans'
Seite befindet, automatisch durch eine Metallplatte verschlossen wird. Der Mann entnimmt die Dokumente. Er greift zu
einem Telefon und sagt etwas, was Hans nicht hört. Kurze
Zeit später betritt ein weiterer Beamter den Empfangsschalter
durch eine rückwärtige Tür, die Hans bisher nicht aufgefallen
war. Der Pförtner überreicht ihm Hans' Papiere, und der Mann
verschwindet wieder. Der Pförtner wendet sich Hans zu. Er
sagt: »Es dauert ein paar Minuten, bis Ihre Dokumente über-
prüft werden. Die Kartei haben wir ja schon angelegt. Gleich
kommt jemand und holt Sie ab.« Er lächelt Hans freundlich zu,
Hans ist erleichtert. Alles wird gut, denkt er.

Hinter ihm ertönt ein Piepen, und es macht »Klack!«. Die Tür
öffnet sich, und ein dunkelhäutiger kleiner Mann betritt das
Pförtnerhaus. Er begibt sich sogleich zum Pförtner, als wäre er
schon häufiger hergekommen. Der Pförtner sagt: »Hallo, Ahmed! Besuchst du deine Frau wieder?« Ahmed nickt und lächelt.
Der Pförtner ruft: »Wären doch alle so treu wie du!« Die beiden
lachen, während Ahmed seine Papiere in die Schiebemulde
legt. Der Pförtner greift zum Hörer. Ein Beamter tritt durch die
rückwärtige Tür herein, Ahmed nickt dem Pförtner zu und sagt:
»Ich danke Ihnen.«

Jetzt öffnet sich das andere Tor. Eine junge Polizeibeamtin kommt auf sie zu, sie schaut den Pförtner an, der Pförtner weist mit dem Kinn in Hans' Richtung. Die Polizistin hält Hans' Personalausweis in der Hand. Sie nennt seinen Namen und sieht ihn fragend an. Hans nickt.

Sie sagt: »Sind das die Brausetüten? Darf ich?«

Hans gibt ihr die Tüte, sie geht zum Pförtner und legt sie in die Schiebemulde. Der Pförtner zieht die Lade zu sich und greift wieder zum Telefon.

Die Beamtin kommt zu Hans zurück, sie sagt: »Sie dürfen leider nichts mitnehmen in den Besucherraum. Wir werden uns die Tüten anschauen, und wenn sie in Ordnung sind, dann erhält Frau Kelber sie natürlich.« Hans nickt. Eigentlich könnten ihm die Brausetüten gleichgültig sein, sie waren nur ein Mittel zum Zweck. Und doch hätte er Veronika Kelber gerne eine Freude gemacht. Er folgt der Polizistin in den anderen Teil des Pförtnerhauses. Links von der Treppe befindet sich ein weiterer Raum, sie betreten ihn. Dort steht ein Metalldetektor, wie er an Flughäfen verwendet wird.

Ein Beamter instruiert ihn. Hans muss seine Taschen leeren, seinen Mantel und seinen Hosengürtel ausziehen und durch den Detektor gehen. Anschließend tastet der Mann ihn ab und scannt mit einem Handdetektor seine Schuhsohlen. Dann darf Hans seine Sachen wieder an sich nehmen. Als sie fertig sind, verlassen sie diesen Raum, und die Polizistin bringt ihn zum rückwärtigen Tor. Sie wendet sich um und schaut zum Pförtner. Fast im selben Augenblick ertönt der Piepton, und das Schloss wird entriegelt. Die Beamtin öffnet die Tür und lässt Hans vorbei. Gemeinsam gehen sie auf das dahinterliegende Gebäude zu. Es ist eingerahmt von Laubbäumen, die ihre Blätter schon zum Teil abgeworfen haben. Hans schaut sich um. Jetzt sieht er, dass hinter der alten Steinmauer mit ihrer Schindelkrone eine zweite Mauer verläuft. Sie ist aus Beton, und oben wellt sich dichter Stacheldraht. Sie sieht unüberwindlich aus. Das Gebäude, auf das sie zugehen, liegt nicht genau in der Flucht, sondern verläuft leicht diagonal nach links. Sie betreten es auf die gleiche Weise, wie sie das Pförtnerhaus verlassen haben: Läuten, Piepton, Entriegelung, Aufdrücken.

Im Innern des Gebäudes führt ein breiter Gang weiter in das Innere der Anstalt. Von dort kommt ihnen eine Frau entgegen. Sie trägt blaue Baumwollkleidung, eine Hose, ein Hemd, flache Schuhe, ihre Haare sind zu einem Zopf gebunden. Eine Beamtin folgt dicht hinter ihr. Die Frauen werfen Hans einen kurzen Blick zu, bevor sie nach rechts in einen schmalen Gang abbiegen. Auch Hans und seine Begleiterin müssen hier entlang. Der Gang endet an einer Tür. Wieder das hohe Geräusch, die Entriegelung der Türen, ein Gefängnis ist eine Verschachtelung von Pförtnerhäusern, denkt Hans. Dahinter öffnet sich ein großer Saal mit hoher Decke. Neun Tische stehen hier unregelmäßig verteilt, an jedem Tisch vier Stühle. Die Einrichtung sieht aus, als müsse es irgendwo eine Theke mit Kaffee und Kuchen geben. Stattdessen stehen in allen vier Ecken Polizeibeamte und lassen ihre Blicke unentwegt über die Menschen an den Tischen schweifen. Auf der einen Seite Frauen in blauer Kleidung, auf der anderen Seite Leute, die ganz unterschiedlich gekleidet sind. Die Frau, die vor Hans geht, begibt sich zu einem der Tische. Dort sitzen zwei alte Menschen, ein Mann und eine Frau, und schauen ihr erwartungsvoll entgegen. Hans muss sich an den einzigen freien Tisch setzen.

»Frau Kelber kommt gleich zu Ihnen«, sagt die Beamtin,

»und ich hole Sie hier in einer halben Stunde wieder ab.« Sie verschwindet durch die Tür.

Hans sitzt da und schaut sich um. Es gibt Leute, die in Gespräche vertieft sind, andere, die unentwegt über irgendetwas leise lachen. Die Frau, die sich zu dem alten Paar gesetzt hat, weint, während sie leise spricht, ihre Eltern, es müssen ihre Eltern sein, machen traurige Gesichter. Alle Stimmen sind gedämpft. Hans wird mit einem Mal bewusst, dass es mit ihm nie so weit gekommen ist und dass seine Verbrechen nicht vom Staat geahndet werden mussten, weil seine Familie das schon getan hat. Dass es Verbrechen gibt, von denen die Gesellschaft nichts erfährt, weil sie unterhalb ihrer Wahrnehmungsschwelle bleiben. Und das Gleiche gilt für den Schaden, den er seiner Frau und seinen Kindern zugefügt hat. Und auch Lena und Anne, denkt Hans. »Und mir selbst«, murmelt er, denn das darf er niemals vergessen und er vergisst es so leicht.

Hans sitzt mit dem Rücken zu der Tür, durch die er kam. Jetzt ertönt von dort das Piepen, die Tür wird geöffnet. Hans wendet sich um. Eine Frau betritt den Besucherraum, sie ist blau gekleidet. Die Beamtin, die sie begleitet, weist auf Hans. Sie schaut suchend, dann treffen sich ihre Blicke zum zweiten Mal. Die Beamtin bringt sie bis an den Tisch. Sie ist viel kleiner und zierlicher, als Hans sie sich vorgestellt hat, ein zerbrechlicher Mensch. Sie setzt sich, die Beamtin entfernt sich. Sie schaut sich um. Dann, plötzlich, blickt sie Hans direkt in die Augen.

Sie sagt: »Was wollen Sie?«

Es klingt nicht brutal und nicht abschätzig. Es ist die Frage eines Menschen, der gelernt hat, nur noch über Wesentliches zu sprechen. Hans räuspert sich. Er weiß nicht, wie er beginnen

soll. Er blickt sich um. Offenbar wird ihr Gespräch nicht abge-
hört. Aber er will vorsichtig sein.

Er sagt: »Ich kann unsere Abmachung nicht länger einhalten.«

Veronika Kelber schaut ihn verwirrt an. »Welche Abmachung?«

Hans sagt: »Ich kann nicht zulassen, dass Sie wegen Mordes
verurteilt werden, obwohl Sie Ihr Kind in Wahrheit bei mir in
Obhut gegeben haben.«

Sie starrt ihn an. Hans kramt in seiner Tasche. Er zieht die
beiden Fotos heraus und zeigt sie ihr. Sie schaut die Fotos bestürzt an, Tränen schießen ihr in die Augen. Dann sieht sie
Hans wieder an. Leise, so leise, dass Hans es kaum hört, sagt
sie: »Sie haben sie gefunden?«

Hans schüttelt den Kopf. Er sagt: »Hören Sie auf damit. Ich
habe sie nicht gefunden. Sie haben sie mir gegeben, und jetzt
wollen Sie sich wegen Mordes verurteilen lassen. Ich verstehe
das nicht.«

Sie lehnt sich zurück. Mit einem Mal schaut sie ihn beinahe
liebevoll an. Jetzt sieht Hans wieder ihre Trauer. Sie sagt: »Ich
kenne Sie. Sie sind am Auto vorbeigegangen, als die Polizei die
Mülltonnen durchsuchte.«

Hans nickt. Sie schaut ihn an, während es in ihr arbeitet.
Hans wartet. Sie beißt auf ihre Unterlippe, ihre Hände spielen
nervös miteinander. Eine große Unruhe scheint durch ihren
Körper zu irren und hier und da Halt zu machen, aber nur
kurz. Sie setzt sich mehrmals um, sie fährt sich durch die Haare.
Plötzlich lässt sie den Kopf hängen. Mit erstickter Stimme sagt
sie: »Ich kann ihr doch nie wieder in die Augen sehen.«

Hans schüttelt heftig den Kopf, er greift nach ihrer Hand. Er sagt: »Oh nein, das ist nicht so, glauben Sie mir. Es ist nur die Vorstellung, die so schrecklich ist. Die Schuldgefühle, weil Sie sie so lange bei mir gelassen haben. Aber wenn Sie sie dann endlich wieder im Arm halten, wird es wunderschön!« Er ist immer lauter geworden, jetzt schaut er sich erschrocken um. Aber außer den wachsamen Beamten schenkt ihnen niemand Aufmerksamkeit.

Veronika zieht ihre Hand zurück. Sie schaut ihn an. Sie sagt: »Wissen Sie, warum ich Sie sehen wollte?«

»Nein, warum?«

»Weil mich bisher niemand besucht hat. Mein Vater nicht, meine Mutter nicht, mein Bruder nicht. Mein Mann, das Arschloch, sowieso nicht.« Sie atmet tief ein und aus, sie sagt: »Und jetzt sind Sie da und sagen mir, dass Chiara gar nicht tot ist.«

»Chiara!«, sagt Hans überrascht.

Chiaras Mutter schaut ihn überrascht an. Sie sagt: »Wie haben Sie sie denn genannt?«

Hans sieht sie schüchtern an. Er sagt: »Ich habe sie Felizia genannt, weil sie so viel Glück hatte.«

»So viel Glück!«, stößt Veronika aus.

Hans ist ratlos. Er sagt: »Freuen Sie sich denn gar nicht, dass es ihr gut geht?«

Da sieht Veronika ihm intensiv in die Augen, als wollte sie sagen: Schau her, schau in mich hinein und sag mir, was du siehst. Sie sagt: »Freude ist gar kein Ausdruck.« Sie schweigt. Sie sagt: »Sie haben ihr das Leben gerettet, das ich ihr nehmen wollte.« Tränen laufen ihr über die Wangen. Sie sagt: »Ich habe versagt. Als Mutter. Als Mensch. Ich kann jetzt nicht einfach weitermachen, als wäre nichts gewesen.« Sie wischt sich die

Tränen weg, aber die Tränen laufen weiter. Sie tropfen auf die Tischplatte. Sie sagt: »Ich habe diese Strafe verdient.«

Hans überlegt. Sie denkt wie Herr Wenzel, damit hat er nicht gerechnet. Er sagt: »Haben Sie sich nicht schon genug bestraft?«

Sie schüttelt den Kopf, sie wischt sich die Tränen weg, die Tränen tropfen weiter auf die Tischplatte, sie stützt ihren Kopf mit den Händen, die Ellenbogen auf dem Tisch. Sie sagt: »Ich werde meine Kinder nicht zurückbekommen. Er will sie haben, und er wird sie kriegen. Was mache ich dann?« Sie schaut ihn an, sie wartet auf eine Antwort.

Hans sagt: »Sie müssen neu beginnen«, aber im selben Augenblick hört er sich selbst sprechen und schüttelt den Kopf. »Nein, nicht neu beginnen, das geht gar nicht. Aber wenn Sie Hilfe brauchen, dann werde ich für Sie da sein. Ich habe Ihre Tochter sehr lieb gewonnen, und wenn Sie wollen, dann bin ich jeden Tag zur Stelle, um Ihnen mit ihr und Ihren anderen Kindern zu helfen.«

»Haben Sie denn keine Familie?«

Hans schüttelt den Kopf. Er sagt: »Meine Familie hat mich verlassen, vor vielen Jahren schon.«

»Warum?«

Hans seufzt. Er sagt: »Ich habe vieles falsch gemacht. Zu vieles. Eines Tages waren sie fort, meine Frau, meine zwei Kinder. Ich habe sie nie wiedergesehen.«

»Und jetzt hat Ihr Leben wieder einen Sinn?«

Hans nickt. »Ja, dank Ihrer Tochter.«

Sie lehnt sich zurück. Sie schaut Hans jetzt anders an, kühler vielleicht, vielleicht distanzierter. Sie sagt: »Dass es für Sie gut war, macht es aber noch nicht gut.«

Hans schüttelt den Kopf. Er sagt: »Nein, natürlich nicht, das weiß ich auch. Aber das Schicksal oder der Zufall oder Gott, nennen Sie es, wie Sie wollen, hat etwas Neues daraus gemacht. Und dieses Neue gibt Ihnen und mir die Möglichkeit weiterzumachen.« Er beugt sich nach vorne. »Wenn Sie jetzt im Gefängnis bleiben, laufen Sie vor der Verantwortung davon, die Sie haben. Sie nehmen sich selbst die Chance, den Schaden, den Sie Ihrer Tochter zugefügt haben, zu heilen, Sie machen aus ihr eine Waise. Ich kann die Lücke, die Sie gelassen haben, nicht füllen. Seien Sie mutig! Stellen Sie sich Ihrer Tochter!«

Auch Veronika beugt sich nach vorn. Sie sieht jetzt wütend aus. Mit gepresster Stimme sagt sie: »Ich kann mich nicht stellen, verstehen Sie das denn nicht? Ich habe mein Kind in eine Mülltonne geworfen, weil ich unfähig bin, Mutter zu sein! Ich weiß gar nicht, was mich geritten hat, dass ich so früh so viele Kinder haben wollte. Das war alles eine große Dummheit, ein Wahnsinn. Und jetzt habe ich eine Tür hinter mir zugeschlagen, die nie wieder aufgehen wird, nie wieder!«

Hans seufzt. Er schließt die Augen. Er legt die Hände vor das Gesicht. Dieses Gespräch verläuft nicht so, wie er es sich erhofft hat. Veronika Kelber erscheint ihm überhaupt nicht mütterlich, eher wie eine halbwüchsige Tochter, die sich mit ihrem Vater streitet. Aber sie sitzt immer noch vor ihm, sie ist nicht aufgestanden und nicht weggegangen.

Wartet sie auf irgendetwas?, fragt Hans sich. Und wenn ja, worauf? Er weiß es nicht, er weiß nur, dass er nicht weiß, was er ihr jetzt noch sagen soll. Er sagt: »Gut. Wenn Sie glauben, dass alles im Leben eine Einbahnstraße ist, wenn Sie nicht sehen, dass gerade die schlimmsten Dinge uns die größte Chance bieten, etwas zu lernen und damit zu beginnen, unser Leben zu verändern, dann gehe ich jetzt wieder und ziehe Ihre Tochter allein auf. Aber ich werde sie nicht anlügen, ich werde ihr die Wahrheit erzählen, ich werde sie von einem Therapeuten zum anderen schicken, damit sie lernt, diese Wahrheit zu verdauen, und wenn sie alt genug ist, dann werde ich sie hierherbringen, in dieses beschissene Gefängnis, und dann müssen Sie entscheiden, ob Sie Ihr Kind empfangen wollen oder nicht.«

Er macht Anstalten aufzustehen, aber sie hält ihn am Arm fest. Sie sagt: »Nein! Das werden Sie nicht tun. Ich will, dass Sie Chiara zu ihrem Vater bringen. Sie soll bei ihren Geschwistern sein.«

Hans sieht ihr in die Augen. Da ist die Mutter, denkt er, es gibt sie doch in dir. Er sagt: »Ich denke gar nicht daran.« Er will sich losreißen, aber sie hält ihn fest, und Hans wundert sich darüber, wie stark sie ist.

Eine Beamtin nähert sich dem Tisch. Sie sagt: »Alles in Ordnung hier?«

Veronika lässt Hans los. Sie sagt: »Ja, alles in Ordnung.«

Hans nickt der Frau zu. Die Beamtin entfernt sich wieder.

Veronika sagt: »Wenn Sie Chiara nicht zu ihrem Vater bringen, zeige ich Sie wegen Kindesentführung an.«

Hans sagt: »Ist mir egal.«

Veronika weist zu der Tür in Hans' Rücken. Sie sagt: »Nur zu, gehen Sie. Sie werden ja sehen, was geschieht.«

Hans erhebt sich. Er sagt: »Ich fahre jetzt zu Felizia zurück.«

Veronika sagt: »Sie heißt Chiara!«

»Auf Wiedersehen!«

Veronika erwidert seinen Gruß nicht. Sie starrt ihn wütend und hilflos an. Hans wendet sich ab. Eine Beamtin kommt auf ihn zu und bringt ihn nach draußen.

Als er endlich durch die vielen Pforten nach draußen gelangt ist und vor den beiden Auffahrten, dem Rasenstück und den drei Fahnenmasten steht, bricht er in Tränen aus. Er stolpert die Auffahrt entlang, biegt nach rechts und begibt sich auf demselben Weg, den er gekommen ist, zum Bahnhof. »Du hast nichts falsch gemacht«, sagt er, »nichts falsch gemacht, gar nichts hast du falsch gemacht.«

Was hätte er auch anders machen können? Hätte er vielleicht taktvoller sein sollen, hätte er nicht so tun sollen, als hätte sie ihm Felizia, nein, Chiara, nein, Felizia Chiara gegeben? Hat das vielleicht bei ihr den Eindruck erweckt, er wolle ihre große Schuld vertuschen? Vielleicht war es das, vielleicht hat sein Versuch, den Abhörern ein Schnippchen zu schlagen, ein Missverständnis zwischen ihnen verursacht. Aber vielleicht auch nicht. Er bleibt stehen. Und wenn Veronika Kelber recht hat? Wenn sie sich zuerst um sich selbst kümmern muss? Vielleicht ist dies ihre große Chance, es endlich zu tun. Vielleicht hat sie es nie getan, und jetzt, im Gefängnis, ist sie endlich dazu in der Lage. Hans geht weiter. Dann hätte sie in kürzester Zeit das erreicht, wozu er viele Jahrzehnte benötigt hat. Und er kann es immer noch nicht ohne Hilfe, er hat erst damit begonnen, als er sich endlich wieder um jemand anderen kümmern konnte, um Felizia. Felizia Chiara. Er bleibt wieder stehen. Veronika Kelber hat recht, denkt er. Wenn sie nicht in der Lage ist, muss ich mich an den Vater wenden. Das ist ganz logisch!

Er geht weiter. Warum habe ich das nicht früher erkannt, denkt er. Ich habe in ihr nur jemanden gesehen, den man korrigieren, den man ermahnen muss. Verdammt! Als wäre sie meine Tochter. Aber sie ist nicht meine Tochter, und Felizia ist nicht mein Enkelkind. Verdammt! Woher bekomme ich jetzt die Adresse des Vaters? Wie heißt er überhaupt? Verdammt! Verdammt! Verdammt! Er bleibt stehen, weil ihm plötzlich aufgeht, warum er so stur gewesen ist. »Weil du nicht die Anerkennung bekommen hast, die du gerne gehabt hättest, nicht wahr?« Ja, das ist es, jetzt versteht er sich. Er ignoriert den Impuls, sich dafür zu rügen. Er denkt: Es ist ja ganz klar, dass du Anerkennung haben wolltest. Aber du hast dich geirrt. Eine Mutter, die ihr Kind wegwirft, kann dir das nicht geben. Du machst ihr Vergehen ja umso deutlicher. Du, ein Fremder, rettest das Kind, das sie, die Mutter, nicht vor sich selbst beschützen konnte. Hans geht weiter. Damit konnte er nicht rechnen. Das ist einfach so passiert. Jetzt musst du das Beste daraus machen, Hans, denkt er. Aber was ist das Beste?

Der Bahnhof kommt in Sicht. An der Uhr, die dort hängt, sieht Hans, dass er noch eine Viertelstunde lang Zeit hat. Er begibt sich in den Wartesaal und lässt sich erschöpft auf die Ledercouch fallen. Ach nein, denkt er und lässt seinen Blick lustlos durch den kleinen Saal gleiten. Es geht gar nicht um Anerkennung, die kann ihm gestohlen bleiben. Es geht um etwas anderes. Er wollte diese Frau retten, er wollte diese Beziehung zwischen Mutter und Tochter retten. Man kann ein Baby aus dem Müll retten. Aber man kann keine erwachsene Frau vor sich selbst retten, das muss sie selbst tun. Hans schließt die Augen, er kneift sie beinahe zusammen, als ihm klar wird, dass er aufhören muss damit. »Schluss mit Retten!«, ruft er wütend in den Raum hinein. Er muss sich endlich um sich selbst kümmern. Jetzt ist der Zeitpunkt gekommen. Anstatt andere Menschen zu benutzen, um die Augen vor dem Einzigen zu verschließen, das zählt: seine eigene Familie. Felizia ist nicht mein Kind, denkt er.

Veronika Kelber hat es sehr deutlich gemacht, und er, Hans, hat kein Recht mehr, jetzt, da die Mutter ihr Machtwort gesprochen hat. Er muss es ihr sagen, er muss ihr zu verstehen geben, dass er verstanden hat. Hans öffnet die Augen. »Ich muss noch mal zurück«, sagt er und wuchtet sich aus der tiefen Couch hoch. In fünf Minuten wird die Regiobahn kommen, aber das spielt jetzt keine Rolle. Hans verlässt den Wartesaal und begibt sich erneut auf den Weg, der ihn über die drei Brücken führt, hinter dem Kloster vorbei, zur Hauptstraße, Kreisverkehr, Justizvollzugsanstalt. Da ist es, das Pförtnerhaus, diesmal ist Hans schneller als der Pförtner, er drückt den Klingelknopf, und dann erst ertönt der Piepton, wird die Tür entriegelt, drückt Hans kräftig, schwingt die Tür auf. Hans ist abgehetzt, fast ist er gelaufen, so schnell musste er wieder hierherkommen. Er atmet mehrmals tief durch, während der Pförtner ihn fragend anschaut.

Dann sagt Hans: »Ich muss noch einmal mit Veronika Kelber sprechen. Es ist wichtig.« Das Gesicht des Pförtners verschließt sich, er schüttelt bedächtig den Kopf und sagt: »Tut mir leid, das ist nicht möglich. Ihre Besuchszeit ist vorbei, Sie waren schon drinnen.«

Hans starrt den Pförtner an und überlegt. Er sagt: »Gut. Ich muss ihr eine Nachricht zukommen lassen. Das müsste doch gehen.«

Der Pförtner nickt langsam. Er sagt: »Das geht sicher. Schreiben Sie es auf und stecken Sie es in einen Umschlag mit Frau Kelbers Namen darauf. Dann geben Sie es mir.«

»Ich habe weder Papier noch Umschlag. Und einen Stift habe ich auch nicht. Können Sie mir das nicht geben, es ist wirklich sehr wichtig.«

Der Beamte schaut Hans an, als werde er Nein sagen. Aber dann sagt er: »Also gut.«

Er greift zum Telefon, sagt etwas, was Hans nicht hören kann, und legt auf. Während sie warten, schaut der Pförtner Hans nicht an, tut so, als sei Hans gar nicht da. Nach einer Weile öffnet sich die Tür im Rücken des Pförtners, und ein Beamter reicht ihm einen Kugelschreiber, ein Blatt Papier, einen Umschlag. Der Pförtner legt alles in die Mulde und schiebt Hans die Lade zu. Hans entnimmt die Sachen, er sagt: »Vielen Dank.« Er macht sich nicht die Mühe, sich woanders niederzulassen. Unter den Augen des Pförtners schreibt er auf das Papier:

›Liebe Frau Kelber,
es tut mir leid, dass ich Sie missverstanden habe. Natürlich
werde ich Ihren Wunsch respektieren. Dafür aber benötige
ich eine Anschrift. Am besten, ich gebe Ihnen meine eigene
Adresse, und Sie schicken sie mir dorthin.‹

Er schreibt alles auf. Anschließend faltet er das Blatt zusammen, steckt es in den Umschlag und schreibt ›Veronika Kelber‹ auf die Rückseite. Als er fertig ist, legt er den Umschlag und den Kugelschreiber in die Lade der Schiebemulde, und der Pförtner zieht sie zu sich.

Er schaut sich den Umschlag an, dann nickt er Hans zu und sagt: »In Ordnung. Sie wird den Brief noch heute erhalten.«

Hans bedankt sich noch einmal, dann verabschiedet er sich und verlässt endgültig die Justizvollzugsanstalt.

Diesmal geht er ganz langsam zum Bahnhof. Er hat das Gefühl, im letzten Augenblick doch noch das Richtige getan zu haben.

Er fühlt sich leicht, als ob er gar keine Sorgen hätte, und obwohl er weiß, dass das gar nicht stimmt, verschwindet das Gefühl der Leichtigkeit nicht.

Als er am Bahnhof ankommt, muss er an einem Automaten einen neuen Fahrschein lösen. Dann begibt er sich wieder in den kleinen Wartesaal. Dort widmet er sich den Büchern, die in den drei Regalen stehen. Er stellt sich vor, dass Bewohner der Stadt sie gespendet haben, damit der Reisende ein wenig Kurzweil hat, während er wartet. Es sind ganz unterschiedliche Bücher, die meisten sind Romane. Wie soll man einen Roman lesen, wenn alle zwanzig Minuten ein Zug abfährt?, fragt Hans sich. Vielleicht muss man jeden Tag kurz nach der Abfahrt eines Zuges herkommen, damit man genügend Zeit hat, wenigstens ein wenig zu lesen. Oder man kommt hier an und setzt sich noch eine Weile in den Wartesaal zum Lesen, bevor man weitergeht. »Seltsam«, murmelt er. Er nimmt aufs Geratewohl ein Buch in die Hand und beginnt zu lesen. Es ist ein Roman, den Namen des Autors hat Hans noch nie gehört. Er hat gerade erst ein paar Seiten gelesen, als eine Frauenstimme aus dem Lautsprecher die Ankunft des Zuges ankündigt. Hans stellt das Buch zurück und begibt sich auf den Bahnsteig. Dann fährt er zurück.

Als Hans zu Hause ankommt, ist er sehr müde. Anstatt direkt zu den Tarsis zu gehen und Felizia zu holen, stellt er seinen Wecker und schläft eine halbe Stunde. Anschließend schmiert er ein paar Butterbrote, kocht Kaffee, setzt sich auf seinen Stuhl im Wohnzimmer. Erst nachdem er alles gegessen und seinen Kaffee getrunken hat, geht er nach nebenan. Frau Tarsi öffnet ihm mit Felizia auf dem Arm. Felizia sieht aus, als hätte sie oft und lange geweint, und als sie Hans sieht, streckt sie die Arme nach ihm aus und schaut ihn verzweifelt an. Die Trauer, die Hans empfindet, als er sein Kind in die Arme nimmt, sein Kind, das nicht sein Kind ist und es nie war, kennt einen winzigen Moment lang keine Grenzen. Hans schließt die Augen. Der Moment geht vorbei, aber die Erinnerung an ihn bleibt. Felizia hört auf zu weinen, sie legt ihren Kopf auf seiner Schulter ab, drückt ihre Stirn an seinen Hals und gibt zufriedene Laute von sich. Frau Tarsi steht daneben und sagt kein Wort.

Als Hans wieder sprechen kann, sagt er: »Ich komme später, dann erzähle ich, wie es war.«

Frau Tarsi sagt: »Zum Abendessen. Herr Wenzel kommt auch.«

Hans nickt, dann geht er mit Felizia nach Hause. In seiner Wohnung setzt er sich mit ihr im Wohnzimmer auf den Boden unter dem Fenster. Er drückt Felizia den Beißring in die Hand, den Herr Wenzel ihr geschenkt hat, und während sie darauf herumkaut und ihn anschaut, erzählt Hans ihr alles, was an diesem Tag geschehen ist. Als er fertig ist, seufzt er und schaut aus dem Fenster. Dann wendet er sich wieder zu Felizia und sagt: »Ich hoffe, dein Vater liebt dich so, wie ich dich liebe.«

An diesem Abend erzählt Hans noch einmal von seinem Besuch in der Justizvollzugsanstalt. Felizia liegt im Schlafzimmer der Tarsis und schläft, nachdem sie während des Essens ihre Milch bekommen hat. Als Hans geendet hat, ist es eine Weile still. Dann sagt Herr Wenzel: »Felizia wird also nur eine Episode in unseren Leben gewesen sein?« Er schüttelt den Kopf, als könne er es nicht glauben.

Hans zuckt mit den Schultern, er kann nicht sprechen, er muss sich zusammenreißen. Frau Tarsi hat Tränen in den Augen. Herr Tarsi schenkt Tee nach, seine Augen sind feucht. Er sagt: »Ich habe den Flur geputzt, haben Sie gesehen?«

Hans schüttelt den Kopf.

Herr Tarsi lächelt traurig. »Sie überlassen das besser mir, das ist nicht Ihre Stärke.«

Hans nickt.

Frau Tarsi schnäuzt sich geräuschvoll. Anschließend faltet sie ihr Taschentuch mit übertriebener Sorgfalt zusammen. Sie sagt: »Es ist die richtige Entscheidung. Felizia soll bei ihrem Vater und ihren Geschwistern sein, das ist das Beste für sie.« Sie nickt mit Nachdruck, als müsse sie sich selbst davon überzeugen. Sie sagt: »Hat sie Ihnen gesagt, wie Felizias richtiger Name ist?«

Der richtige Name – wie ein Echo wiederholt sich das in Hans' Kopf. »Chiara«, sagt er tonlos.

Herr Wenzel sagt: »Stimmt, jetzt erinnere ich mich wieder.«

Frau Tarsi reißt die Augen auf und sagt: »Dann werden wir sie ab heute Chiara nennen! Das wird uns allen helfen.«

Hans nickt träge, er fühlt sich auf eine Art und Weise erschöpft, die er schon seit einer Ewigkeit nicht mehr empfunden hat. Wie damals, als seine Familie plötzlich fort war und er abstürzte wie ein Ballon, aus dem man die Luft entweichen lässt.

Doch im selben Augenblick fühlt er wieder die Leichtigkeit. Es ist, als hätten beide Gefühle dieselbe Wurzel, als hätte er es sich nur verboten, die schöne Seite zu fühlen. Als entstünde die Lähmung allein aus dem Verbot heraus. Als wäre er nur deshalb so lange in die Tiefe gestürzt, weil er sich untersagte, erleichtert zu sein, als seine Familie fort war. Nicht, weil er sie nicht liebte. Er hat seine Kinder immer geliebt, und er hat nie aufgehört, Karin zu lieben. Sondern weil die Liebe zu ihnen ihm die Möglichkeit nahm, sich selbst zu finden. Weil die Liebe sein Mittel war, nicht auf sich selbst zu schauen. Weil er die Liebe benutzte, nicht wahrnehmen zu müssen, dass er sich selbst nicht liebte. Er atmet tief durch. Er sagt: »Ja, es ist das Beste für Chiara. Und wer weiß, was noch alles geschieht.«

Frau Tarsi schaut ihn fragend an, aber er sagt nichts mehr.

Später nimmt er Chiara mit hinüber in seine Wohnung und legt sie in sein Bett. Sie wird zwei- bis dreimal wach werden in dieser Nacht, deshalb bereitet er die üblichen Flaschen vor und stellt heißes Wasser in einer Thermoskanne bereit. Dann setzt er sich ins Wohnzimmer und schaut die Nachrichten. Er hat noch Bier im Kühlschrank, das holt er sich her und trinkt es in langen Zügen. Als es schon spät ist, begibt er sich ins Badezimmer, putzt sich die Zähne, wäscht sich Gesicht und Hände, schaut sich im Spiegel an. Lange steht er da und schaut sich an. »Was bist du für ein Mensch?«, fragt er sein Spiegelbild. Aber das Spiegelbild antwortet nicht, es gibt die Frage lautlos zurück. Hans löscht das Licht und geht durch den Flur zu seinem Schlafzimmer. Er legt sich neben Chiara. Er küsst sie auf die Stirn, auf die Backe. Er weint und hört wieder auf zu weinen. Er schläft ein.

Am nächsten Tag kommt ein Brief aus der Justizvollzugsanstalt. Hans ist gleich morgens hinuntergegangen, Frau Tarsi muss bei Chiara bleiben. Als er zurückkommt und sie auf den Arm nimmt, zeigt er Frau Tarsi wortlos den Brief. Er ist ohne Ansprache und ohne Text. Nur ein Name, eine Adresse und eine Telefonnummer stehen dort.

Frau Tarsi blickt auf, aber Hans weicht ihrem Blick aus. Er stellt sich mit Chiara ans Fenster, und sie schauen hinaus. Wieder hatte er etwas anderes erwartet, wieder ist er enttäuscht. Und wieder muss er versuchen, Veronika Kelber zu verstehen. Er denkt: Du darfst es nicht persönlich nehmen, Hans. Sie kann einfach niemandem etwas geben, auch dir nicht.

Frau Tarsi stellt sich zu ihnen ans Fenster. Zu dritt schauen sie hinaus. Die Sonne führt einen Kampf gegen dunkle Wolkenfelder, sie wird diesen Kampf verlieren, das sieht man. Aber das, denkt Hans, ist eine Frage der Perspektive. In Wahrheit scheint sie ja weiter, in Wahrheit wollen wir nur, dass die Sonne immer scheint, und glauben, sie höre damit auf, sobald wir sie nicht sehen.

Frau Tarsi fragt: »Was werden Sie jetzt tun?«

»Ich werde ihn anrufen. Jetzt gleich. Kann ich Ihr Telefon benutzen?«

Frau Tarsi nickt, sie schluckt, sie wendet sich vom Fenster ab und geht voraus, Hans folgt ihr. Als sie in der Wohnung sind, setzen sich die Tarsis zu ihm, während er die Nummer wählt. Herr Tarsi hat Tee gekocht, den hat er in türkische Gläser gegossen und stellt jedem eines hin. Sie sitzen in der Küche. Hans hat die Nummer gewählt. Der Rufton setzt ein. Sie warten.

Dann gibt es ein klickendes Geräusch, und eine Männerstimme sagt: »Leo Kelber hier.«

Hans räuspert sich. Er weiß nicht, wie er anfangen soll.

Die Stimme klingt roh und unfreundlich. Sie sagt: »Hallo? Wer ist da?«

Hans will etwas sagen, aber er kann nicht. Ratlos schaut er Frau Tarsi an. Frau Tarsi schaut stumm zurück, sie ist so ratlos wie Hans. Herr Tarsi drückt auf die Gabel und beendet das Gespräch. Er sagt: »Wir fahren hin!«

Hans nickt. Das ist eine gute Idee, findet er. Sie nehmen alles mit, was sie brauchen, Hans muss noch einmal in seine Wohnung, um Sachen für Chiara zu holen. Frau Tarsi hilft ihm. Sie sucht nach einem Beutel, findet die Rolle mit den grünen Mülltüten, die Hans gekauft hat, sie nimmt eine und packt Chiaras Kleider, ihre Spielsachen, ihre Windeln, ihr Milchpulver, ihre Trinkflaschen und ihre Schnuller ein. Sie läuft hin und her, sie weiß genau, wo sich alles befindet. Hans schaut ihr zu, er kann ihr nicht helfen, und sie erwartet es nicht von ihm. Als Frau Tarsi fertig ist, gehen sie los. Hans trägt Chiara offen auf dem Arm, er muss sie nicht mehr verstecken. Sie fahren mit dem Fahrstuhl hinunter. Im Kellergeschoss begegnen ihnen ein paar Menschen, einige schauen ihnen nach, andere beachten sie nicht. Herr Tarsi setzt sich ans Steuer, Frau Tarsi neben ihn, Hans nimmt mit Chiara im Fond Platz. Dann fahren sie durch die Tiefgarage, die Rampe hinauf. Als sie auf der Straße ankommen, steht dort Herr Balci und schaut sie an. Herr Tarsi grüßt mit Handzeichen, aber Herr Balci hat nur Augen für Hans und Chiara. Dann sind sie vorbeigefahren, und der Hausverwalter bleibt verwirrt auf dem Bürgersteig stehen.

Leo Kelber wohnt nicht weit entfernt. Mit dem Auto sind es zehn Minuten. Sie müssen über den Fluss, sie nehmen die Ringstraße, dann biegen sie nach rechts ab und wieder nach rechts. Chiaras Vater wohnt im dritten Stock eines Altbaus. Sie läuten. Sie warten.

Plötzlich ertönt aus der Gegensprechanlage dieselbe Stimme, die sie am Telefon gehört haben: »Ja?«

Wieder stehen sie da und wissen nicht, was sie sagen sollen. Aber Herr Tarsi hat das Heft in die Hand genommen. Er sagt: »Wir sind gekommen, Ihnen etwas Wichtiges zurückzugeben, etwas, was Sie seit zwei Wochen suchen.«

Die Tür springt auf. Über eine breite Holztreppe steigen sie nach oben. Dort steht ein Mann, sie kennen ihn aus dem Fernsehen, er steht da und hinter ihm steht eine Frau. Sie trägt ein Kind auf dem Arm. Am linken Bein des Mannes steht ein kleiner Junge und schaut ihnen neugierig entgegen. Er ist fünf Jahre alt, das Mädchen auf dem Arm der unbekannten Frau ist drei Jahre alt, auch das wissen sie aus dem Fernsehen. Der Mann starrt sie mit offenem Mund an, als er seine Tochter erkennt. Er kann sich nicht rühren wegen des kleinen Jungen, der sich an ihm festhält.

Die Holztreppe knarrt mit jeder Stufe, die sie erklimmen. Dann sind sie oben. Chiara schaut ihren Vater an. Leo Kelber schaut sie mit großen Augen an, die Frau im Hintergrund hält sich die Hand vor den Mund. Hans reicht Leo Kelber seine jüngste Tochter. Er streckt die Arme aus und empfängt sein Kind. Chiara lässt es geschehen. Dann dreht sie sich nach Hans um, streckt ihre Arme aus und beginnt zu weinen. Leo Kelber drückt seine Tochter an sich. Er hat die Augen geschlossen, er öffnet sie wieder, er schaut Hans und die Tarsis neugierig an. Er sagt: »Kommen Sie bitte herein.«

Sie betreten die Wohnung. Man sieht, dass Leo Kelber einen Umzug hinter sich hat. Überall stehen Kisten herum, alles wirkt provisorisch, es riecht nach frischer Wandfarbe. Chiara weint immer noch. Leo Kelber bleibt unschlüssig stehen. Dann drückt er Hans das weinende Kind in den Arm. Chiara schmiegt sich an Hans. Sie hört auf zu weinen. Leo Kelber steht vor Hans und schaut ihn an, als verstünde er gar nichts. Er sagt: »Was haben Sie mit meiner Tochter gemacht?«

Ehe Hans antworten kann, wendet Chiara sich ihrem Vater zu und streckt die Arme nach ihm aus. Leo Kelber nimmt sie entgegen. Chiara umklammert ihn mit ihren Armen. Leo Kelber lächelt, aber im nächsten Augenblick lässt Chiara ihn los und streckt die Arme nach Hans aus.

»Nehmen Sie sie«, sagt Leo Kelber.

Hans nimmt sie.

So geht das ein paar Male hin und her, bis Hans entscheidet, dass er sie nicht mehr nehmen wird. Chiara fängt wieder an zu weinen, Hans wendet sich ab, er hockt sich hin und sagt zu dem kleinen Jungen: »Hallo. Wie heißt du?«

»Er heißt Frido«, sagt Leo Kelber. »Und jetzt will ich wissen, was zum Teufel los ist? Wo hat meine Tochter die ganze Zeit gesteckt?«

Hans erhebt sich. Chiara ist jetzt still geworden, die Frau mit dem Mädchen auf dem Arm hat ihr einen Schnuller in den Mund geschoben. Jetzt schaut Chiara abwechselnd Hans und ihren Vater an.

Hans atmet tief durch. Er sagt: »Vorletzten Montag …«

»Der Tag, an dem Chiara verschwand«, unterbricht Leo Kelber ihn.

Hans nickt. Er sagt: »Vorletzten Montag brachte ich meinen Müll hinunter und fand dort eine Frau mit einem Baby auf dem Arm. Die Frau weinte. Ich fragte sie, was los sei, und sie sagte, sie sei hergekommen, um ihr Baby in die Mülltonne zu werfen.« Hans macht eine Pause.

Leo Kelber schaut ihn mit starren Augen an. Er sieht aus, als werde er Hans beim ersten falschen Wort einen Schlag versetzen. Die Tarsis rücken instinktiv dichter an Hans heran. Alle Kinder sind ganz still. Die Frau mit dem Mädchen auf dem Arm hat Tränen in den Augen. Plötzlich denkt Hans an Doktor Sadeghi, und er weiß, dass dies der Augenblick ist, an dem sich alles entscheidet. Grausame Wahrheit oder barmherzige Lüge? Beides bedeutet Leid, darin besteht das Dilemma. Hans sagt: »Aber sie konnte es nicht tun. Sie war verzweifelt, sie sagte, dass sie nicht mehr kann, dass alles zu viel geworden ist. Sie nannte Sie, Herr Kelber, ein Arschloch.« Hans schweigt und schaut Leo Kelber an. Leo Kelber wirkt, als hätte er unvermittelt einen Faustschlag ins Gesicht bekommen. Er schaut Hans jetzt verunsichert an. Hans sagt: »Sie sagte, dass sie sich an Ihnen rächen wollte, weil Sie sie verlassen hätten.«

Leo Kelber sagt ungeduldig: »Aber wie sind Sie an das Kind gekommen, Mann?«

»Sie hat sie mir gegeben, weil sie Angst hatte, dass sie ihr etwas antun könnte. Sie sagte: ›Passen Sie auf sie auf, bis ich mich bei Ihnen melde.‹ Aber sie meldete sich nicht mehr.«

Leo Kelber schaut Hans wütend an. Fast brüllt er, als er sagt: »Und Sie sind nicht auf den Gedanken gekommen, zur Polizei zu gehen? Nicht mal, als die Polizei in Ihr Wohnhaus gekommen ist und den Müll durchwühlt hat?«

Hans sagt: »Es tut mir leid, Herr Kelber, ich hatte Ihrer Frau mein Wort gegeben und hoffte, dass sich alles ohne die Polizei klären ließe.«

»Es tut Ihnen leid? Wie heißen Sie? Ich will Ihren Namen!«

Hans seufzt. Er sagt: »Sie bekommen alles.«

Frau Tarsi sagt: »Ich kann Ihnen versichern, Herr Kelber ...« Weiter kommt sie nicht. Leo Kelber brüllt sie an: »Halten Sie den Mund!« Er wendet sich an Hans. Er sagt: »Und jetzt will ich Ihren Namen, sofort!« Er dreht sich zu der Frau um. Er sagt: »Irene, ruf die Polizei!«

Die Frau geht los. Chiara hat Hans die ganze Zeit angeschaut und schmatzend an ihrem Schnuller gesaugt. Hans schaut sie an. Er lächelt ihr zu. Leo Kelber starrt ihn wütend an. Hans ist heilfroh, dass die Tarsis dabei sind.

Zehn Minuten lang stehen sie im Flur der neuen Wohnung von Leo Kelber, ohne ein einziges Wort zu sprechen. Dann läutet es an der Tür, und kurze Zeit später kommen zwei Männer in Zivil herauf. Einer der beiden Männer ist Herr Lindner. Er lässt sich nicht anmerken, ob er Hans wiedererkennt. Leo Kelber erzählt den Kriminalbeamten, dass Hans seine Tochter entführt habe, er erzählt ihnen, dass seine Frau Veronika Kelber dahinterstecke, dass es ein Racheakt sein sollte. Er verlangt, dass Hans festgenommen wird.

Herr Lindner wendet sich Hans zu. Er fragt: »Was sagen Sie dazu?«

Hans sagt: »Wenn Sie Veronika Kelber gesehen hätten, hätten Sie ihr die Kleine auch abgenommen.«

»Und warum haben Sie nichts gesagt, als wir die Mülltonnen bei Ihnen durchsuchten? Sie hätten uns eine Menge Arbeit und Dreck ersparen können.«

Hans zuckt mit den Schultern. Er sagt: »Ich hatte Frau Kelber mein Wort gegeben, sie niemand anderem zu überlassen. Und ich befürchtete, dass sie noch mehr traumatisiert würde, wenn sie schon wieder in fremde Hände käme.«

Leo Kelber brüllt: »Aber sie wäre doch zu mir gekommen, Sie Schwein! Ich bin ihr Vater!«

Chiara fängt erschrocken an zu weinen. Herr Lindner wendet sich an Leo Kelber. Er sagt: »Bitte überlassen Sie das uns, Herr Kelber.«

Leo Kelber schweigt und versucht, seine Tochter zu trösten. Hans ignoriert den Impuls, sie ihm aus den Armen zu reißen und die Treppe hinunterzulaufen. Und einfach immer weiterzulaufen, bis alle verschwunden wären, nur er und Chiara nicht. Zu Herrn Lindner gewandt sagt er: »Ich hatte kein Vertrauen in Herrn Kelber. Ich hatte ihn im Fernsehen gesehen. Dass er seine Frau verlassen hatte, erschien mir so, als hätte er auch seine Kinder verlassen. Deshalb habe ich gar nicht an ihn gedacht.«

Leo Kelber macht den Mund auf, um etwas zu sagen. Herr Lindner wirft ihm einen kurzen Blick zu, Leo Kelber schließt seinen Mund wieder. Herr Lindner sagt zu Hans: »Sie haben also geglaubt, Sie könnten entscheiden, was mit diesem Kind zu geschehen hat.« Er schüttelt den Kopf. Er sagt: »Das wird Sie vor Gericht bringen, ist Ihnen das klar?«

Hans schluckt und nickt.

Herr Lindner wendet sich an die Tarsis. »Und wer sind Sie?«

»Wir sind seine Nachbarn«, sagt Herr Tarsi.

Frau Tarsi sagt: »Wir haben ihm geholfen mit der Kleinen.«

»So, so«, macht Herr Lindner. »Sie haben ihm also geholfen. Dann muss ich Sie bitten, uns ebenfalls zu begleiten.«

Die Tarsis nicken tapfer.

Herr Lindner wendet sich an Herrn Kelber. »Und Sie, Herr Kelber, muss ich bitten, vorerst Stillschweigen zu bewahren. Wenden Sie sich nicht an die Medien, bevor wir Ihnen grünes Licht geben.« Er zögert und wirft einen Blick auf Hans. Er sagt: »Sie haben ja gesehen, wohin Ihr letzter Auftritt im Fernsehen geführt hat.«

Leo Kelber schaut den Kripobeamten an, als habe der ihn

beleidigt. Aber dann nickt er resigniert und senkt den Blick. Herr Lindner sagt: »Also gut. Jetzt, wo wir alles geklärt haben, können wir ja gehen. Handschellen werden wohl nicht nötig sein. Bitte!« Er macht eine Geste hin zur Tür. Hans setzt sich in Bewegung. Chiara fängt an zu weinen und streckt die Arme nach ihm aus. Leo Kelber entfernt sich rasch mit ihr. Herr Lindner schaut ihnen nach. Dann blickt er Hans an. Hans wendet sich ab. Gefolgt von den Polizisten gehen sie die Treppe hinunter. Unten stehen drei Streifenwagen mit Blaulicht. Bevor sie getrennt werden, umarmt Hans die Tarsis, zuerst sie, dann ihn. Dann werden sie fortgebracht.

In den nächsten Tagen werden Hans und die Tarsis unentwegt verhört. Wieder und wieder müssen sie dieselben Fragen beantworten. Hans behauptet, er habe die Tarsis angelogen, er habe ihnen erzählt, dass er Chiara Kelber in der Mülltonne gefunden habe, obwohl es gar nicht so gewesen sei. Die Tarsis behaupten dagegen, sie hätten ihn von oben durch Zufall beobachtet und deshalb genau gesehen, wie Veronika Kelber ihrem Nachbarn das Kind in den Arm drückte. Über seine Begegnung mit Veronika Kelber wird Hans am meisten befragt. Er hält sich stur an seine Geschichte. Auch als man ihn damit konfrontiert, dass Veronika Kelber wieder verhört worden sei und behauptet habe, sie hätte Hans erst kennen gelernt, als er sie im Gefängnis besuchte, ändert Hans seine Geschichte nicht. Laut Veronika Kelbers Aussage hat sie ihre Tochter Chiara Kelber in die zweite Mülltonne rechts vor Hans' Wohnhaus geworfen, ohne dort irgendjemandem begegnet zu sein. Leo Kelber erstattet Anzeige wegen Kindesentführung gegen seine Frau und Hans. Herr Lindner durchsucht mit einem ganzen Team von Spezialisten Hans'

Wohnung, aber sie finden dort keine verdächtigen Indizien. Als Herr Balci befragt wird, sagt er, man habe ihm ein kleines Baby als jüngste Tochter von Haydee Tarsi präsentiert, aber er habe sich sogleich gedacht, dass da etwas nicht stimmen könne und wäre ohnehin in den nächsten Tagen zur Polizei gegangen. Hans wird Arthur gegenübergestellt, damit der Junge sagen kann, ob Hans der Obdachlose mit dem Baby gewesen ist, der ihn gebeten hat, Milchpulver zu kaufen. Aber Arthur erkennt Hans nicht.

Wochen vergehen. Hans kommt in Untersuchungshaft. Er sitzt in einer großen Justizvollzugsanstalt in der Stadt. Hans teilt sich eine Zelle mit drei anderen Inhaftierten. Die Tarsis sind, wegen seines körperlichen Gebrechens und weil es sich bei Frau Tarsi um eine pensionierte Staatsbeamtin handelt, nach Hause entlassen worden, unter der Auflage, jederzeit für Fragen bereitzustehen.

Der Ermittlungsrichter Herr Doktor Breuer, der Staatsanwalt und die Kriminalpolizei sind ratlos. Sie stehen vor einem Puzzle, das aus Teilen unterschiedlicher Bilder zu bestehen scheint. Der Staatsanwalt würde Hans gern der uneidlichen Falschaussage überführen und Veronika Kelber wegen versuchten Mordes anklagen. Der Pflichtverteidiger beharrt darauf, dass Hans' Aussage hieb- und stichfest sei. Er stützt sich vor allem auf die Tatsache, dass Hans Veronika Kelbers Namen und Geburtstag kannte, als er sie in der Untersuchungshaft besuchen wollte. Außerdem hat Veronika Kelber bestätigt, dass Hans etwas von einer Vereinbarung faselte, die er nicht mehr einhalten könne. Der Pflichtverteidiger besteht deshalb darauf, dass Veronika Kelber Hans schützen will, indem sie weiterhin behauptet, ihr

Kind in den Müll geworfen zu haben. Der Staatsanwalt behauptet das Gleiche von Hans.

Nach zwei Monaten lässt der Staatsanwalt die Anklage gegen Veronika Kelber wegen versuchten Mordes fallen. Herr Doktor Breuer hat sich mit seiner Ansicht durchgesetzt. Seiner Meinung nach ist entscheidend, dass Chiara Kelber am Leben ist. Da Hans sie ihrem Vater zurückgebracht hat, weil er das Versprechen, das er Veronika Kelber gegeben hat, nicht länger halten konnte, zum einen, weil es ihm um das Wohl des Kindes ging, und zum anderen, weil er laut eigener Aussage nicht mit ansehen wollte, wie Chiaras Mutter unschuldig wegen Mordes verurteilt würde, beschließt der Ermittlungsrichter, ein Verfahren gegen Hans anzustrengen wegen Falschaussage. Der Staatsanwalt ist damit einverstanden, er wird sich auf die Aussage von Herrn Lindner berufen, der den Inhaftierten wiedererkannt hat als einen der Mieter, die er zum Fall ›Marie M.‹ befragt hat. Veronika Kelber wird freigesprochen und aus der Untersuchungshaft entlassen, die Nebenklage von Leo Kelber als gegenstandslos erachtet. Die Tarsis haben Glück. Ihnen wird kein Verfahren angehängt. Entweder Herr Lindner erinnert sich nicht mehr daran, wie Frau Tarsi ihm mit Chiara Kelber im Arm die Tür öffnete und ihn dreist anlog, als sie sagte, sie wisse von nichts. Oder er denkt sich seinen Teil und sagt lieber nichts.

In den Medien wird der Fall ›Hans D.‹ hochgespielt. Es gibt eine Reihe von Theorien, die alle den Kern der Angelegenheit verfehlen. Als herauskommt, dass Hans D. Hartz-IV-Empfänger ist, gibt es eine sinnlose Debatte über Hartz-IV-Empfänger, die nichts als hitzige Gemüter erzeugt.

Vor Gericht kommt Herrn Balcis große Stunde. Er erzählt von Hans D.s Verwandlung vom ungepflegten Nichtsnutz zum normalen Menschen. Auf diese Weise erringen die Behörden einen kleinen Sieg, denn nun wissen sie wenigstens, dass der unbekannte Obdachlose mit dem Baby im Arm tatsächlich Hans D. gewesen ist. Aber das hilft ihnen in der Sache nicht weiter. Herr Lindner muss in den Zeugenstand. Er bestätigt sein Gespräch mit dem Angeklagten an jenem Tag, als die Polizei die Mülltonnen vor dessen Wohnhaus durchsuchte. Aber er sagt außerdem aus, ihm sei aufgefallen, wie sehr Chiara Kelber sich zu dem Angeklagten hingezogen fühlte, als dieser sie ihrem leiblichen Vater zurückbrachte. Dies und die Tatsache, dass Chiara nach ihrem Verschwinden nachweislich in einer besseren körperlichen Verfassung war als davor, stimmt das Gericht milde. Der Nebenklage von Leo Kelber wegen Kindesentführung wird nicht stattgegeben, da offenbar die Mutter selbst dem Angeklagten ihr Kind in Obhut gegeben hat, auch wenn sie dies leugnet. Weil es überhaupt keine Indizien für ein Verbrechen gibt, verhängt das Gericht am Ende des Prozesses nur eine Geldstrafe in sozialverträglicher Höhe.

Drei Monate nach seiner Festnahme kehrt Hans nach Hause zurück. Es hat geschneit, und die Temperatur ist den ganzen Tag unter null Grad geblieben. Bei seiner Ankunft wird er von Herrn Wenzel, den Tarsis, von Haydee und ihrer Familie und von den Sadeghis empfangen. Frau Tarsi, die noch Hans' Wohnungsschlüssel hatte, hat dies genutzt, um alles schön herzurichten, und dann haben sie gemeinsam gewartet. Als Hans zur Tür hereingekommen ist, haben sie geklatscht und ihn der Reihe nach umarmt. Hans hat abgenommen, sein Gesicht sieht ganz schmal aus. Das liegt nicht am Essen im Gefängnis. Es war zwar nicht schmackhaft, aber genießbar, und es gab genug für jeden. Grund war eher der viele Stress. Jetzt sieht Hans entspannt und glücklich aus. Er hatte nicht damit gerechnet, von so vielen freundlichen Menschen empfangen zu werden. Zum Essen gehen sie nach nebenan zu den Tarsis. Herr Tarsi hat Khorescht-e Fessendschan zubereitet, gemahlene Walnüsse mit Lammfleischwürfeln, Granatapfelsirup und Gewürzen, dazu Duftreis. Außerdem gibt es roten Shiraz-Wein aus Südafrika und kaltes Bier aus der Region.

Den ganzen Abend feiern sie Hans' Rückkehr. Hans muss erzählen, wie es im Gefängnis war. Er sagt: »Es war gar nicht so schlimm, wie man sich das vorstellt.« Er zuckt mit den Schultern. Er sagt: »Aber ich bin ja auch mehr oder weniger freiwillig hineingegangen.« Hans würde gerne mit Doktor Sadeghi sprechen, er würde ihm gerne sagen, dass sein Dilemma sich unter ganz anderen Umständen in Gang gesetzt hat und nun seinen Weg in die Zukunft nimmt. Er würde sagen: »Aber es gibt einige Unterschiede: Chiara wird ihre echten Eltern kennen, wenn sie damit beginnt, sich zu fragen, was denn nicht stimmt. Wenn sie eines Tages über Informationen zum Fall ›Marie M.‹ stolpert. Wenn sie sich fragt, warum ihre Eltern so verfeindet sind. Warum sie und ihre Geschwister nicht bei ihrer Mutter leben wie alle Kinder getrennter Eltern. Und mich wird sie nicht kennen.« Herr Sadeghi würde dann vielleicht nicken und sagen: »Wenn sie die Wahrheit erfahren will, dann wird sie eines Tages zu Ihnen kommen.« Er würde vielleicht an einem Tisch sitzen und seinen Blick über dessen Platte gleiten lassen, als suche er dort die Worte zusammen. Dann würde er Hans erneut anschauen und sagen: »Dafür, dass Sie keine Wahl hatten, haben Sie sich für das denkbar Beste entschieden.«

Aber vielleicht ist das nur Hans' Wunschdenken. Vielleicht würde Doktor Sadeghi etwas völlig anderes sagen. Hans beobachtet den Arzt. Wann immer ihre Blicke sich treffen, lächelt Doktor Sadeghi ihn an, wie man einen Freund anlächelt. Ohne Hintergedanken, ohne dunkle Ecken in den Augen. Vielleicht hat er nichts mehr zu sagen, weil genau das eingetroffen ist, was er angekündigt hat. Doktor Sadeghi erscheint ihm wie ein Orakel, das nur spricht, wenn es wirklich notwendig ist. Und Frau Sadeghi mit ihrer strahlenden Freundlichkeit, die alle Menschen in ihrer Umgebung mit einer einzigen unbeschwerten Geste zusammenbringen kann, ist die Hohepriesterin des Orakels. Aber vielleicht ist es auch eher so, dass sie unterschiedliche Formen gefunden haben, demselben Gott zu dienen. Und welcher Gott wäre das, denkt Hans. Er müsste ja sterblich sein, um so viel zu verstehen von uns Menschen.

Aber heute sind keine Orakelsprüche notwendig. Heute geht es darum, den Übergang vom einen zum anderen zu feiern, vom Gefängnis zur Freiheit, vom Prozess zum Urteil, von der ständigen Wachsamkeit, in der er lebte, zum sorglosen Vertrauen.

Nach dem Essen ziehen sie wieder in Hans' Wohnung um, lassen Musik aus seinem alten Radio laufen, und Frau Tarsi tanzt sogar mit ihrem Mann einen Tango. Herr Tarsi hat seine Mühe, denn das steife Bein macht nicht das, was er will. Aber die gute Absicht zählt, und deshalb spenden ihm die anderen begeisterten Applaus.

Hans trinkt Bier, bis er betrunken ist und nicht mehr viel

mitbekommt. Nach und nach verabschieden sich die Gäste. Als Erste geht Haydee, die Jaavid zu Bett bringen muss. Uli bleibt noch ein Weilchen, aber ohne seine Familie wirkt er verloren. Eine Viertelstunde später geht auch er. Die Sadeghis verabschieden sich ausführlich, sie beherrschen die Kunst, bis zum letzten Moment dazubleiben und nicht schon in Gedanken vorauszueilen. Die Tarsis gehen kurze Zeit danach.

Am Ende ist nur noch Herr Wenzel da. Auch Herr Wenzel ist betrunken. Gemeinsam sitzen er und Hans in der Küche und trinken einen Tee, den Frau Tarsi ihnen zubereitet hat, bevor sie sich mit einem Kuss auf jede Stirn verabschiedete.

Mit schwerer Gebärde eröffnet Herr Wenzel das Gespräch. Er sagt: »Hans, ich wollte dir noch danken, dass du mich nicht mit hineingezogen hast. Danke!« Er hebt sein Teeglas, Hans hebt das seine, sie stoßen an und trinken.

Nach einer Weile sagt Hans: »Ich wusste ja, dass du so'n korrekter Schisser bist.«

Herr Wenzel lässt die Kinnlade fallen. Dann brüllt er vor Lachen los, Hans stimmt ein. Sie stoßen wieder mit ihren Teetassen an.

Nach einer Weile sagt Herr Wenzel: »Hans, da ist eine Sache, über die müssen wir reden.«

»Schieß los, Herr Wenzel!«, sagt Hans.

Herr Wenzel fährt sich mit dem Handrücken über die Stirn. »Puh!«, macht er. »Das ist nicht leicht für mich. In meinem Alter! Stell dir das mal vor! So ein großer Schritt!«

Hans ist verwirrt. Er sagt: »Hast du schon losgeschossen oder noch nicht?«

»Noch nicht, Hans, kommt gleich, muss nur laden.« Er holt

tief Luft. Dann sagt er mit betont förmlicher Aussprache: »Ich habe beschlossen, den Laden aufzugeben, wenn du willst, endlich das zu machen, was ich mich nie getraut habe und immer tun wollte: auf Reisen gehen. Wenn du willst!«

Hans versteht nicht. »Wie bitte?«

Herr Wenzel holt tief Luft. Er ruft: »Na, wenn du den Laden weiterführen willst, Hans! Was denn sonst?«

Hans schaut ihn verdutzt an. »Was?«, fragt er, als hätte er sich verhört.

Herr Wenzel verdreht die Augen. Er holt neuen Anlauf. Er sagt: »Willst du nun oder nicht?«

»Den Laden?«

»Den Laden!«

»Einfach so?«

»Einfach so. Ich überschreibe dir das ganze gottverdammte Geschäft. Ich nehme mein Erspartes und mache mich aus dem Staub. Ich will versuchen, alles auszugeben. Wird mir wohl nicht mehr gelingen, hab zu lange gewartet. Aber …«, er hebt einen Zeigefinger: »Ich schreibe dir Postkarten!«

Hans überlegt. Einer geregelten Arbeit nachgehen. Jeden Morgen früh aufstehen, der Ansturm zwischen sieben und acht. Im Hinterzimmer sitzen und Kaffee trinken, wenn gerade keine Kunden da sind. Er sagt: »Ich komme morgen früh in deinen Laden. Dann reden wir Tacheles!«

»Tacheles!«, ruft Herr Wenzel, und sie stoßen mit ihren leeren Teegläsern an.

Als Herr Wenzel gegangen ist, fühlt Hans sich mit einem Schlag ernüchtert. Er sieht sich in seiner Wohnung um, als sei er fremd hier. Drei Monate lang hat er seine Zelle mit anderen Menschen geteilt. Wenn er sich gerade an jemanden gewöhnt hatte, verschwand derjenige, und jemand anderer kam an dessen Stelle. Manche waren freundlich, andere verzweifelt, der eine oder andere gefährlich. Aber alle taten das Gleiche wie Hans: Sie warteten. Auf das Ergebnis der Nachforschungen. Auf den Prozess. Auf die Verurteilung. Auf die Freilassung. Hans wartete nicht auf die Freilassung. Er versuchte einfach nur durchzuhalten, sich nicht von seiner Version der Geschichte abbringen zu lassen, ganz gleich, was der Rest der Welt denken mochte. Er log aus Überzeugung, und je länger er log, desto mehr war er davon überzeugt, dass er keine andere Wahl hatte. Er konnte Veronika Kelber nicht mit seiner Aussage dem Staatsanwalt ausliefern und Chiara die Mutter wegnehmen. Dann hätte sie ihr Ziel erreicht, und das wollte Hans verhindern. Der Kampf zwischen ihm und Veronika Kelber blieb der Öffentlichkeit verborgen. Und dass Veronika Kelber ihn verloren hat, ist vielleicht das Beste, was ihnen beiden widerfahren konnte.

Aber wie auch immer es kommen mag, denkt Hans, während er durch seine dunkle Wohnung geht, bis er in seinem Schlafzimmer angekommen ist. Wie auch immer es kommen mag, ich bin allein und sie ist fort. Er lässt sich auf sein Bett sinken, er legt sich hin und denkt an Chiara mit ihrem zahnlosen Lächeln, mit ihrem alles sehenden Blick, mit ihrem lauten Kichern. Mit ihren hübschen Augen. Ihren ausgestreckten Armen. Tief in seinem Herzen wird sie immer Felizia heißen, das weiß Hans schon seit einiger Zeit. Tief in seinem Herzen wird sie immer sein Kind bleiben. »Du alter Narr«, murmelt er vor sich hin und streicht mit der Hand über die leere Betthälfte. »Du alter Narr.« Er sagt es beinahe liebevoll.

In dieser Nacht träumt Hans von Chiara. Sie ist groß geworden, eine junge Frau, und sie gehen gemeinsam spazieren. In weiter Ferne liegt ein rotes Gebirge, und dahinter, das weiß Hans, weil er schon dort war, ragt irgendwo der Fudschijama in den Himmel auf. Chiara lächelt ihn an, sie ist eine wunderschöne Frau, sie nimmt seine Hand und sagt: »Alles geht vorbei.« Dann erwacht Hans und liegt im Dunkeln, und sein Mund ist so trocken, dass er aufstehen und Wasser trinken muss.

Am nächsten Morgen geht Hans früh hinunter. Er nimmt die Treppe, weil er Lust hat, sich zu bewegen. Dort begegnet er Herrn Balci, dem Hausverwalter. Herr Balci wartet, bis Hans ihn grüßt. Aber Hans grüßt ihn nicht. Er schaut ihn bloß an und geht vorbei. Herr Balci bleibt stehen und sieht Hans nach. Er hat das ungute Gefühl, dass seine Autorität einen dauerhaften Schaden erlitten hat. Während er weitergeht, beschließt er, die neue Mahnung wegen der drei Monate, die Hans mit der Miete im Verzug ist, nur schriftlich zu formulieren und auf seinen üblichen Wohnungsbesuch zu verzichten.

Hans überquert die Straße, die um diese Zeit voller Autos ist. Er betritt den Lotto-Toto-Laden von Herrn Wenzel. Er geht ins Hinterzimmer, wo für zwei Personen gedeckt ist. Er gießt sich Kaffee ein. Er schneidet ein Brötchen in zwei Hälften, beschmiert sie mit Butter und streicht Erdbeermarmelade darauf. Er genießt das Frühstück. Er schaut aus dem Fenster. Die Sonne scheint, und die verschneite Stadt sieht unberührt aus. Die kürzesten Tage sind vorbei, und jetzt wird es bald wieder aufwärtsgehen. Hans denkt an das Weihnachtsfest zurück, das er gemeinsam mit anderen Häftlingen und dem diensthabenden

Wachpersonal gefeiert hat. Er denkt an das Silvesterfest ein paar Tage später. Im Gefängnis wurde ihm der Sinn solcher Termine deutlich. Es sind Stützpfeiler in einer Welt, die sich ständig verändert. Es spielt keine Rolle, dass Weihnachten nie wiederkehrt, weil das nächste Weihnachtsfest eine ganz andere Sache ist als das letzte. Das Einzige, was zählt, denkt Hans, ist, dass wir beiden denselben Namen geben können.

Herr Wenzel kommt herein, der Ansturm ist vorbei. Er sieht verkatert aus. Er lässt sich schwer in seinen Sessel fallen. Er sagt: »Ganz gleich, was du mir jetzt sagst, Hans: Ich höre damit auf.«

Hans sagt: »Ich mache es.«

Herr Wenzel braucht einen Moment, bis er begreift, was Hans gesagt hat. Dann ruft er: »Das ist großartig, Hans! Großartig!« Er klatscht in die Hände wie ein kleiner Junge und strahlt über das ganze Gesicht.

»Warum ich?«, fragt Hans.

Herr Wenzel hält inne. Er sagt: »Kennst du das Märchen vom Teufel mit den drei goldenen Haaren?« Hans kennt es. Herr Wenzel sagt: »Ich bin der Fährmann, und du löst mich ab.«

Hans lacht. »Aber dann bin ich ja dazu verdammt, deinen Laden zu führen. Ich weiß nicht, wie ich das finden soll.«

Herr Wenzel wackelt mit dem Kopf. Er sagt: »Es ist nicht so tragisch. Es wird deinem Leben eine feste Struktur geben.«

Hans nickt. »Ja«, sagt er, »hin und her, hin und her.«

Herr Wenzel sagt: »Wenn dir die Aussicht nicht gefällt, dann tu es nicht.«

Hans lächelt Herrn Wenzel an. Er sagt: »Doch, die Aussicht gefällt mir sogar sehr gut. Ich werde Geld sparen, und im Urlaub mache ich weite Reisen.«

»Wohin?«

Hans überlegt. Er weiß wohin, aber er weiß noch nicht wohin zuerst. Er sagt: »Auf jeden Fall zum Fudschijama. Und dann muss ich herausfinden, ob es ein rotes Gebirge gibt. Dorthin will ich auch.« Er wägt seine Worte ab. Er sagt: »Zuerst fliege ich nach Neuseeland.«

Herr Wenzel lächelt ihn an. Er sagt: »Dahin will ich auch.«

»Was für ein Zufall!«

Sie verabschieden sich. Als Hans über die Straße geht, steckt er die Hände in seine Manteltasche. In der rechten Tasche steckt ein Umschlag. Hans zieht ihn hervor. Er ist vom Arbeitsamt. »Oh!«, macht Hans. Die Antwort von Frau Mohn auf seinen Weiterbewilligungsantrag. Das hatte er vollkommen vergessen. Im Fahrstuhl öffnet er den Umschlag. Frau Mohn macht ihn in knappen Worten darauf aufmerksam, dass dem Antrag auf Weiterbewilligung der finanziellen Unterstützung nach Hartz IV nicht stattgegeben werden kann, weil der Antrag laut Poststempel einen Tag nach Verstreichen der Frist abgeschickt worden ist. Hans lächelt. Auf Frau Mohn ist Verlass. Sie wird ihm jeden Fehler aufzeigen, den er begeht. »Das ist gut«, sagt er in den engen Fahrstuhl hinein. »Sehr gut ist das.« Vielleicht besuche ich sie mal, denkt er.

Dann kommt er an.

EPILOG

Einen Monat nach seiner Entlassung aus der Untersuchungshaft wird Hans Herrn Wenzels Lotto-Toto-Geschäft zum symbolischen Preis von einem Euro übernehmen. Danach wird Herr Wenzel seine Weltreise vorbereiten. Hans wird jeden Morgen außer sonntags um sieben Uhr an der Theke stehen. Er wird freundlich lächeln, wenn Kinder mühsam ihr Geld zählen und versuchen, so viele Süßigkeiten wie möglich dafür zu bekommen. Er wird jeden Vormittag Besuch von Frau Tarsi bekommen, die ihm eine Thermoskanne mit Tee vorbeibringt. Bei schönem Wetter werden sie draußen auf dem Schaufenstersims sitzen und sich unterhalten oder einfach nichts tun. Hans wird oft mit den Tarsis essen, manchmal bei sich zu Hause, meistens bei den Nachbarn. Eines Tages wird Arthur in sein Geschäft kommen, um ein Musikmagazin zu kaufen. Hans wird ihn »König Arthur« nennen. Arthur wird erschrecken. Dann wird er sich für seinen Verrat entschuldigen. Er wird sagen, seine Mutter habe ihn unter Druck gesetzt. Hans wird abwinken und ihm das Musikmagazin schenken. Er wird noch einmal zu Anne in der Nummer 28 fahren und sie anflehen, ihm wenigstens eine Telefonnummer zu geben. Anne wird nicht lange standhalten. Sie wird ihm eine Telefonnummer und eine Adresse in Neuseeland aufschreiben. Aber dann wird sie Hans fragen, was zwischen ihm und ihrer Mutter war. Hans wird die Wahrheit sagen. Er wird sich entschuldigen, Anne wird weinen und ihn bitten zu gehen. Hans wird seine Tochter Hanna nicht anrufen. Er wird bis zum folgenden Winter arbeiten und dann ein Flugticket nach Neuseeland kaufen.

Vier Jahre später wird Veronika Kelber in Hans' Lotto-Toto-Geschäft kommen. Sie wird ihre Kinder bei sich haben. Sie werden einander erkennen. Und dann wird sich wieder alles ändern.

Aber noch ist nichts davon geschehen, und deshalb kann es auch nicht erzählt werden.

SELESSIUN

Jérôme Ferraris grandiose
Korsika-Trilogie bei
Secession Verlag für Literatur

Und meine Seele liess ich zurück
ISBN 978-3-905951-20-2

Balco Atlantico
ISBN 978-3-905951-24-0

Predigt auf den Untergang Roms
ISBN 978-3-905951-10-3

PRIX GONCOURT PREISTRÄGER 2012

»Wer sich diesem Fluss aus Vergegenwärtigung und Beschwörung aus rhetorischer Pracht und elementaren Gefühlen überlassen kann, ist der glückliche Leser einer modernen Tragödie.« *Elke Schmitter, Der Spiegel*

»Ferrari schärft unseren Sinn für lügnerische Konstrukte, mit denen gewalttätiges Verhalten damals wie heute verbrämt wird.« *Sigird Brinkmann, D-Radio Kultur*

»Dramen von prinzipieller Gültigkeit« *Sandra Kegel, Frankfurter Allgemeine Zeitung*

»... umwerfend schöne Prosa von tiefen Gedanken.« *Hans Ulrich Probst, SFR 2 Kultur*

btb

Steven Uhly

Mein Leben in Aspik
Roman. 272 Seiten
ISBN 978-3-442-74347-6

Der schärfste Familienroman des Jahres

»**Ein fulminantes Debüt.**«
Florian Illies, Die Zeit

»**Unglaublich!**«
Spiegel online

»**Wow, was für ein Buch!**«
taz.de

www.btb-verlag.de